LA MAISON D'HÔTES

Titre original : *The Inn at Rose Harbor.*

The translation published by arrangement with Ballantine, an imprint of The Random House Publishing Group, a division of Random House, Inc., New York.

Édition française grand format publiée par :

10, place des Cinq-Martyrs-du-Lycée-Buffon
75015 Paris – France
contact@editionscharleston.fr
www.editionscharleston.fr

Cet ouvrage a été publié au format poche aux éditions J'ai Lu.

ISBN : 978-2-36812-512-0

Traduit de l'anglais (États-Unis) par Florence Bertrand
Maquette : Patrick Leleux PAO

Debbie Macomber

LA MAISON D'HÔTES

Retour à Cedar Cove

Roman

Traduit de l'anglais (États-Unis)
par Florence Bertrand

CHARLESTON
POCHE

À mes chers amis de *Knitter's Magazine*
et des Stitches Conferences,
Benjamin Levisay et Rick Mondragon

1

La première nuit, je rêvai de Paul.

Il n'était jamais loin de mes pensées – pas un jour ne s'écoulait sans qu'il soit avec moi – mais il ne m'était pas encore apparu en rêve. C'était ironique, d'ailleurs, puisque, avant de fermer les yeux, je songeais au bonheur que j'éprouverais si j'étais dans ses bras, la tête nichée au creux de son épaule. Malheureusement, mon mari ne serait plus jamais à mes côtés, du moins pas dans cette vie.

D'ordinaire, au réveil, j'ai tout oublié de mes rêves. Celui-ci, cependant, resta avec moi, s'attarda dans mon esprit, m'emplissant à parts égales de joie et de tristesse.

Quand j'ai appris la mort de Paul, j'ai été submergée de chagrin, à tel point que je doutais d'y survivre. Mais la vie continua et je fis de même, me traînant d'une semaine à l'autre jusqu'au jour où je m'aperçus que je pouvais respirer normalement.

À présent, j'étais dans mon nouveau chez-moi, la maison d'hôtes que j'avais achetée à peine un mois plus tôt sur la péninsule de Kitsap, plus précisément à Cedar Cove, une bourgade tranquille au bord de la mer. J'ai décidé de l'appeler la Villa Rose, en hommage à Paul Rose, l'homme qui a été mon mari pendant moins d'un an ; l'homme que j'aimerais et que je pleurerais jusqu'à la fin de mes jours. C'est là que j'ai jeté l'ancre, après avoir été ballottée par la tempête du deuil.

Tout cela paraît bien mélodramatique, mais comment l'exprimer autrement ? J'étais vivante, j'accomplissais les gestes du quotidien, pourtant j'avais parfois l'impression d'être à moitié morte. Paul aurait détesté m'entendre dire cela, mais c'est la vérité : j'étais morte avec lui au mois d'avril précédent, sur un flanc de montagne à l'autre bout du monde.

En une fraction de seconde, ma vie a volé en éclats. L'avenir dont je rêvais m'a été arraché.

On conseille souvent à ceux qui subissent un deuil d'attendre un an avant de prendre des décisions importantes. Mes amis me prédirent que je regretterais d'avoir quitté mon travail et Seattle pour m'installer dans une ville inconnue. Ce qu'ils ne comprenaient pas, c'était que le familier ne m'apportait aucun réconfort, que je ne puisais aucune satisfaction dans la routine. Cependant, je respectais leur opinion, aussi ai-je attendu six mois. Durant ce temps rien ne m'aida, rien ne changea. J'éprouvais un désir de plus en plus fort de m'en aller, de recommencer ailleurs, certaine qu'alors et seulement alors je trouverais la paix, et que la blessure affreuse que je portais en moi finirait par s'atténuer.

Je me lançai dans des recherches sur Internet, m'intéressant à diverses régions aux quatre coins des États-Unis. Étonnamment, c'est à deux pas de chez moi que j'ai trouvé exactement ce qu'il me fallait.

Séparée de Seattle par la baie de Puget Sound, Cedar Cove est une ville de garnison qui fait face aux chantiers navals de Bremerton. Dès que j'ai lu l'annonce décrivant cette charmante maison d'hôtes à vendre, mon cœur s'est mis à battre plus vite. Je n'avais pas envisagé de travailler à mon propre compte, mais je compris instinctivement que j'aurais besoin d'une occupation. D'ailleurs, j'ai toujours aimé recevoir, c'était un plus, et le signe que je faisais le bon choix.

La propriété était splendide, dotée d'une véranda ouverte et d'un point de vue extraordinaire sur la baie. Dans une autre vie, Paul et moi aurions pu nous asseoir dehors après dîner, et nous raconter notre journée en dégustant un café bien chaud. Je tentai de modérer mon excitation, en me disant que la photographie postée sur Internet était sans doute l'œuvre d'un professionnel qui avait habilement masqué les défauts. Rien ne pouvait être aussi parfait.

Et pourtant, si. Dès l'instant où je vis l'endroit, je fus séduite par la lumière éclatante des lieux, les grandes fenêtres qui dominaient le port de plaisance. C'était l'endroit rêvé où commencer ma nouvelle vie.

Je suivis consciencieusement Jody McNeal, l'agent immobilier, mais ma décision était déjà prise. Je me sentais destinée à devenir la propriétaire de cette maison ; elle était restée en vente des mois durant, comme si elle m'attendait. Construite dans les années 1900, elle abritait huit chambres d'invités réparties sur deux étages, ainsi qu'une grande cuisine moderne et une salle à manger spacieuse au rez-de-chaussée. Cedar Cove se déployait de part et d'autre de Harbor Street, qui serpentait en son centre, bordée de magasins. J'étais conquise avant même d'avoir exploré la ville.

Une sensation de paix m'a immédiatement envahie quand j'ai pénétré dans cette demeure. La douleur et la tristesse qui étaient mes compagnes de tous les instants depuis des mois ont semblé refluer, cédant la place à une sérénité difficile à décrire.

Malheureusement, ce sentiment de bien-être fut de courte durée. Quand la visite s'acheva, j'avais les larmes aux yeux : Paul aurait adoré cette maison lui aussi, mais c'était seule que j'y viendrais. Dieu merci, l'agent a feint de ne pas remarquer l'émotion que je tentais de dissimuler.

— Eh bien, qu'en dites-vous ? me demanda-t-elle avec curiosité alors que nous ressortions.

Je n'avais pas encore prononcé un seul mot, ni posé une seule question.

— Je la prends.

Jody s'est penchée vers moi, comme si elle avait mal entendu.

— Pardon ?

— J'aimerais faire une offre.

Je n'ai pas hésité : je n'avais plus aucun doute. Le prix demandé était plus que correct et j'étais prête à aller de l'avant.

Jody faillit lâcher le classeur qu'elle tenait à la main.

— Vous ne voulez pas réfléchir ? C'est une décision majeure, Jo Marie. Ne vous méprenez pas, je serais ravie de vous la vendre ; c'est juste que… je n'ai jamais vu personne se décider aussi vite.

— Je m'accorderai une nuit de réflexion, si vous y tenez, mais c'est inutile. J'ai tout de suite su que c'était l'endroit que je cherchais.

Dès que les miens apprirent que j'avais l'intention de quitter mon poste à la banque pour acheter une maison d'hôtes, ils tentèrent de me faire changer d'avis, surtout mon frère Todd, qui est ingénieur. J'avais donné quinze ans à la Columbia, j'avais été une employée modèle, m'élevant dans la hiérarchie jusqu'à devenir directrice adjointe de la succursale de Denny Way. J'allais probablement être nommée directrice un jour ou l'autre, il ne comprenait pas que je renonce à une carrière aussi prometteuse.

Autour de moi, personne ne parvenait à saisir que ma vie telle que je la connaissais, telle que je l'avais désirée, rêvée, était terminée. Que ma seule chance de m'épanouir un jour était de repartir de zéro.

Le lendemain matin, ma résolution n'avait pas faibli. Les propriétaires de la demeure, les Frelinger, acceptèrent mon offre avec reconnaissance et, en l'espace de quelques semaines – juste avant les vacances –, nous nous retrouvâmes chez le notaire afin de signer tous les documents nécessaires. Ils me remirent les clés en m'informant qu'ils n'avaient pris aucune réservation pour les deux dernières semaines de décembre car ils avaient prévu de rendre visite à leur famille.

En repartant, je fis un rapide crochet par le palais de justice, où je déposai une demande de changement de nom pour la maison, que je souhaitais désormais appeler Villa Rose.

De retour à Seattle, je donnai mon préavis à la banque et passai les vacances de Noël à faire mes bagages avant de quitter mon appartement. Je ne m'éloignais que de quelques kilomètres, mais j'aurais aussi bien pu traverser la moitié du pays. Cedar Cove était un autre monde, une bourgade pittoresque sur la péninsule, loin de l'agitation frénétique de la grande ville.

Mes parents furent déçus que je ne les accompagne pas à Hawaï pour les fêtes, selon la tradition familiale. Cependant, j'avais trop à faire avec les préparatifs du déménagement, le tri de mes affaires et de celles de Paul, la vente de mes meubles. Et j'avais besoin de rester occupée – pour éviter de songer que c'était mon premier Noël sans Paul.

J'entrai officiellement en possession de la maison le lundi suivant le jour de l'An. Par chance, les Frelinger l'avaient cédée entièrement meublée. Je n'apportai donc que deux fauteuils, une lampe héritée de ma grand-mère et mes effets personnels. Il ne me fallut pas plus de deux heures pour m'installer dans la suite que les anciens propriétaires réservaient à leur usage personnel au rez-de-chaussée : elle était dotée d'une cheminée et d'une petite alcôve où une banquette placée sous la fenêtre offrait une vue de la baie. Le papier peint, à motifs d'hortensias blancs et mauves, me plaisait particulièrement.

Quand la nuit tomba, j'étais néanmoins épuisée. À huit heures, alors que la pluie cinglait les vitres et que le vent soufflait dans les sapins élancés qui se dressaient en bordure de la propriété, je me réfugiai dans ma chambre. Le feu pétillait dans l'âtre, la tempête rendait la pièce encore plus chaleureuse et je n'éprouvais pas le moindre dépaysement. Au contraire, je m'étais sentie accueillie par cette maison dès que j'en avais franchi le seuil.

Je me glissai entre les draps propres et bien amidonnés. Je ne me souviens pas de m'être endormie, mais le rêve que j'ai fait s'est gravé dans ma mémoire.

Huit mois s'étaient écoulés depuis que Paul avait péri lors d'un accident d'hélicoptère dans le Hindu Kush, la chaîne de montagnes qui s'étend du centre de l'Afghanistan au nord du Pakistan. L'appareil avait été abattu par Al-Qaïda ou leurs alliés talibans ; Paul et cinq autres rangers avaient été tués sur le coup. Il avait été impossible de retrouver leurs corps. La nouvelle de sa mort avait été terrible, mais l'impossibilité d'enterrer sa dépouille avait encore ajouté à ma détresse.

Pendant plusieurs jours, j'ai continué à espérer que Paul ait miraculeusement survécu. J'étais convaincue que, d'une manière ou d'une autre, mon mari finirait par retrouver son chemin jusqu'à moi. Il n'en était rien. Des photographies aériennes du lieu de l'accident ne tardèrent pas à me confirmer que personne n'avait pu en réchapper. Finalement, la seule chose qui s'imposait à moi, c'était que l'homme que j'aimais et que j'avais épousé n'était plus là et qu'il ne me reviendrait jamais. Au fil des semaines, puis des mois, j'ai fini par l'accepter.

Il m'avait fallu longtemps pour tomber amoureuse. La plupart de mes amies s'étaient mariées avant moi. À trente-cinq ans, elles étaient mères de famille, tandis que, pour ma part, j'étais six fois marraine.

À trente ans passés, j'étais encore célibataire. J'avais une vie bien remplie, j'étais heureuse, je consacrais mon temps à ma carrière et à ma famille. Jamais je n'avais éprouvé le besoin de me jeter tête baissée dans le mariage ou d'écouter ma mère qui m'exhortait à être moins difficile. Je sortais souvent mais je n'avais jamais été attirée par un homme au point de penser que je pourrais l'aimer toute ma vie.

Et puis j'ai rencontré Paul Rose.

J'avais obtenu par le biais de la banque des places pour assister à un match des Seahawk et j'accompagnais un de nos plus gros clients et son épouse. Deux hommes aux cheveux courts, que j'avais supposé être des militaires, étaient assis près de moi. Au cours de la partie, Paul engagea la conversation et fit les présentations, expliquant que son camarade et lui étaient cantonnés à Fort Lewis. Comme moi, il aimait le football. Originaires de Spokane, mes parents étaient des supporters enthousiastes des Seahawk et j'avais grandi en regardant les matchs à la télévision avec eux et Todd, mon jeune frère.

À la fin du match, Paul m'invita à boire un verre, et nous nous revîmes presque chaque jour par la suite. Il s'avéra que nous avions beaucoup plus en commun que l'amour du football : nous partagions les mêmes opinions politiques, lisions souvent les mêmes auteurs, et nous adorions la cuisine italienne. Nous étions même tous les deux accros au sudoku ! Nous pouvions bavarder pendant des heures. Deux mois plus tard, il s'embarqua pour l'Allemagne, mais notre relation continua à s'épanouir. Nous restions constamment en contact d'une manière ou d'une autre – par e-mail, texto, Skype, Tweeter et tous les autres moyens possibles et imaginables pour communiquer, y compris par lettre. Avant, quand j'entendais des gens affirmer qu'ils avaient eu « le coup de foudre », cela me faisait sourire. Je ne peux prétendre qu'il en ait été ainsi pour Paul et moi, mais presque. Au bout d'une semaine, je savais que je voulais l'épouser. Paul m'avoua qu'il avait ressenti la même chose, mais qu'une seule rencontre lui avait suffi pour arriver à cette conclusion !

L'amour m'avait changée, je dois l'admettre. Je nageais dans le bonheur. Et tout le monde le remarquait.

À Noël, Paul rentra à Seattle en permission et me demanda en mariage. Il avait même parlé à mes parents d'abord. Nous étions fous amoureux.

En janvier, immédiatement après notre mariage, il partait pour l'Afghanistan. Le 27 avril, son hélicoptère s'écrasait.

Mon univers s'est effondré. Jamais je n'avais connu pareil désespoir. J'étais totalement anéantie. Mes parents et mon frère s'inquiétaient pour moi. Quand ma mère me suggéra de suivre une thérapie pour m'aider à surmonter le deuil, je ne protestai pas. J'étais prête à tout essayer pour atténuer ma douleur. Je me félicite aujourd'hui d'avoir eu ces séances. J'y appris notamment que les rêves jouent un rôle important dans le processus de guérison. Le psy m'en a décrit deux types distincts : les premiers, sans doute les plus fréquents, s'inspirent de souvenirs où le défunt reprend vie. Dans les seconds, l'être aimé revient voir ceux qu'il a laissés derrière lui. Ils sont en général réconfortants : le défunt y apparaît heureux et en paix, ce qui rassure ses proches.

Dans mon rêve, Paul ne chercha pas tout de suite à me rassurer. Il se tenait devant moi dans son uniforme militaire, entouré d'une lumière si vive que j'avais du mal à le regarder. Cependant, j'étais incapable de me détourner de lui.

Je brûlais de courir vers lui mais n'osais esquisser le moindre geste de peur qu'il ne disparaisse. Je ne supportais pas l'idée de le perdre de nouveau, même s'il n'était qu'une apparition.

Tout d'abord, il resta silencieux. Moi aussi, car j'étais trop émue pour savoir quoi dire. J'avais les larmes aux yeux, la main plaquée contre ma bouche pour ne pas crier.

Enfin, il s'approcha de moi et me serra dans ses bras, me chuchotant des mots tendres. Je me cramponnai à lui. Je ne voulais plus le lâcher.

Lorsque je pus maîtriser un peu mon émotion, je levai la tête et nos regards se soudèrent. C'était comme s'il était en vie et que nous nous retrouvions après une longue absence. Il y avait tant de choses que je voulais lui dire, tant de choses que je voulais qu'il m'explique. J'ai été stupéfaite par le montant de l'assurance-vie qu'il avait souscrite à mon nom. Au début je me suis sentie coupable d'accepter une somme aussi considérable. N'aurait-elle pas dû plutôt revenir à sa famille ? Mais sa mère était morte, son père s'était remarié et vivait en Australie. Ils n'avaient jamais été particulièrement proches. D'après le notaire, Paul avait laissé des instructions très claires.

Je voulais aussi expliquer à Paul que j'avais acheté cette maison d'hôtes, que je l'avais rebaptisée en souvenir de lui. Que j'avais l'intention d'y planter une roseraie, où j'installerais un banc à l'ombre d'une treille. En réalité, je ne lui dis rien de tout cela parce qu'il semblait déjà le savoir.

Il écarta les mèches de cheveux qui tombaient sur mon front et y déposa un baiser très doux.

— Tu as bien choisi, murmura-t-il, les yeux brillant d'amour. Avec le temps, tu connaîtras le bonheur de nouveau.

Le bonheur ? Cela ne me paraissait ni probable ni même possible. On ne guérit pas d'un tel chagrin. Ma famille et mes amis ont tenté de trouver les mots justes pour me consoler, mais en vain… il n'y a tout simplement pas de mots.

Je gardai le silence. Je voulais que le rêve continue, que Paul reste près de moi, et j'avais peur qu'il s'en aille si je lui posais des questions. Un sentiment de paix m'envahit, mon cœur jusque-là si lourd sembla un peu plus léger.

— Je ne sais pas si je peux vivre sans toi, avouai-je sincèrement.

— Si. En fait, tu vas vivre longtemps et faire énormément de choses, insista Paul.

Il parlait comme l'officier qu'il avait été, accoutumé à donner des ordres sans que personne ne remette en question son autorité.

— Tu connaîtras le bonheur de nouveau, répéta-t-il, et cela sera en grande partie grâce à cet endroit.

Je fronçai les sourcils.

— Mais…

— Cette maison est mon cadeau, reprit Paul. Ne doute pas, mon amour.

L'instant d'après, il avait disparu.

Je poussai un cri qui me réveilla. Des larmes bien réelles roulaient sur mes joues et mon oreiller humides.

Pendant un long moment, je restai assise dans le noir, m'accrochant à la sensation que mon mari avait été présent. Elle se dissipa petit à petit et, presque contre mon gré, je me rendormis.

Le lendemain matin, à mon réveil, j'empruntai pieds nus le couloir au plancher ciré pour gagner le petit bureau adjacent à la cuisine. J'allumai la lampe et feuilletai le registre des réservations laissé par les Frelinger. Deux clients devaient arriver cette semaine.

Joshua Weaver avait fait sa réservation juste avant que je devienne propriétaire. Les précédents occupants de la maison m'en avaient informée la dernière fois que je les avais vus.

La seconde cliente s'appelait Abby Kincaid.

Deux hôtes.

Paul avait affirmé que cette maison était son cadeau. Je ferais de mon mieux pour que ces deux inconnus passent un agréable séjour ; en donnant de moi-même peut-être retrouverai-je le chemin de la vie.

Et, avec le temps, le bonheur que Paul m'a promis.

2

Josh Weaver s'était juré de ne jamais retourner à Cedar Cove. Depuis son départ du lycée, il n'était revenu qu'une seule fois, pour les obsèques de son demi-frère, Dylan. Il n'avait même pas passé la nuit en ville. Il avait pris l'avion à l'aube, loué une voiture à l'aéroport, et était reparti sitôt l'enterrement terminé pour regagner le chantier où il travaillait, en Californie. C'était tout juste si son beau-père et lui avaient échangé quelques mots.

À vrai dire, Richard n'avait pas pris la peine de le saluer. Pas plus qu'il n'avait jugé bon de lui demander de porter le cercueil. Josh n'en avait pas été surpris, mais cet affront l'avait profondément blessé.

Nés à un an d'intervalle, les deux garçons avaient toujours été proches. Dylan était un casse-cou et Josh avait tout de suite admiré son intrépidité. Sa mort prématurée lors d'un accident de moto avait été un choc brutal. Cinq années avaient passé. Douze depuis que Richard Lambert avait mis Josh à la porte du logis familial, le forçant à se faire seul une place en ce monde.

Cedar Cove ne signifiait plus rien pour lui, hormis le fait que sa mère et Dylan y étaient enterrés. Et voilà qu'il était de retour. Les Nelson, les voisins de Richard, lui avaient téléphoné. Son beau-père était apparemment sur le point de mourir. Michelle Nelson et Dylan étaient dans la même classe à l'école, tandis que Josh avait un an de plus. Après le lycée, la douce Michelle était devenue assistante sociale. Josh se souvenait que cette fille obèse avait un gros béguin pour Dylan, lequel ne partageait pas ses sentiments. Josh se demandait si sa gentillesse envers Richard venait de l'affection qu'elle avait pour Dylan autrefois.

« Richard est mal en point, lui avait-elle déclaré durant leur brève conversation. Si tu veux le revoir, tu ferais mieux de ne pas trop tarder. »

Josh n'avait aucune envie de voir le vieil homme. Aucune. Ils n'avaient en commun que leur inimitié l'un pour l'autre. Malgré tout, il avait accepté de faire le déplacement, pour plusieurs raisons. Déjà, il était entre deux missions en tant que chef de chantier et, bien qu'il n'y attache guère d'importance au fond et que cela paraisse *a priori* impossible, il souhaitait vaguement faire la paix avec son beau-père avant qu'il meure. Enfin, il espérait aussi profiter de son séjour à Cedar Cove pour récupérer certains objets et quelques effets personnels de sa mère, qui lui appartenaient de droit. Rien de moins et certainement rien de plus.

« Je viendrai dès que possible, avait-il promis à Michelle.

— Dépêche-toi, avait-elle insisté. Richard a besoin de toi. »

Josh en doutait. Son beau-père aurait sûrement préféré tomber raide mort plutôt que d'admettre avoir besoin de quelqu'un, surtout de lui. Les voisins semblaient avoir oublié que Richard n'avait pas hésité à le jeter dehors quelques mois après la mort de sa mère, et quelques semaines avant la remise des diplômes, lui interdisant d'emporter autre chose que ses vêtements et livres de classe.

Richard avait prétendu que Josh l'avait volé. Deux cents dollars avaient disparu de son portefeuille. En réalité, Josh ignorait tout de cet argent, ce qui ne laissait qu'un coupable possible : Dylan. Jamais Richard n'aurait reconnu que son propre fils était responsable, aussi Josh avait-il endossé le blâme. Il n'avait pas prévu que Richard exigerait qu'il s'en aille sur-le-champ.

Avec le recul, Josh se rendait compte que cet incident n'avait été qu'un prétexte. Richard voulait le chasser de chez lui et de sa vie, et jusqu'à aujourd'hui, Josh n'avait pas demandé mieux que de le satisfaire.

Il engagea son pick-up dans l'allée de la maison d'hôtes, dont il avait griffonné l'adresse sur un bout de papier. Il avait trouvé cet endroit sur Internet, en cherchant un logement à proximité du domicile de son beau-père.

Une chose était sûre : il ne pouvait séjourner chez Richard. Pour autant qu'il le sache, ce dernier n'était même pas au courant de sa visite, ce qui lui convenait parfaitement. Si tout se passait bien, il aurait quitté la ville dans un jour ou deux. Il ne tenait pas à rester plus longtemps que nécessaire. Après ça, il avait la ferme intention de ne jamais revenir.

Il se gara dans le petit parking, descendit de voiture, tendit la main vers son sac de voyage et son ordinateur portable. Le ciel couvert était annonciateur de pluie, ce qui était normal pour un mois de janvier dans le nord-ouest de la côte Pacifique. Les nuages gris charbon reflétaient précisément son humeur. Il aurait donné cher pour être n'importe où ailleurs qu'à Cedar Cove – n'importe où pourvu qu'il n'ait pas à se confronter à un beau-père qui le détestait.

Cependant, il ne servait à rien de retarder l'inévitable. Il prit ses bagages et gravit les marches de la véranda ouverte, puis sonna à la porte. Une femme vint lui ouvrir au bout de quelques secondes.

— Madame Frelinger ?

Elle était de taille moyenne, et beaucoup plus jeune qu'il ne s'y attendait. Lorsqu'il avait fait la réservation, la femme qui lui avait répondu au téléphone semblait âgée d'une soixantaine d'années, tandis que son interlocutrice devait avoir trente-cinq ans. D'épais cheveux bruns tombaient sur ses épaules, séparés par une raie au milieu. Ses yeux bleu vif lui rappelaient un ciel d'été. Elle portait un tablier multicolore sur un pantalon en toile et un pull à manches longues.

— Désolée, non, je suis Jo Marie Rose. J'ai récemment pris la succession des Frelinger. Entrez, je vous en prie.

Elle s'effaça pour le laisser passer. En pénétrant dans le vestibule, Josh se sentit brusquement rasséréné. Un petit feu était allumé dans l'âtre et l'odeur du pain frais lui donna l'eau à la bouche. Il ne se souvenait pas de la dernière fois qu'il avait senti l'odeur du pain sortant du four. Sa mère avait coutume d'en préparer, autrefois.

— J'ai toujours aimé faire la cuisine, déclara Jo Marie, qui semblait éprouver le besoin de s'expliquer. J'espère que vous avez bon appétit.

— En effet.

— Vous êtes mon premier client, ajouta-t-elle avec un sourire éclatant. Soyez le bienvenu.

Elle se frotta les mains, comme si elle ne savait pas quoi faire au juste.

— Voulez-vous ma carte bancaire ? demanda Josh en sortant son portefeuille de sa poche.

— Oh ! Oui, c'est sans doute une bonne idée.

Elle le précéda à travers la cuisine jusqu'à un petit bureau qui avait dû être l'office par le passé.

Jo Marie fixa la carte qu'il lui tendait.

— Il va falloir que je me contente de noter votre numéro pour l'instant – j'ai rendez-vous à la banque cet après-midi, dit-elle en levant vers lui un regard incertain. Cela ne vous ennuie pas ?

— Pas du tout.

Elle griffonna les numéros et lui rendit la carte.

— Pourrais-je avoir ma clé à présent ? interrogea-t-il.

— Oh ! Bien sûr. Excusez-moi. Comme je vous le disais, vous êtes mon premier client. J'ai acheté la maison juste avant Noël, enchaîna-t-elle.

— Les Frelinger ont-ils déménagé ?

Josh ne se rappelait pas les avoir connus à l'époque où il vivait en ville, mais se demandait pourquoi ils avaient vendu.

— Apparemment, ils ont décidé de traverser le pays en camping-car, expliqua Jo Marie tout en retournant dans la cuisine.

Elle souleva la cafetière, lui offrant silencieusement une tasse. Josh acquiesça tandis qu'elle poursuivait :

— Leur véhicule était chargé et prêt à partir le jour où nous avons signé. Ils m'ont donné les clés et sont partis rejoindre leurs deux filles en Californie pour Noël. Ce devait être leur première étape.

— On dirait qu'ils n'ont pas perdu de temps, observa Josh alors qu'elle lui servait un café fumant.

— Vous prenez du sucre ? De la crème ?

— Non merci, le café noir me va très bien.

— Vous pouvez choisir votre chambre si vous voulez, suggéra Jo Marie.

Josh haussa les épaules.

— N'importe laquelle fera l'affaire. Il ne s'agit pas exactement d'un voyage d'agrément.

— Ah non ? s'étonna-t-elle, visiblement intriguée.

— Non, je suis ici pour installer mon beau-père dans un établissement de soins palliatifs.

— Oh ! Je suis désolée.

Josh l'interrompit d'un geste, soucieux de couper court à toute compassion.

— Nous n'avons jamais été proches et, franchement, nous n'avions pas les meilleures relations qui soient. Je suis venu par devoir plus qu'autre chose.

— Si je peux faire quoi que ce soit…

Josh secoua la tête et la remercia. S'il avait pu s'éviter cette corvée, il l'aurait fait, malheureusement il n'y avait personne d'autre pour s'occuper de Richard.

Jo Marie le conduisit au deuxième étage et lui montra une chambre dotée d'une grande fenêtre qui donnait sur la baie et les chantiers navals de Puget Sound. Plusieurs navires et un porte-avions y étaient entreposés. Le ciel reflétait le gris des vaisseaux.

Richard avait longtemps travaillé au chantier naval. Après avoir servi dans la marine pendant la guerre du Vietnam, il avait quitté l'armée et obtenu un emploi de soudeur à Bremerton. Dylan aussi y avait été employé, jusqu'à l'accident qui lui avait coûté la vie.

Josh s'éloigna de la fenêtre, mais ne prit pas la peine de défaire son sac. Il sortit son téléphone portable et vérifia ses e-mails, espérant avoir des nouvelles de son prochain chantier. Il n'avait pas encore vu Richard et déjà il préparait son retour.

Le premier message venait de Michelle Nelson. Elle l'avait envoyé à peine deux heures plus tôt.

De : NelsonM0@wavecable.net

Envoyé : 12 janvier

À : Joshweaver@sandiegonet.com

Sujet : Bienvenue

Cher Josh,

J'attends ton arrivée à Cedar Cove d'un instant à l'autre et je voulais être sûre que nous soyons en contact tout de suite. Mes parents sont partis dans l'Arizona chez mon frère – il vient d'être papa – et je loge chez eux pour m'occuper de leur chien et veiller sur Richard. J'ai deux jours de congé à partir de ce soir, alors appelle-moi dès que tu seras installé dans la chambre d'hôtes, et je viendrai voir Richard avec toi si tu veux.

Michelle

360-555-8756

Josh se laissa aller contre le dossier du fauteuil et croisa les bras. Il se souvenait que le béguin évident de Michelle pour Dylan avait été une source d'embarras pour son demi-frère. Pourtant, ce dernier n'avait jamais été cruel envers elle, contrairement à d'autres garçons du lycée, qui lui lançaient des piques ou faisaient des plaisanteries déplacées à son sujet.

C'était gentil de sa part de proposer de l'accompagner voir Richard. Sa présence aurait sans doute un effet apaisant sur le vieil homme. Josh composa le numéro de Michelle, elle répondit presque aussitôt.

— Michelle, c'est Josh.

— Oh ! Josh, mon Dieu ! Comment vas-tu ?

— Bien.

L'accueil de Michelle lui fit l'impression d'un baume bienfaisant. Il était surpris que sa venue fasse plaisir à quelqu'un. Il n'était resté en contact avec aucun des amis qu'il avait eus au lycée. Après ses études secondaires, il s'était engagé dans l'armée et avait suivi une formation de base. Ensuite, il avait été embauché dans une entreprise du bâtiment et avait gravi les échelons jusqu'à devenir chef de projet. Ne rechignant pas à voyager, il était allé de ville en ville et de mission en mission, ne restant jamais plus de quelques mois au même endroit. Il avait vu une bonne partie du pays sans créer de liens nulle part. Tôt ou tard, le moment viendrait de se fixer, supposait-il, mais il n'en éprouvait pas encore le besoin.

— Ça me fait plaisir d'entendre ta voix, commenta Michelle d'un ton affectueux.

— À moi aussi, murmura-t-il.

Josh avait toujours apprécié Michelle, de même qu'il avait toujours eu un peu pitié d'elle à cause de son poids.

— J'imagine que tu es mariée à présent, et que tu as une ribambelle d'enfants ? plaisanta-t-il, sûr qu'elle avait trouvé quelqu'un qui appréciait ses qualités.

Elle avait toujours été gentille et généreuse. Il n'était guère étonnant qu'elle soit devenue assistante sociale.

— Non, malheureusement, répondit-elle, d'une voix empreinte de tristesse, qui fit regretter à Josh d'avoir posé la question.

– Et toi ? As-tu amené ta femme et tes enfants voir les lieux de ta jeunesse ?

— Non, je ne suis pas marié non plus.

— Oh !

Elle semblait surprise.

— J'ai demandé à Richard si tu avais une famille mais il ne le savait pas.

Évidemment, son beau-père et lui ne s'étaient pas parlé depuis des années.

— Comment va-t-il ces jours-ci ? reprit-il, désireux de changer de sujet.

— Pas très bien. Il est à la fois têtu et déraisonnable. Il affirme n'avoir besoin de personne, mais il me laisse lui apporter des repas et prendre de ses nouvelles de temps à autre.

C'était Richard tout craché : irrationnel, querelleur, et constamment de mauvaise humeur.

— Sait-il que je suis là ? demanda Josh.

— Je ne le lui ai pas dit.

— Tes parents non plus ?

— J'en doute. Nous n'étions pas certains que tu viendrais.

Apparemment, les Nelson le connaissaient mieux qu'il ne l'avait soupçonné.

— Je n'en étais pas sûr moi-même, avoua-t-il.

— Arrête-toi chez mes parents d'abord, suggéra Michelle. Nous pourrons aller le voir ensemble.

— Merci, c'est gentil.

Michelle hésita. Quand elle reprit la parole, sa voix était douce, presque mélancolique.

— J'ai souvent pensé à toi au fil des années, Josh. Je regrette… je regrette que nous n'ayons pas eu l'occasion de parler à l'enterrement de Dylan.

À vrai dire, Josh ne se souvenait pas d'y avoir vu Michelle. Et sa visite avait été si brève qu'il n'avait bavardé avec personne.

— Quand voudrais-tu venir ? reprit-elle.

— Dès que je serai installé. Disons, dans une heure ?

Plus tôt il affronterait le vieil homme, mieux cela vaudrait.

— Parfait. Je te retrouve chez mes parents.

— À tout à l'heure.

Josh coupa la communication, content d'avoir une alliée, quelqu'un avec qui parler librement. Le seul fait d'être là, à proximité de Richard, lui donnait le sentiment d'être assiégé.

Quelques instants plus tard, il descendit l'escalier, ses clés de voiture à la main.

Jo Marie le rejoignit dans l'entrée.

— Je vais à la banque cet après-midi. Si je ne suis pas là à votre retour, faites comme chez vous, je vous en prie.

— Merci. Je ne sais pas à quelle heure je vais rentrer.

Il avait décidé de faire un petit tour avant de se rendre chez les Nelson. Il serait intéressant de voir les changements que les années avaient apportés à Cedar Cove. Il n'avait guère prêté attention au paysage en sortant de l'autoroute, mais le quartier des quais ne semblait pas très différent de ses souvenirs. Sans doute en était-il de même du centre-ville.

— À plus tard, dans ce cas.

— Oui, à plus tard.

En sortant de la maison, Josh prit le temps de remonter la fermeture Éclair de son blouson. Le froid l'assaillit dès qu'il franchit le seuil. La pluie s'était mise à tomber, cette bruine persistante, si fréquente l'hiver dans la région de Puget Sound.

Il se dirigea vers le lycée. Hormis quelques nouveaux bâtiments préfabriqués, rien n'avait changé. Il se gara et contourna l'école pour atteindre les terrains de sport. La piste d'athlétisme semblait avoir été refaite récemment. Il avait été un assez bon coureur au lycée, mais c'était Dylan l'athlète de la famille – il avait même intégré le Homecoming Court durant sa dernière année. Josh, qui était déjà dans l'armée à ce moment-là, se souvenait de la fierté qu'il avait ressentie quand Dylan lui avait annoncé qu'il avait été sélectionné.

Il n'avait pas assisté à son défilé, ni même au bal de fin d'année de sa promotion. Il n'en avait pas les moyens et Richard n'était pas disposé à payer quoi que ce soit en dehors de ses besoins les plus élémentaires. Après la mort de sa mère, Josh avait compris qu'il ne pouvait compter sur rien hormis un toit au-dessus de sa tête. Mais Richard l'avait même privé de cela.

À partir du lycée, Josh descendit Harbor Street, constatant avec plaisir que la bibliothèque était agrémentée d'une nouvelle fresque et que le restaurant chinois était toujours là. En revanche, plusieurs magasins avaient disparu, y compris celui de toilettage canin où il avait travaillé un été.

Finalement, se disant qu'il était ridicule de repousser l'échéance, il prit le chemin de son ancien quartier. Il n'avait nulle envie de revoir son beau-père, mais il n'allait tout de même pas se laisser intimider plus longtemps par un vieillard !

Il se gara devant chez les Nelson et, attrapant un stylo et un bout de papier, dressa une liste rapide des objets qu'il voulait prendre dans la maison. La Bible de sa mère, pour commencer, ainsi que sa broche. Il la donnerait à sa fille un jour, s'il en avait une. Il voulait aussi récupérer son blouson, celui qui portait l'emblème du lycée et qu'il avait payé avec ses maigres économies, et l'album souvenir de sa dernière année. Il n'avait pu les emporter lorsque Richard l'avait jeté dehors. Son beau-père ne l'y avait pas autorisé.

Une heure après son appel à Michelle, Josh sonnait à la porte des Nelson.

— Josh ?

La femme qui lui avait ouvert souriait, mais il ne pouvait s'agir de Michelle. Elle était mince, élancée… remarquablement séduisante.

Josh la fixa, bouche bée, incapable de dissimuler sa stupéfaction.

— Michelle ?

— Oui, répondit-elle en riant doucement. J'ai changé, n'est-ce pas ?

3

Josh suivit Michelle à l'intérieur, encore abasourdi. Il avait peine à croire que l'adolescente obèse de ses souvenirs puisse s'être muée en une jeune femme aussi mince et aussi belle.

— Un café ? proposa-t-elle en le précédant dans la cuisine.

— Oh ! Volontiers.

La tête de Josh bourdonnait. Il mourait d'envie de l'interroger, mais n'osait pas, de crainte d'être impoli.

Michelle remplit une tasse et la lui tendit.

Josh avait du mal à détacher son regard d'elle. Il comprit subitement pourquoi il ne l'avait pas vue lors des obsèques de Dylan – il ne l'avait pas reconnue, tout simplement. Elle aurait pu se tenir juste en face de lui, peut-être même s'étaient-ils parlé. Il se souvenait vaguement d'avoir échangé quelques mots avec plusieurs personnes, dont certaines lui étaient inconnues.

Il continua à la dévisager par-dessus sa tasse.

— Tu es choqué à ce point ? demanda-t-elle avec un grand sourire.

Elle se tenait d'un côté du plan de travail, et lui de l'autre.

Il hocha la tête, ne sachant que dire.

— Je ne suis plus la fille que j'étais au lycée, déclara-t-elle. Et franchement, j'en suis heureuse.

— Tu as changé, c'est clair, confirma-t-il en tirant un tabouret pour s'asseoir.

— Tout le monde change, n'est-ce pas ? Tu n'es pas le même que lorsque tu as quitté Cedar Cove, si ?

— Non, et j'en suis heureux, tout comme toi, admit Josh.

Adolescent, il était en colère et impulsif. Il venait de perdre sa mère et se sentait rejeté par son beau-père. Il n'avait pas envie de penser à cette époque-là et se félicitait qu'elle soit derrière lui.

— Que peux-tu me dire au sujet de Richard ? reprit-il, désireux de changer de sujet.

Elle réfléchit longuement avant de répondre.

— On ne peut pas dire qu'il y ait eu un grand changement chez lui question caractère, avoua-t-elle enfin.

— Tu veux dire qu'il est toujours querelleur, têtu, déraisonnable, orgueilleux et pénible ?

Josh avait adopté le ton de la plaisanterie, mais il était sérieux. C'était ainsi qu'il se remémorait Richard. La mort de Dylan et la vieillesse n'avaient sans doute pas atténué les défauts de son beau-père.

— Au fond, oui, concéda Michelle avec un petit rire, en portant la tasse à ses lèvres. Il devrait être dans une maison de retraite ou quelque chose comme ça, mais il ne veut pas en entendre parler.

— Toujours le même Richard.

Son beau-père avait dû se battre pour rester chez lui. Sur ce point, Josh ne pouvait lui en vouloir – il aurait fait la même chose.

— Toujours le même Richard, répéta Michelle.

— Et les soins palliatifs à domicile ?

Michelle haussa une épaule.

— Il refuse d'aborder la question. Il dit qu'il ne veut pas voir un tas de gens baver de compassion à son chevet.

Josh secoua la tête. Il n'était guère étonné que Richard se montre difficile, même à l'approche de la mort. À quoi bon changer à présent ?

Il but une dernière gorgée de café et reposa sa tasse.

— Inutile de retarder l'échéance, dit-il d'un ton résolu. Allons-y.

Richard allait éprouver un choc en le voyant. Et s'il en mourait ? Josh se sentit vaguement coupable d'avoir cette pensée. Il s'était bercé d'illusions en croyant avoir dominé le ressentiment que lui inspirait son beau-père. En fait, quelques heures à peine avaient suffi pour que ressurgissent en lui les émotions qui l'habitaient autrefois, lorsqu'il était parti. C'était comme si le temps n'avait pas passé, et qu'il avait de nouveau dix-huit ans – qu'il était fier, en colère, immature.

— Je prends mon manteau et j'arrive, lança Michelle en posant sa tasse à son tour avant de sortir de la pièce.

Josh enfonça les mains dans ses poches.

— J'apprécie que tu viennes avec moi.

— Oh, ce n'est rien.

Ses paroles résonnèrent dans le couloir qui menait aux chambres.

Elle revint vêtue d'une veste rouge vif, une écharpe blanche en tricot autour du cou. Au-dehors, le vent hivernal était mordant. Heureusement, les deux maisons n'étaient guère éloignées l'une de l'autre. Les Nelson avaient toujours été leurs voisins, depuis que sa mère avait épousé Richard.

— Y a-t-il quelque chose que je devrais savoir avant de le voir ? demanda Josh, regrettant de ne pas avoir posé la question plus tôt.

Michelle avait réglé son allure sur la sienne alors qu'ils cheminaient sous la bruine.

— Il a l'air d'un vieillard. Je n'ai remarqué ça qu'environ six mois après la mort de Dylan. Il n'est plus le même homme depuis qu'il a enterré son fils.

À sa grande surprise, Josh éprouva une pointe de compassion envers son beau-père. Celui-ci avait perdu deux épouses et son fils unique. Son dernier parent était un beau-fils qu'il n'aimait pas. Tout ce qui était important à ses yeux s'en était allé. Et Richard n'avait plus aucun héritier.

Ils gravirent les marches de la petite véranda ouverte qui courait le long de la façade. Les parterres de fleurs que sa mère entretenait avec amour étaient envahis par la pelouse. Josh avait fait de son mieux pour arracher les mauvaises herbes pendant qu'elle luttait contre le cancer du sein, et après sa mort aussi. Il avait été le seul à s'en soucier. Il détourna les yeux, refusant de se laisser submerger par l'émotion.

— Il s'enferme la plupart du temps, expliqua Michelle en sortant une clé de la boîte aux lettres.

Elle ouvrit la porte et franchit le seuil.

— Hou, hou. Il y a quelqu'un ?

— Qui est là ? demanda Richard, d'une voix qui parut familière à Josh.

Il devait se trouver dans le petit salon voisin de la cuisine.

— C'est Michelle.

— Je vais bien. Je n'ai besoin de rien.

— Tant mieux, répondit-elle en riant, parce que je ne vous ai rien apporté.

À l'évidence, elle avait appris à ignorer le caractère grincheux de Richard. Elle précéda Josh à l'intérieur. Le vieil homme était assis dans son fauteuil, celui qu'il affectionnait lorsque Josh vivait là.

Une couverture étalée sur les genoux, il semblait petit et frêle. À dire vrai, il n'avait jamais été très robuste. À l'âge de seize ans, Josh le dominait du haut de son mètre quatre-vingts, et il avait encore grandi l'année suivante.

Richard compensait sa relative petite taille par l'agressivité. Jamais il n'avait maltraité Josh physiquement, mais les insultes étaient monnaie courante. Après la mort de sa mère, cela n'avait fait qu'empirer.

Richard leva les yeux et la stupeur se lut dans son regard. Pendant un bref instant, son expression parut s'adoucir. Cependant, si c'était là un signe qu'il était content de le voir, il s'évanouit presque aussitôt.

— Qu'est-ce que tu fais ici ?

Josh se raidit, étonné de constater qu'un mourant avait encore le pouvoir de l'intimider.

— Je suis venu voir comment tu allais et prendre quelques affaires qui m'appartiennent.

— Quelles affaires ? Tu ne prendras rien, tu m'entends ? Rien.

Josh se hérissa, mais ravala sa colère lorsque Michelle posa une main sur son bras.

— Puis-je vous apporter quoi que ce soit, monsieur Lambert ?

— Non ! aboya Richard, repoussant la couverture et faisant mine de se lever.

Michelle se précipita vers lui.

— Monsieur Lambert, je vous en prie !

Il se rassit. Il était devenu pâle et semblait sur le point de perdre connaissance. Le son de sa respiration rauque, saccadée, emplissait la pièce.

Une bouffée de remords envahit Josh. Il n'avait pas eu l'intention de narguer le vieil homme. Il ne s'attendait pas à le voir si fragile.

— Je ne prendrai rien sans ton approbation, assura-t-il.

— Tu n'es qu'un vautour, lâcha Richard lorsqu'il eut repris son souffle.

Malgré tout, sa voix était fluette, tremblante. Il posa une main sur sa poitrine.

— Tu attends que je meure pour me voler comme quand tu étais gamin.

— Je ne veux rien de toi, rétorqua Josh, se sentant bouillir de colère.

— Si c'est de l'argent que tu espères, alors…

— Je n'attends rien de toi, répéta Josh, lui coupant la parole.

— Tu n'auras rien.

— Tu crois vraiment que je voudrais quelque chose de toi ? s'écria Josh. Ai-je l'air désespéré à ce point ?

— Tu m'as bien volé deux cents dollars. On ne peut pas tomber beaucoup plus bas que ça.

Josh serra les poings. S'il ne s'en allait pas tout de suite, il risquait de dire ou de faire quelque chose qu'il regretterait par la suite. Il tourna les talons, sortit de la maison en claquant la porte derrière lui et fit les cent pas sur le trottoir, essayant de maîtriser son indignation.

Il s'était calmé lorsque Michelle le rejoignit, quelques minutes plus tard.

— Comment vas-tu ?

— Comment va-t-il ? répondit Josh, éludant la question.

— Il est faible, mais ça va.

Josh poussa un lent soupir et ferma les yeux.

— Ça n'aurait pas pu être pire.

— M. Lambert n'est pas lui-même.

Josh lâcha un grognement.

— Tu te trompes. Il me déteste, ses sentiments n'ont pas changé.

Cela devait faire mal au vieillard qu'il soit son seul parent survivant.

— Qu'est-ce que c'est que cette histoire de deux cents dollars ? demanda Michelle, curieuse.

— Je n'ai pas pris cet argent, dit-il avec véhémence.

— C'est à cause de ça qu'il t'a mis à la porte ?

Josh enfonça les mains dans ses poches et se tassa sur lui-même avant d'acquiescer.

— Qui l'a pris ? Dylan ? reprit-elle, répondant elle-même à sa question.

— Sans doute. J'imagine qu'il avait l'intention de le rendre mais que Richard a découvert sa disparition avant qu'il en ait eu le temps.

— Et M. Lambert a naturellement supposé que c'était toi.

Ce n'était pas une question, mais une simple constatation. Josh n'oublierait jamais la scène de ce jour-là. Dylan était dans la cuisine quand Richard avait fait irruption dans le salon où il révisait. Son beau-père l'avait attrapé par le col en criant et en lançant des jurons. Figé de terreur, Dylan était resté sans voix pendant que Richard jetait littéralement Josh dehors.

C'était la première fois que son beau-père portait la main sur lui.

Plus tard, Dylan était venu le voir. Josh savait que Dylan avait pris l'argent et Dylan savait qu'il savait. Mais Josh avait dit à son demi-frère qu'il était temps qu'il s'en aille de toute façon, et que c'était mieux ainsi. Si Dylan avait avoué, cela n'aurait rien changé. L'argent disparu était le prétexte que son beau-père attendait.

À l'insu de Richard, Josh s'était déjà engagé dans l'armée. Son départ était prévu une semaine après la remise des diplômes. Il n'avait pas l'intention de revenir, inutile donc de dissiper le malentendu.

Michelle posa une main sur son bras.

— Ça va ?

Josh ne sut que répondre.

— Je suis surpris, voilà tout, avoua-t-il. Surpris qu'il puisse encore me mettre en colère, qu'il ait encore tant d'emprise sur mes émotions.

— Que puis-je faire pour toi ?

Même s'il avait connu la réponse, Josh n'aurait sans doute pas pu la lui avouer. Plus choquante encore que la colère qui l'avait submergé était la tristesse qui menaçait de lui succéder.

À sa manière, Josh avait fait la paix avec son passé. Il ne s'attendait pas à être copain-copain avec son beau-père, mais il avait espéré qu'ils parviendraient enfin à s'accepter – il s'y était même vaguement attendu. Il ne haïssait pas Richard, ne l'avait jamais vraiment haï. Pourtant, même aux portes de la mort, ce dernier ne semblait guère enclin à enterrer la hache de guerre.

— Josh ?

— Rien, merci. Je te suis reconnaissant d'être venue.

— Il vaudrait peut-être mieux que je sois avec toi quand tu retourneras le voir, suggéra-t-elle.

Josh acquiesça.

— C'est sûrement préférable, oui.

— Es-tu passé au Pancake Palace ? demanda-t-elle après un silence.

— Pardon ?

Le Pancake Palace était réputé pour ses petits déjeuners. Ç'avait été le lieu de rendez-vous des adolescents supporters de l'équipe de football autrefois, mais il n'y avait pas pensé depuis des années.

— As-tu déjeuné ? insista-t-elle. Moi, je suis toujours grognon et facilement contrariée quand j'ai l'estomac vide.

— Déjeuné ? répéta-t-il, encore obsédé par sa confrontation avec Richard. Je suppose que non.

— Moi non plus, et je meurs de faim. Tu m'accompagnes ?

Sans attendre sa réponse, elle le prit par le coude et le guida vers son pick-up.

— Il est déjà trois heures et je n'ai rien mangé depuis ce matin, ajouta-t-elle.

Pour sa part, Josh doutait de pouvoir avaler une seule bouchée, mais il avait besoin de s'éloigner de Richard et la perspective de rentrer à la maison d'hôtes et de broyer du noir tout seul dans sa chambre ne le tentait guère.

— Au Pancake Palace, donc, lança-t-il en ouvrant la portière passager pour Michelle.

Il l'aida à grimper, puis contourna le véhicule et prit le volant. Comme il introduisait la clé de contact, la main de la jeune femme se posa sur la sienne.

— Cette scène a dû être très pénible pour toi. Je suis vraiment désolée, Josh.

Il se sentit réconforté par la douceur de sa main, la tendresse de son regard. Il était fasciné par le changement qui s'était opéré en elle. Pas seulement sur le plan physique – bien qu'il soit spectaculaire. Il était frappé par sa sagesse et sa maturité, des qualités acquises, il le savait, au prix d'un profond chagrin.

Mais lui aussi avait ses propres cicatrices. Richard était apparemment déterminé à laisser les choses telles quelles entre eux et à mourir seul ; si c'était là ce qu'il désirait, loin de Josh l'idée de s'y opposer.

4

Ce matin-là, je me rendis à la banque afin de mettre en place les règlements par carte. J'avais eu tant d'autres choses à organiser que j'avais reporté cette démarche.

Au bout de deux heures, j'étais de retour, après un rapide crochet par l'épicerie. Je passai le reste de l'après-midi à planifier le petit déjeuner du lendemain matin.

Josh Weaver n'était pas revenu, mais ses bagages étaient là, j'en conclus donc qu'il rentrerait tôt ou tard. Cette profession étant toute nouvelle pour moi, je ne savais pas dans quelle mesure j'étais censée m'occuper de mes hôtes.

D'après le registre des réservations des Frelinger, Abby Kincaid devait arriver dans la soirée. Je préparai une seconde chambre, retapai les oreillers et m'assurai que tout était en ordre. Si je devais séjourner dans une maison d'hôtes, cette chambre était celle que j'aurais choisie. Les murs lavande étaient accueillants et reposants. Au pied du lit à baldaquin, recouvert de coussins multicolores, se trouvait un de ces coffres en bois que ma grand-mère appelait « un coffre de l'espoir ». J'avais déjà vérifié qu'il contenait des couvertures supplémentaires. La banquette près de la fenêtre offrait une belle vue sur le port de plaisance où les bateaux se balançaient doucement sur les eaux vertes.

Satisfaite, je descendis l'escalier au moment précis où un véhicule se garait sur le parking réservé aux clients. Plusieurs minutes s'écoulèrent mais personne ne vint à la porte. Un coup d'œil par la fenêtre m'apprit que ma visiteuse était encore assise dans sa voiture. Craignait-elle de s'être trompée d'adresse ? J'étais presque tentée de m'aventurer au-dehors pour la rassurer.

S'il n'avait pas plu, je l'aurais peut-être fait. Cependant, je ne tenais guère à me mouiller et le jour baissait déjà. J'allumai le feu à gaz de la cheminée, regagnai la cuisine et enfilai un tablier. J'avais décidé de confectionner une tourte au poulet pour le dîner. Je sortis la volaille que j'avais achetée en ville, la désossai et mis la viande de côté.

Après avoir préparé une sauce blanche, j'ajoutai l'assaisonnement, du bouillon et quelques légumes frais avant de mettre le tout à mijoter sur le feu. J'étais sur le point de faire la pâte quand la sonnette retentit enfin.

Je me hâtai de me laver les mains et allai ouvrir.

Une femme d'une trentaine d'années se tenait sur le seuil, une valise à côté d'elle. Ses cheveux bruns étaient trempés. On aurait dit qu'elle était restée longtemps sous la pluie, ce qui me laissa perplexe car le parking était tout près de la maison.

— Bonjour, lui dis-je avec chaleur. Vous devez être Abby Kincaid.

Elle acquiesça et m'adressa un sourire hésitant.

— Entrez, entrez. Ne restez pas sous la pluie.

Abby s'exécuta et promena un regard rapide autour d'elle.

— Je suis venue dans cette maison autrefois, expliqua-t-elle. Avant que les Frelinger l'achètent pour y faire des chambres d'hôtes.

— Oh ! Comment était-ce ?

J'étais curieuse d'en apprendre davantage sur l'histoire de cette demeure. On m'avait dit qu'à l'origine, elle avait appartenu à un notable, plus précisément à un banquier, ce qui était ironique puisque j'avais moi-même renoncé à la banque pour venir ici. Par la suite, la maison avait longtemps été laissée à l'abandon. Les Frelinger l'avaient restaurée de la cave au grenier. Je ne savais rien de plus.

— Une… amie de ma mère connaissait le propriétaire. Tout le monde en ville adorait cette vieille maison. Elle a beaucoup changé, répondit-elle tout en continuant à regarder le rez-de-chaussée.

En effet, les Frelinger avaient effectué de gros travaux, remplacé toute la plomberie et l'électricité, et modernisé l'ensemble. M. Frelinger avait fait une grande partie du travail lui-même. Artisan accompli, il avait réussi à préserver le caractère de la maison tout en la rendant plus fonctionnelle.

— Vous connaissez donc bien Cedar Cove ?

Je ne voulais pas me montrer indiscrète mais, connaissant mal la ville moi-même, je songeais qu'Abby pourrait m'apprendre des choses.

— J'y suis née et j'y ai grandi, mais je… il y a des années que je ne suis pas venue. Mes parents ont déménagé peu après la fin de mes études et… eh bien… je n'avais plus de raison de venir.

— Cela fait donc un certain temps, observai-je pour alimenter la conversation.

— Plus de dix ans.

Je me demandai pourquoi elle n'était pas revenue voir des amis ou pour des réunions de classe, mais n'osai pas lui poser la question. Elle semblait mal à l'aise, et je ne voulais pas ajouter à son évidente anxiété.

— Je vais prendre vos coordonnées bancaires et vous montrer votre chambre, dis-je en la précédant dans la cuisine. Vous avez réservé pour trois nuits, c'est bien ça ?

— Oui.

Abby hésita.

— À vrai dire, il se peut que… enfin, j'espère pouvoir repartir plus tôt que prévu. Cela vous ennuierait ?

— Non, ce n'est pas grave.

Je sais que certains établissements réclament un supplément en cas de départ anticipé, mais je n'avais pas projeté de le faire, du moins au début. Étant novice dans le métier, j'étais disposée à faire preuve d'une certaine flexibilité.

— Je dois assister à un mariage, ajouta-t-elle. Celui de mon frère aîné… je crois que mes parents avaient fini par abandonner l'espoir que Roger se marie un jour. Nous sommes si heureux pour lui et pour Victoria.

— C'est merveilleux.

Abby me tendit sa carte de crédit. Je notai rapidement les numéros et la lui rendis.

— Je vous montre votre chambre ?

— S'il vous plaît.

Parvenue au milieu de l'escalier, Abby s'immobilisa, les yeux tournés vers les lumières de la ville.

— C'est magnifique ici, le soir, commentai-je. Et de jour, la vue est encore plus belle.

— Je sais. J'ai toujours adoré la baie depuis cette rue.

Elle tendit la main vers sa valise et me suivit. Je la conduisis à sa chambre, qui était voisine de celle de Joshua Weaver.

— À part vous, il n'y a qu'un seul client. Vous ferez sans doute sa connaissance demain matin, au petit déjeuner.

Elle hocha la tête, mais ne paraissait guère intéressée par la perspective de rencontrer qui que ce soit. Après lui avoir indiqué où se trouvaient les serviettes et couvertures supplémentaires, je retournai dans la cuisine, achevai mes préparatifs et enfournai la tourte. Elle était assez grosse pour nourrir une armée, aussi remontai-je les marches et allai toquer à la porte d'Abby.

— Un… un instant, s'il vous plaît.

J'attendis quelques minutes dans le couloir qu'Abby vienne ouvrir la porte. Ou plutôt l'entrouvrir. Elle évita mon regard, mais je vis que ses yeux étaient pleins de larmes.

— Je voulais seulement vous proposer de dîner avec moi, si vous n'avez pas d'autres projets, me hâtai-je de dire, faisant comme si de rien n'était pour ne pas la mettre dans l'embarras.

— Oh ! Je vous remercie, c'est gentil. Ma famille ne sait pas que je suis là… j'ai une journée d'avance, mais… je n'ai pas faim du tout.

Arrivée avec une journée d'avance, et elle n'avait rien dit à sa famille ? Cela me parut curieux, d'autant plus qu'elle était venue célébrer un mariage.

— Si vous avez besoin de quoi que ce soit, n'hésitez pas.

— Merci, mais tout va bien.

La porte était déjà presque refermée. À l'évidence, elle désirait rester seule. Je respectais son désir, d'autant que j'avais souvent éprouvé le même au cours des neuf mois qui venaient de s'écouler, et décidai de ne pas la déranger de nouveau.

Néanmoins, ma curiosité était éveillée. Abby Kincaid arrivait de Floride, autrement dit de l'autre bout des États-Unis. Si elle semblait se réjouir du bonheur de son frère et de sa future belle-sœur, elle ne paraissait en revanche guère heureuse d'être à Cedar Cove. Elle n'était pas revenue ici depuis plus de dix ans, avait-elle déclaré. Pourtant, elle devait bien avoir des camarades d'école qu'elle aurait aimé revoir ?

Le minuteur sonna et je m'empressai de sortir le plat du four. La croûte était parfaitement dorée et la sauce s'échappait par les fentes que j'avais pratiquées sur le dessus. Je laissai la tourte refroidir sur le plan de travail et lavai les quelques récipients dont je m'étais servie.

L'un de mes endroits préférés dans la propriété était un appentis à trois côtés situé dans le jardin, de l'autre côté de l'allée. C'était une ancienne dépendance, peut-être une petite maison. Du bâtiment original ne subsistaient que les trois murs, le toit et une cheminée.

Les Frelinger en avaient fait un abri confortable, y disposant des fauteuils et une réserve de bois. La pluie avait cessé et les étoiles étaient apparues dans le ciel ; j'éprouvais l'envie de sortir. Après dîner, j'enfilai un manteau et m'aventurai au-dehors.

Un feu était préparé dans l'âtre, prêt à être allumé. Je frottai une allumette et regardai le papier s'enflammer. Bientôt le petit bois se mit à crépiter. J'ajoutai une bûche, puis m'installai dans un fauteuil, mis les pieds sur le tabouret, et étalai une couverture sur mes genoux.

Tout était si paisible. En fermant les yeux, je pouvais presque imaginer que Paul était assis à côté de moi. C'était ainsi que j'avais imaginé que nous passerions nos soirées, pelotonnés ensemble devant un feu pétillant. À évoquer nos journées respectives et à se raconter des anecdotes amusantes. Je ne crois pas avoir autant ri avec quiconque qu'avec Paul.

J'adorais son sens de la repartie, son humour subtil, pince-sans-rire, les petits commentaires qu'il faisait en passant, le plus souvent dans un murmure. Ce souvenir me fit sourire.

Je posai la tête contre le dossier du fauteuil et fermai les yeux. Il me manquait tant. Je pensais à lui au moins cent fois par jour, en dépit des mois qui s'étaient écoulés. En serait-il toujours ainsi ? Je songeai que oui. Paul ferait toujours partie de moi. Cette semaine-là, nous aurions dû fêter notre premier anniversaire de mariage, et j'étais déjà veuve.

Des amis bien intentionnés m'avaient affirmé qu'avec le temps, je connaîtrais l'amour de nouveau, mais je ne m'y attendais pas. Au plus espérais-je retrouver un jour un sentiment de sérénité. Que le chagrin qui me collait à la peau finirait par s'atténuer. De là à tomber amoureuse… je doutais sincèrement que ce soit possible. Quant à découvrir le véritable bonheur, à être heureuse, cela aussi restait une question à laquelle seul le temps répondrait.

Le feu crépitait doucement et la chaleur m'enveloppait dans une douce étreinte. Je réfléchis à ces deux derniers jours.

Dans mon rêve, Paul m'affirmait que cette maison m'aiderait à revenir à la vie. Je me rendais compte qu'il avait raison. Mes deux premiers clients étaient arrivés, et chacun semblait porter son propre fardeau. Peut-être le voyais-je parce que j'en portais un, moi aussi.

Je songeai à Abby, là-haut, en train de pleurer. Joshua aussi paraissait préoccupé, ce qui n'était guère étonnant compte tenu des circonstances de sa visite.

Les yeux fermés, je priai silencieusement pour qu'Abby Kincaid et Joshua Weaver trouvent du réconfort durant leur séjour à Cedar Cove. Et je priai pour moi-même par la même occasion – pour recouvrer la joie et la sérénité que j'avais connues.

— Jo Marie ?

La voix d'Abby m'arracha à mes rêveries. Je devais être à demi endormie.

— Oui ? répondis-je en levant la tête.

— J'espère que je ne vous ai pas réveillée…

— Pas du tout, j'étais dans la lune, plaisantai-je en souriant. Voudriez-vous vous joindre à moi ?

Abby hésita avant de prendre place sur la chaise en bois à côté de la mienne. Elle s'assit tout au bord du siège, avec méfiance, prête à s'enfuir à tout moment.

— Je… je vous ai aperçue de ma fenêtre… vous aviez l'air… en paix.

En paix. Elle avait vu juste. Je me sentais en paix, en effet. C'était un grand progrès pour moi. Dans les profondeurs de mon chagrin, il m'avait semblé impossible d'éprouver de nouveau ce sentiment.

— Je… j'ai oublié d'apporter du dentifrice, reprit Abby d'un ton qui suggérait que c'était une tragédie. Je ne sais pas comment je me suis débrouillée.

— Cela ne m'ennuie pas du tout de vous prêter le mien pour ce soir. Les magasins sont tous fermés à l'heure qu'il est, mais la pharmacie de Harbor Street sera ouverte de bonne heure demain.

— Oh !

Ses épaules s'affaissèrent. On aurait dit que c'était la dernière chose qu'elle voulait entendre.

— Merci. J'irai demain matin, dans ce cas.

— Je vous ai laissé une part de tourte au poulet dans la cuisine au cas où vous changeriez d'avis.

— Non, merci. Comme je vous le disais, je… je n'ai pas beaucoup d'appétit.

— Eh bien, j'espère que vous aurez faim demain matin.

Car j'avais de grands projets pour mon premier petit déjeuner officiel. J'avais préparé un ragoût plus tôt dans la journée, car la recette recommandait de le faire mariner une nuit au réfrigérateur.

Je comptais aussi servir des fruits frais, des muffins maison, du bacon et du jus d'orange. J'avais également des flocons d'avoine.

— À quelle heure est le petit déjeuner ?

Je le lui dis et elle s'en retourna sans bruit ; j'ajoutai que j'allais me coucher bientôt aussi.

Pourtant, bercée par les flammes, confortablement installée et en paix, je ne sais pas combien de temps je restai encore au coin du feu. Je savourais sa chaleur, en songeant à la nouvelle vie dans laquelle je m'étais engagée.

5

Abby Kincaid attrapa le drap et le remonta sur son épaule. Elle se força à fermer les yeux, mais ils se rouvrirent presque aussitôt. Des ombres dansaient sur les murs, la narguaient. C'était ce qu'elle avait redouté le plus en revenant à Cedar Cove. Déjà ses démons s'étaient réveillés, lui coupant le souffle et la privant de sommeil.

La pleine lune brillait d'un éclat vif, projetant sa lumière sur les eaux lisses de la baie. Incapable de se détendre, Abby se redressa et contempla la scène. À tout autre moment, elle aurait été transportée par la beauté du spectacle qui s'offrait à elle. Mais pas ce soir. Pas ce soir.

Elle devait dormir. Il y avait des jours, non, des semaines qu'elle n'avait pas eu une nuit de sommeil ininterrompu. Ses yeux la picotaient, mais son esprit refusait de s'abandonner au repos. La perspective de ce retour à Cedar Cove la tourmentait depuis qu'elle avait appris la nouvelle du mariage de son frère. Elle aurait aimé avoir un prétexte pour ne pas venir. Mais comment aurait-elle pu ? C'était son frère ! Toute sa famille serait présente. Ses oncles et tantes… et même ses cousins, que, pour la plupart elle n'avait pas vus depuis des années.

Pourquoi, oh pourquoi avait-il fallu que Roger tombe amoureux d'une femme de Cedar Cove ? Abby n'avait pas encore fait la connaissance de sa future belle-sœur, même si elles s'étaient parlé à deux reprises au téléphone. Elle semblait très bien, très gentille… et si elle était au courant de la tragédie qui planait tel un nuage noir sur la vie d'Abby, Victoria n'y avait jamais fait la moindre allusion.

Bien qu'elles soient quasiment des étrangères l'une pour l'autre, sa future belle-sœur lui avait demandé de participer au mariage. Non sans hésitation, Abby avait accepté de servir le gâteau.

Le seul reproche qu'elle puisse adresser à Victoria, c'était de se marier dans le seul endroit au monde où Abby n'aurait jamais voulu remettre les pieds.

Déjà, la tentation de faire ses bagages et de retourner en Floride était plus forte que jamais. Le fait qu'elle avait une journée d'avance compliquait tout. D'une manière ou d'une autre, dans sa réticence et sa nervosité, elle s'était trompée en faisant sa réservation. Elle avait eu l'intention d'arriver le vendredi, pour la répétition et le dîner qui était prévu ensuite. La cérémonie proprement dite se déroulerait samedi en fin d'après-midi, et serait bien sûr suivie d'une réception. Elle avait délibérément choisi de ne pas se rendre au motel où sa famille avait réservé, préférant se tenir à l'écart de l'effervescence générale. Son vol de retour était à la première heure le dimanche matin. Elle voulait faire un aller-retour aussi rapide que possible.

Une visite éclair.

Raté.

Il aurait coûté trop cher de modifier sa réservation. D'ailleurs, l'avion était complet pour le vendredi soir. Elle détestait en convenir, mais arriver la veille était préférable. Par conséquent, elle s'était résignée à affronter l'inévitable – vingt-quatre heures de plus à Cedar Cove.

Elle n'avait pas avoué son erreur à son frère, pas plus qu'à ses parents. Elle redoutait trop de croiser quelqu'un qu'elle connaissait, autrefois… avant le soir où elle avait causé la mort de sa meilleure amie et que Cedar Cove la condamne.

Depuis plus de dix ans, Abby avait réussi à ne pas revenir dans sa ville natale. Puis ses parents s'étaient sentis contraints de déménager. Oh ! Certes, ils avaient un prétexte tout trouvé pour ne pas lui faire endosser la faute. Mais Abby devinait la vérité même s'ils étaient trop généreux pour l'admettre. Personne n'avait besoin de lui mettre les points sur les i. Ses parents ne pouvaient plus regarder leurs amis en face, et encore moins les White.

Son père avait déclaré que le chantier naval, le plus grand employeur du comté, lui avait proposé un départ en retraite anticipé. Peu après, ses parents avaient déménagé en Arizona. Son frère, cadre supérieur dans une chaîne de cafés, vivait déjà à Seattle à l'époque de l'accident. Parmi toutes les femmes avec qui il était sorti au fil des années, pourquoi mais pourquoi n'était-il pas tombé amoureux d'une femme originaire de Seattle, du fin fond de l'Alaska... ou même de Tombouctou ? N'importe où plutôt que Cedar Cove.

Enfin, ce qui était fait était fait. Abby était là, à présent, que cela lui plaise ou non. Elle était là, abattue et effrayée, terrifiée. Un psy qu'elle avait consulté des années auparavant lui avait suggéré de se confronter à ses peurs. C'était un bon conseil, supposait-elle, puisque ces peurs étaient désormais tout autour d'elle. Elle avait beau les fuir, ces affreux souvenirs la talonnaient, l'empêchaient de dormir en lui infligeant le même cauchemar depuis quinze ans.

Tout avait commencé si innocemment, dans la joie. Abby et Angela s'étaient rencontrées à leur entrée en sixième et s'étaient tout de suite entendues à merveille. Angela était la meilleure amie qu'Abby ait jamais eue. Toutes deux membres des pom-pom girls et de l'équipe féminine de foot, elles suivaient ensemble des cours de théâtre et étaient pratiquement inséparables. Elles étaient plus que des meilleures amies. Angela était la seule personne au monde avec qui Abby se sentait libre de tout partager, en sachant qu'elle ne serait jamais jugée. Elles pouvaient parler des heures durant, et ces fous rires qu'elles partageaient !

Après le lycée, Abby était entrée à l'université de Washington à Seattle, et Angela à l'établissement rival, Washington State, à Pullman, où sa mère avait elle-même étudié.

Bien que séparées par tout un État, elles se parlaient chaque jour et attendaient les vacances de Noël avec impatience. Abby avait une foule de choses à raconter à sa meilleure amie, mais surtout elle voulait lui parler de Steve, le colocataire de son frère, avec qui elle sortait depuis peu. Ils ne se fréquentaient que depuis deux mois, mais Abby était sûre que c'était le grand amour. Elle en était absolument convaincue. L'amour avec un grand A. Avec le recul, Abby avait compris qu'elle ne savait rien de l'amour… et encore moins du deuil.

Au cours des années, certaines de ses anciennes amies de Cedar Cove lui ont écrit, mais Abby n'a répondu ni à leurs lettres ni à leurs cartes de vœux. Elle a coupé les ponts avec Patty, Marie, Suzie et tous les autres depuis son départ.

Comment pourrait-elle de nouveau fêter Noël ? Abby faisait de son mieux pour ignorer ce jour-là. C'était toujours le pire moment de l'année pour elle, et le temps n'y changeait rien.

Au début, elle a fait un effort pour rester en contact avec la famille d'Angela, mais les parents de celle-ci lui ont rapidement fait comprendre qu'ils ne voulaient pas qu'on leur rappelle la tragédie. En vérité, ils ne voulaient jamais la revoir. Bien qu'elle ait désespérément besoin d'avoir de leurs nouvelles, ses lettres lui ont été renvoyées intactes.

N'y tenant plus, elle a demandé à sa mère comment allaient les White, car elle s'inquiétait pour eux. Au début, Linda Kincaid a éludé ses questions, puis, au pied du mur, a avoué que les relations entre les deux familles étaient difficiles. Tendues.

Moins de six mois plus tard, son père a annoncé qu'il prenait sa retraite et que le domicile familial était en vente. Abby savait que tout cela était dû à cette fatale nuit de décembre. Ses parents ont nié, mais Abby a compris qu'ils cherchaient à la protéger.

Peu importait à présent. Une fois ses parents en Arizona, Abby s'est sentie soulagée, Cedar Cove était derrière elle. Elle a espéré pouvoir enfin aller de l'avant.

Mais elle n'a jamais réussi à oublier. Comment aurait-elle pu oublier Angela ? Ou la repousser tout au fond d'elle comme si sa vie n'avait pas eu d'importance ? C'était elle qui conduisait. C'était elle la responsable. Elle mit des années à comprendre qu'elle avait perdu bien plus que sa meilleure amie ce soir-là. Abby avait aussi perdu son âme.

L'adolescente insouciante d'autrefois est morte avec son amie. Sa vie entière a changé après l'accident – et même sa personnalité. Avant, elle était sociable, amicale, elle aimait s'amuser. Elle est devenue réservée, sombre, silencieuse. Elle sortait parfois avec des hommes, mais rarement. Cela lui semblait affreusement injuste qu'elle puisse continuer à mener une vie heureuse alors qu'Angela était morte. Et d'après ce qu'elle savait de la famille White, jamais ils ne s'étaient remis de la perte de leur fille unique.

Finalement, Abby a achevé ses études et quitté l'État de Washington, mais elle n'était plus la même. Elle avait peu d'amis ; elle évitait tout rapprochement avec quiconque, car cela lui faisait l'effet d'une trahison envers Angela. Son psy lui a déclaré un jour qu'elle vivait dans le regret. Quoi qu'elle fasse, en bien ou en mal, son sentiment de culpabilité demeurait intact.

Elle était responsable de la mort de sa meilleure amie. Au fil des années, cette certitude amère s'est enracinée en elle.

Sa licence en poche, Abby a accepté un poste de cadre à Port-Sainte-Lucie, en Floride, aussi loin que possible de Cedar Cove, à tous points de vue. Dans cet endroit où il fait plus de trente degrés en hiver, l'air imprégné d'humidité et la présence d'alligators lui permirent presque de croire que la petite ville boisée de Cedar Cove, nichée dans une baie de la côte nord-ouest du Pacifique, n'était qu'un mauvais rêve.

Ses parents en Arizona et son frère à Seattle, elle n'avait plus aucune raison de retourner dans sa ville natale. Jusqu'à aujourd'hui.

Toute la famille était au comble du bonheur pour Roger, qui avait eu plusieurs relations éphémères avant de rencontrer Victoria. Leur mère était ravie quand ils ont annoncé leurs fiançailles. Sans doute se disait-elle que c'était là leur seule chance d'avoir un jour des petits-enfants.

Car tout le monde, Abby comprise, s'était résigné au fait qu'elle ne se marierait jamais. À bien des égards, c'était comme si sa vie était restée sur pause depuis l'accident. Elle s'était habituée à vivre dans une bulle émotionnelle.

Abby se frotta les yeux et regarda le radio-réveil pour la dixième fois au moins. Il était six heures passées et il faisait encore nuit. Elle avait dormi, si on pouvait appeler ça dormir, un total de trois heures.

Elle alluma la lampe de chevet et tendit la main vers le livre qu'elle avait apporté. Se plonger dans une bonne histoire lui changerait les idées jusqu'à ce qu'il soit temps de descendre rejoindre Jo Marie et l'autre résident pour le petit déjeuner.

Plus tard, elle se risquerait en ville à la recherche de la pharmacie dont Jo Marie avait parlé, espérant ne rencontrer personne qu'elle connaisse. Puis, cet après-midi, elle appellerait ses parents et son frère pour se rendre à la répétition du mariage.

Elle était sincèrement heureuse pour son frère. Elle se promit de plaquer un sourire sur ses lèvres pour lui faire plaisir.

6

Josh dormit mal. Pas étonnant – l'épouvantable scène de ses retrouvailles avec Richard passait en boucle dans sa tête, comme un film qui refusait de prendre fin. En dépit de ses efforts, la confrontation avait été pire qu'il se l'était imaginée. Richard semblait même lui vouer une hostilité plus intense qu'autrefois. Logique. Son beau-père avait toutes les raisons de lui en vouloir. Josh était vivant mais le fils favori – le fils légitime – était mort.

Le petit déjeuner était servi quand il descendit, et Jo Marie l'accueillit d'un « Bonjour » enjoué. Sa gaieté naturelle prit Josh au dépourvu et le rasséréna quelque peu. Même s'il était son premier client, elle semblait naturellement douée pour ce métier. Pour autant qu'il puisse en juger, elle faisait une hôtesse parfaite, attentionnée sans être indiscrète ou envahissante.

Josh lui rendit son salut et prit place à la table de la salle à manger. Après la grisaille de la veille, le soleil entrait à flots par la fenêtre, comme pour refléter l'enthousiasme de Jo Marie envers cette nouvelle journée. Sa mère aussi était quelqu'un du matin, songea Josh avec un serrement de cœur. Parfois, elle le réveillait en chantonnant pour qu'il se prépare à partir à l'école. Il sourit à ce souvenir. Sa bonne humeur l'agaçait à l'époque. Il enfouissait la tête sous l'oreiller en grommelant.

Richard, lui, était tout le contraire. Toujours en retard le matin, il prenait souvent son petit déjeuner debout, avalant une dernière gorgée de café en se dirigeant vers la porte. Mais si pressé qu'il ait été, jamais il n'oubliait d'embrasser Teresa avant de partir. Quelquefois, ils s'embrassaient avec tant d'ardeur que Josh devait détourner les yeux. Son beau-père était heureux en ce temps-là.

Des pas résonnèrent sur le plancher derrière lui. Se rappelant que Jo Marie avait parlé d'une autre résidente, il jeta un coup d'œil par-dessus son épaule. La jeune femme semblait aussi morose qu'il l'était. Elle marchait les yeux baissés et eut un faible sourire quand Jo Marie lui lança son « Bonjour » guilleret.

Ce fut seulement lorsqu'elle s'assit à table qu'elle parut remarquer sa présence. La surprise se lut sur ses traits.

— Bonjour, dit-il.

Il n'avait guère envie de faire la conversation, cependant il ne désirait pas non plus se montrer impoli.

— Bonjour, répondit-elle d'un ton hésitant.

Jo Marie revint, apportant un pichet de jus d'orange. Elle s'acquitta des présentations.

— Joshua Weaver, Abby Kincaid.

Josh remarqua qu'elle avait déjà servi le café dans les tasses. Le ragoût trônait au centre de la table, ainsi qu'une assiette de bacon croustillant, des tranches de pain grillées et beurrées, diverses gelées et confitures et des muffins.

— Du jus d'orange ? proposa Jo Marie.

— S'il vous plaît.

— Pas pour moi, merci, répondit Abby.

Josh s'aperçut qu'il mourait de faim. Il n'avait pas dîné la veille, après son déjeuner tardif avec Michelle. Ils avaient passé près de trois heures au Pancake Palace, à parler de tout sauf de Richard. Son amour-propre l'avait empêché de montrer à quel point il avait été secoué par l'accueil hostile de son beau-père.

Il avait raccompagné Michelle, puis sillonné la ville pendant deux heures encore, retrouvant peu à peu ses repères dans les divers quartiers de Cedar Cove. Cet endroit était le seul où il s'était vraiment senti chez lui, et il lui semblait étrange d'être de retour.

Michelle n'avait pas dramatisé concernant Richard. Le vieil homme vivait ses derniers jours. Curieusement, Josh ne pouvait s'empêcher d'en être un peu attristé. Une époque s'achevait, même si elle n'avait guère été heureuse. Bientôt, il serait trop tard pour améliorer sa relation avec son beau-père, sinon de combler le fossé qui les séparait.

Sa tristesse venait-elle du fait qu'il serait seul au monde lorsque Richard aurait disparu ? Cela n'avait pas de sens, parce qu'au fond, il était déjà seul.

Pourtant, ce sentiment était bien là, cette impression d'être sur le point de perdre quelque chose d'important. Il se remémorait tout juste son père biologique, un alcoolique qui les avait abandonnés, sa mère et lui, alors que Josh avait à peine cinq ans. Sa mère était morte treize ans plus tard, puis ç'avait été le tour de son demi-frère.

Il se rendit compte qu'il fixait la fenêtre sans la voir. S'obligeant à revenir au présent, il prit une généreuse portion d'œufs brouillés et se mit à manger avec appétit.

Le ragoût était délicieux. Josh se resservit deux fois, ce qui était rare chez lui. Abby, en revanche, se contenta de picorer. Elle poussait sa nourriture au bord de son assiette, pensant que personne ne la regardait. Josh songea qu'elle n'avait pas dû manger plus d'une cuillerée ou deux. Sans doute n'avait-elle pas passé une meilleure soirée que lui.

Apparemment, ils étaient tous les deux venus à Cedar Cove avec leur propre fardeau. Il n'y fit pas allusion et elle non plus. Ils se contentèrent d'échanger des propos anodins, ce qui convenait parfaitement à Josh.

— L'un ou l'autre d'entre vous sera-t-il ici pour le dîner ? demanda Jo Marie en rentrant dans la pièce avec une cafetière pleine de breuvage fumant.

— Je n'ai pas de projets, répondit Josh. Mais mieux vaut ne pas compter sur moi.

— Et je serai avec ma famille, renchérit Abby avec un sourire d'excuse.

— Pas de problème. Tout vous convient ?

Après le somptueux petit déjeuner qu'elle avait préparé, Josh avait du mal à croire qu'elle était novice en la matière.

— C'était fantastique.

Abby ne répondit pas, apparemment plongée dans ses pensées.

— Abby, reprit Jo Marie avec douceur, puis-je vous apporter autre chose ?

La jeune femme s'efforça de sourire, sans vraiment y parvenir.

— Tout était… parfait. Merci infiniment.

— De rien.

Jo Marie, telle une abeille affairée voletant de fleur en fleur, allait et venait dans la salle à manger.

— J'ai passé une soirée merveilleuse, avoua-t-elle, comme si elle ne pouvait plus garder cela pour elle. Je me suis assise au coin du feu et j'ai absorbé le silence. Il y a une éternité que je n'avais pas connu un moment aussi paisible.

Quelqu'un au moins avait trouvé le réconfort, songea Josh. Il s'en réjouissait pour elle, même s'il lui semblait peu probable qu'il y parvienne, lui, à Cedar Cove. Au fond, il aurait donné cher pour récupérer ses quelques possessions et partir dès aujourd'hui.

Il quitta la maison d'hôtes peu après le petit déjeuner. Il avait rendez-vous avec Michelle pour faire une nouvelle tentative auprès de Richard. Une fois de plus, il lui était reconnaissant de sa compagnie.

En roulant vers son ancien quartier, il pensa à elle. Bien qu'ils aient passé une bonne partie de l'après-midi ensemble la veille, il n'en savait guère plus long à son sujet. Il ne s'en était pas rendu compte sur le moment, mais c'était lui qui avait parlé la plupart du temps. Michelle avait semblé curieuse de savoir ce qu'il avait fait depuis son départ de Cedar

Cove. Elle lui avait posé des questions sur son engagement dans l'armée, ses études et les emplois qu'il avait eus. Josh était incapable de se souvenir de la dernière fois qu'il avait eu une conversation de trois heures hors du cadre professionnel. Il s'était senti proche d'elle, plus proche qu'il ne l'avait été d'une femme depuis très longtemps. Il n'était pas sûr de ce qu'il devait en conclure, ni même s'il devait en conclure quoi que ce soit, mais il y songeait.

Il ne s'était jamais marié, sans que ce soit un choix délibéré. Il était sorti avec de nombreuses femmes et avait eu trois relations sérieuses. Finalement, toutes s'étaient effilochées jusqu'à la rupture.

Josh n'était pas certain de savoir pourquoi, sinon qu'il n'est jamais resté très longtemps au même endroit. Un échec sentimental était compréhensible, un second était suspect, mais un troisième ? À l'évidence, le problème venait de lui. Sans doute serait-il un candidat idéal à une thérapie. Il avait probablement un lourd bagage, entre l'abandon de son père et la relation déprimante qu'il avait eue avec son beau-père.

En arrivant chez les Nelson, Josh remarqua que les lumières étaient allumées dans la maison. En revanche, tout était sombre chez son beau-père. Aussitôt alarmé, il fit un pas vers le pavillon négligé de sa famille avant de s'arrêter juste à temps. S'il se ruait à l'intérieur et trouvait Richard dans son fauteuil, il aurait l'air d'un idiot. Mieux valait s'en tenir au plan. Entrer. Sortir. S'en aller.

Une tasse entre les mains, Michelle ouvrit la porte d'entrée alors qu'il remontait l'allée.

— Bonjour !

— Bonjour.

Il avait encore du mal à croire qu'elle soit cette superbe jeune femme. L'adolescente de ses souvenirs, celle avec qui il avait pris le bus scolaire des années durant, était timide et réservée, mal dans sa peau.

Elle avait eu des amis, Josh en était sûr, même s'il était incapable de se rappeler leurs noms. Ce qu'il n'avait pas oublié, cependant, c'étaient les moqueries dont elle était l'objet. Michelle avait beau s'efforcer de les ignorer, elle devait en souffrir. Il était intervenu deux ou trois fois, mais la situation s'était retournée contre lui. Les autres avaient commencé à le taquiner, disant qu'il avait le béguin pour elle.

— Que dirais-tu d'un café ?

— Avec plaisir.

En réalité, il avait surtout envie de repousser la confrontation avec son beau-père. Il suivit Michelle dans la cuisine et s'installa au comptoir du petit déjeuner pendant qu'elle remplissait une tasse.

— Quand as-tu perdu tout ce poids ? demanda-t-il maladroitement.

Sans doute n'était-ce pas la meilleure manière d'engager la conversation, mais c'était la question qui le taraudait.

Michelle haussa les épaules, comme pour signifier que cela n'avait guère d'importance. Josh ne s'y laissa pas prendre. Ç'avait forcément été un tournant dans sa vie.

— Il y a quelques années.

— Dylan t'a vue… depuis ? insista-t-il, sachant combien elle avait aimé son demi-frère.

Il prit conscience de sa maladresse et espéra ne pas l'avoir blessée.

— J'avais déjà beaucoup maigri quand il a eu son accident, mais je ne crois pas qu'il l'ait remarqué.

Josh la dévisagea, incrédule.

— Il n'habitait plus ici, expliqua-t-elle. Je ne le voyais pas très souvent ; il était avec Brooke.

— Brooke Davis ?

Déjà, au lycée, Dylan avait un faible pour Brooke, une fille intrépide, aux cheveux flamboyants et au tempérament indomptable. Elle n'avait jamais plu à Josh. De son point de vue, elle encourageait les pires défauts de son demi-frère.

— Ils vivaient ensemble ?

Michelle acquiesça. Bien sûr, songea Josh, il était bien naïf d'imaginer que Dylan était resté à la maison. Il avait toujours été entendu que Josh quitterait les lieux dès ses études secondaires achevées, mais Dylan était dans une situation différente, et Josh n'avait jamais pensé qu'il partirait.

Il but une gorgée de café afin de dissimuler son trouble. Parler de son demi-frère le peinait, aussi changea-t-il de sujet.

— Nous avons beaucoup parlé de moi hier soir. Et toi ? Tu n'es pas mariée ?

— Plus maintenant.

— Tu l'as été ?

Cela aussi était une surprise. La voyant si proche de sa famille, il avait naturellement pensé… Une fois de plus, il avait supposé à tort.

— Ça n'a pas duré, continua Michelle. C'était une erreur et je l'ai regrettée presque tout de suite. J'ai épousé Jason à vingt ans et j'étais divorcée à vingt et un. Il s'est remarié depuis et il a déménagé.

— Je suis désolé, marmonna Josh, ne sachant que dire.

En dépit du ton léger qu'elle avait adopté, il soupçonnait que l'échec de son mariage lui avait laissé de profondes blessures.

— Oui, moi aussi, murmura-t-elle avec un nouveau haussement d'épaules.

Contrairement à certaines femmes qu'il avait connues, elle ne chercha pas à se trouver des excuses, pas plus qu'à accuser quiconque ou à dresser la liste des raisons de son divorce. Un signe de maturité, songea-t-il.

— Après t'avoir déposée ici, je me suis rendu compte que je t'avais à peine posé une question.

— Que veux-tu savoir ? rétorqua-t-elle.

— Eh bien, pour commencer, où vis-tu ?

— J'ai un appartement sur les quais à Manchester.

Ce devait être une construction récente. Josh n'avait pas souvenir d'immeubles résidentiels dans ce coin.

— Ton travail te plaît ? Ça ne doit pas être facile d'être assistante sociale par les temps qui courent ?

— J'adore mon métier. Je suis dans le secteur de l'adoption et je cherche des foyers permanents pour les enfants qui en ont besoin. Ça m'apporte énormément de satisfaction.

Il hésita, ne voulant pas lui donner l'impression d'un interrogatoire.

— Je te suis reconnaissant de m'aider avec Richard… je veux que tu le saches. J'espère que les choses vont mieux se passer aujourd'hui.

— Moi aussi, répondit-elle en lui adressant un sourire empreint de douceur.

Josh avait du mal à la quitter des yeux. Elle était vraiment belle. Elle l'avait toujours été, mais il avait été trop aveugle pour s'en rendre compte.

Elle déposa sa tasse dans l'évier, gênée par son regard.

— Et j'apprécie vraiment que tes parents et toi ayez veillé sur Richard, ajouta-t-il, afin de détendre l'atmosphère. Vous avez toujours été d'excellents voisins.

La mère de Michelle avait régulièrement préparé leurs repas quand sa propre mère était en train de mourir, Josh ne l'avait pas oublié.

Michelle baissa les yeux.

— Richard et ma mère se sont disputés il y a quelques mois. Un jour qu'elle lui apportait à déjeuner, elle l'a trouvé étendu par terre et elle a appelé une ambulance. Richard s'est mis dans une colère noire et lui a ordonné de quitter sa maison et de ne plus y remettre les pieds.

Quelle stupidité ! songea Josh. Mais c'était Richard tout craché.

— C'est ton père qui a gardé un œil sur lui ?

— Non. Je suis la seule qu'il autorise à entrer dans la maison.

Josh secoua la tête, faisant de son mieux pour réprimer un sourire. Apparemment, son beau-père n'était pas insensible à un joli minois.

— Je crois que cela vient de mon béguin d'autrefois pour Dylan. Me voir l'aide à mieux supporter son deuil, d'une manière ou d'une autre. Je ne sais pas pourquoi, mais la plupart du temps, il est content quand je passe le voir.

— Brooke lui rend visite de temps en temps ?

— Jamais, répondit Michelle avec un haussement d'épaules. Elle n'est même pas venue à l'enterrement de Dylan. D'après ce que j'ai entendu dire, elle a passé la journée à s'enivrer et à pleurer dans sa bière.

— Elle vit toujours par ici ?

— Je l'ignore, murmura Michelle. Et je m'en moque.

Josh ne s'en souciait pas davantage.

— Richard en a été aigri, n'est-ce pas ?

— J'en ai peur, avoua Michelle.

Richard n'apprécierait certainement pas son aide, songea Josh, mais il devait tout de même poser la question.

— Puis-je faire quoi que ce soit pour lui ?

Michelle réfléchit, mordillant sa lèvre inférieure.

— Je... je ne crois pas qu'il accepterait ton aide.

Entendre Michelle le lui confirmer n'atténua en rien sa déception. En dépit de leur mésentente passée, il voulait sincèrement aider le vieil homme.

— As-tu parlé avec son médecin ?

— Je lui ai téléphoné une ou deux fois. Comme je te l'ai dit, Richard ne devrait pas vivre seul, mais il insiste pour mourir dans son lit.

— Tu as été une véritable amie pour lui, déclara Josh, et je t'en suis reconnaissant.

— Je l'ai fait pour Dylan...

— Tu l'aimais, n'est-ce pas ?

Elle hésita.

— Peut-être, à un moment donné, mais tu ne m'as pas laissé terminer.

— Pardon.

— Je l'ai fait pour Dylan… et pour toi.

7

Je mettais de l'ordre dans la cuisine quand la sonnette retentit. Je posai mon torchon et allai ouvrir la porte. Une très belle femme se tenait sur le seuil, souriante. Elle portait un imperméable et un foulard autour de ses cheveux poivre et sel, et avait un plateau de muffins dans les bras.

— Bonjour. Je suis Peggy Beldon.

Beldon, Beldon. Le nom me disait vaguement quelque chose.

— Les Frelinger ont dû vous dire que je passerais. Sandy m'a demandé de venir vous parler un peu de la gestion d'une maison d'hôtes.

— Oh ! Oui, bien sûr.

En effet, les Frelinger m'avaient parlé d'une amie également propriétaire d'une maison d'hôtes, qui pourrait répondre à mes questions. Bien qu'impatients de commencer leur nouvelle vie, ils ne voulaient pas me laisser sans soutien. C'était adorable de leur part.

— Entrez, je vous en prie.

Il recommençait à pleuvoir, ce qui n'avait rien d'inhabituel pour cette époque de l'année.

— Je vous ai apporté des muffins aux myrtilles tout frais. Les fruits viennent de mon propre jardin. J'ai dû me battre avec les chevreuils tout l'été, mais j'ai réussi à en ramasser assez pour les mettre au congélateur.

Elle fourra le foulard dans sa poche, puis retira son manteau.

— Mon mari et moi tenons Vents et Marées sur Cranberry Point.

— Bienvenue chez moi.

— J'allais vous téléphoner, mais je venais dans le quartier de toute façon, alors je suis passée à tout hasard. Mon mari est chez le dentiste, à deux pas d'ici. Je ne vous dérange pas, j'espère ?

— Pas du tout. En fait, vous arrivez à point nommé. J'allais faire une petite pause.

Je la conduisis dans la cuisine et préparai du thé.

— J'ai mes premiers clients, ajoutai-je.

Jusqu'à présent, je m'étais fiée à mon instinct, aussi étais-je heureuse d'avoir l'occasion de bavarder avec quelqu'un d'expérimenté, qui pourrait m'apprendre les ficelles du métier. Car il y en avait forcément.

Ma mère était une merveilleuse hôtesse, douée pour mettre ses invités à l'aise. J'espérais avoir hérité de ce don ; selon moi, tenir une maison d'hôtes n'était finalement guère plus difficile que de recevoir des amis pour le week-end. Me trompais-je ?

Je versai le thé et mis les muffins sur une assiette. J'avais servi le petit déjeuner à mes hôtes, mais n'avais pas pris moi-même le temps d'avaler quoi que ce soit hormis un verre de jus d'orange. Au petit déjeuner, je me contentais souvent d'un café ou d'un jus de fruits. Mais vers dix heures et demie, mon estomac commençait déjà à gronder.

Confortablement accoudée à la table, Peggy souffla sur son thé fumant.

— Eh bien, comment vous en tirez-vous ?

— Tout semble bien se passer jusqu'ici, mais je viens seulement de commencer.

— Très bien. Voulez-vous que je vous fasse quelques suggestions ?

— Oh ! Naturellement. Je serais ravie de profiter de votre expérience.

Je me calai dans ma chaise, savourant l'arôme de menthe au gingembre qui s'échappait de mon thé, et tendis la main vers un muffin.

— Avez-vous obtenu un permis pour la restauration ?

— Pas encore, avouai-je avec embarras. Mais j'ai l'intention de m'en occuper prochainement.

— Le plus tôt sera le mieux, conseilla Peggy. Cela ne prend pas aussi longtemps que vous le croyez, et la formation est disponible sur Internet.

C'était là une excellente nouvelle. Je m'étais promis d'effectuer des recherches à ce sujet, mais je n'en avais pas encore trouvé le temps.

— Excusez-moi un instant, je vais prendre des notes. Je ne voudrais rien oublier !

— Oh ! Je vous en prie.

Peggy attendit que je revienne, carnet et stylo en main, pour continuer. Elle s'était servi un muffin en mon absence. Je mordis dans le mien, qui était délicieux.

— D'après ce que je comprends, vous êtes une nouvelle venue dans la région ? demanda-t-elle en retirant le papier qui entourait le gâteau.

— À Cedar Cove, oui, mais je connais Puget Sound.

— Cela vous aidera.

— Ah bon ?

— Il est important de vous familiariser avec la ville. Bob et moi avons grandi ici. Ensuite, nous avons vécu ailleurs pendant plusieurs années. Quand nous sommes revenus, nous pensions bien connaître Cedar Cove, mais en réalité, nous avions encore une foule de choses à découvrir.

Je léchai quelques miettes qui collaient à mes doigts. Le muffin était encore chaud en son centre.

— Vraiment ? Que me conseillez-vous de faire ?

— Prenez le temps de vous renseigner sur les entreprises locales et sur les lieux à visiter. Allez à la chambre de commerce – mieux encore, devenez membre – et à l'office de tourisme. Découvrez les restaurants et rassemblez des exemples de leurs menus dans un classeur. Cela vous permettra de conseiller vos hôtes. Bob et moi avons fait faire de petits plans pour que nos clients se repèrent en ville.

— C'est une excellente idée, commentai-je en griffonnant sur mon calepin.

— N'oubliez pas non plus les fêtes, festivals, etc. Nos clients ont beaucoup apprécié les Concerts de la Baie, l'été dernier. Chaque jeudi à dix-huit heures, divers groupes se produisent, payés grâce aux dons des entreprises locales. Les gens apportent des chaises parce que les places se remplissent très vite. Il y a même des familles qui viennent pique-niquer.

— Voilà qui a l'air vraiment sympa.

— Ça l'est, et c'est aussi un bon moyen de faire connaissance avec vos voisins. Nous avons tous tendance à vivre un peu trop isolés. Comme Bob et moi habitons la pointe, nous n'avons pas de voisins immédiats, et cela me manque.

Je me félicitai intérieurement de m'être installée en ville.

— Je n'ai encore fait la connaissance de personne.

— Cela va venir, affirma Peggy. Sandy et John étaient un couple formidable, très aimé en ville. Je suis certaine qu'ils ont averti tout le monde de votre arrivée. Les gens vont avoir envie de vous rencontrer. D'ailleurs, pourquoi ne pas organiser une journée portes ouvertes ? ajouta-t-elle en se redressant brusquement. Vous devriez, vous savez. Ce serait l'occasion idéale de vous présenter à tous vos voisins.

— Eh bien, pourquoi pas, mais il y a certaines choses dont j'aimerais m'occuper d'abord.

— Pas de problème. Puis-je vous aider en quoi que ce soit ?

Une foule d'idées, de tâches à effectuer se bousculaient dans ma tête.

— Pour commencer, j'aimerais changer le nom de la maison.

Elle hocha la tête d'un air compréhensif.

— Cela va entraîner quelques frais, bien sûr, mais c'est aussi une manière de s'approprier les lieux.

Je compris ce qu'elle voulait dire. Si je changeais le nom de la maison, je devrais faire imprimer de nouveaux dépliants, cartes de visite et autres, mais si j'y renonçais, je n'aurais jamais l'impression d'être vraiment chez moi.

— J'ai décidé de l'appeler la Villa Rose.

— La Villa Rose, répéta Peggy, fronçant légèrement les sourcils.

— Ça ne vous plaît pas ?

Peggy reposa sa tasse.

— Ce n'est pas ça… c'est un très joli nom, mais il n'y a pas de roses ici.

— J'ai remarqué. Rose est mon nom de famille, et j'ai l'intention de planter une grande roseraie, et de mettre une pergola et un banc pour mes clients. J'ai un faible pour les roses anciennes, ajoutai-je avec enthousiasme. Je sais où m'en procurer, leur parfum est incroyable.

— Très bien, mais vous allez avoir besoin d'une enseigne neuve. Et croyez-moi, cela peut être très coûteux.

La mise en garde de Peggy ne me surprit pas. Je m'étais déjà renseignée à ce sujet et avais été choquée par les prix.

— Avez-vous envisagé d'engager un homme à tout faire ? reprit-elle.

— Pas encore.

— Nous en connaissons un qui est très fiable. Bob se charge du gros de l'entretien de Vents et Marées, si bien que nous n'avons que rarement recours à lui, mais il est excellent menuisier, entre autres. Il s'appelle Mark. Je suis sûre qu'il vous fera un devis compétitif.

Je repris mon stylo.

— Mark Taylor. Il vous plaira, mais…

Elle hésita.

— Mais ?

— Il peut être un tantinet soupe au lait. Cela dit, il n'est pas méchant pour un sou. Il s'est installé en ville voici quelques années. Il ne fréquente pas grand monde et n'est guère loquace, mais il travaille bien et ses tarifs sont raisonnables.

Peu m'importait qu'il soit bavard ou pas. Tout ce que je voulais, c'était qu'il soit compétent.

— J'ai son numéro, ajouta Peggy en fouillant dans son sac.

Je le notai et me promis de l'appeler plus tard dans la journée. Mieux valait faire sa connaissance avant de faire appel à lui en cas d'urgence.

Peggy tendit la main vers son thé et je l'imitai.

— Y a-t-il d'autres choses que je devrais savoir ?

Peggy pianota sur la table en réfléchissant à ma question.

— Avez-vous réfléchi à votre marketing ?

J'y avais pensé, en effet, et nous discutâmes de mes projets. Elle sembla approuver et je ne pus m'empêcher de sourire. C'était comme si elle avait déjà endossé un rôle de grande sœur bien intentionnée, voire un soupçon autoritaire.

— Vous allez très vite vous rendre compte que le bouche-à-oreille est crucial. Vous seriez étonnée par les dégâts que peut causer un client insatisfait. Mais je peux vous donner le nom d'un concepteur de sites Internet, si vous en avez besoin. N'allez pas dépenser plus que nécessaire, surtout.

— Entendu, merci.

Peggy se laissa aller contre le dossier de sa chaise.

— Excusez-moi, mon mari dit que j'ai parfois des idées très arrêtées !

Je n'en pris pas ombrage. À vrai dire, je m'étais déjà occupée de cet aspect des choses. J'avais travaillé en étroite collaboration avec un concepteur immédiatement après avoir signé les derniers papiers. Cela au moins était réglé. J'étais résolue à faire de cette entreprise un succès, et n'avais pas l'intention de me laisser inquiéter sans raison.

— Autre chose, reprit Peggy. Il existe des associations de propriétaires de maisons d'hôtes au niveau fédéral, national et local. Devenez membre.

— L'êtes-vous ?

— Oui. Bob et moi sommes actifs au sein du groupe local. Je vous donnerai la date de la prochaine réunion, et je passerai vous chercher si vous voulez.

— Merci, c'est gentil.

— De rien. Une dernière chose : j'imagine que vous savez utiliser un ordinateur ?

— Bien sûr.

— Vous allez devoir vous procurer des logiciels pour la comptabilité, et l'administration en général. Je vous donnerai des noms.

— Parfait, ce serait génial, répondis-je.

Je songeai au registre de réservations des Frelinger. Sans doute serait-ce une bonne idée d'entrer dans le vingt et unième siècle.

Peggy termina son thé puis consulta sa montre.

— Bob ne va pas tarder à sortir. Je ferais mieux de retourner chez le dentiste. Je suis très heureuse d'avoir fait votre connaissance, Jo Marie.

— Merci d'être venue.

Je résistai à l'envie de l'embrasser. Bizarrement, j'avais déjà l'impression que Peggy et moi étions de vieilles amies. Son attitude maternelle était à la fois touchante et rassurante.

— Et merci pour les muffins.

— Je vous apporterai la recette, si vous voulez, proposa-t-elle en attrapant son manteau.

— Avec plaisir. Je serais ravie de l'avoir, répondis-je en lui emboîtant le pas vers la porte d'entrée.

J'étais certaine que mes hôtes apprécieraient ces délicieux muffins. D'un autre côté, peut-être que Peggy n'apprécierait guère que je fasse profiter mes clients de ses secrets culinaires.

Elle sourit, comme si elle avait lu dans mes pensées.

— Ne vous inquiétez pas, je l'ai déjà donnée à la moitié des habitants de la ville. Le secret, à mon avis, c'est la qualité des myrtilles. C'est pourquoi je me bats contre les chevreuils chaque été. Ce sont peut-être d'adorables créatures, mais aussi un vrai fléau !

Je n'avais pas vu de chevreuil depuis des années – à vrai dire, depuis mon adolescence. À mes yeux, c'étaient des créatures magiques qui apparaissaient à l'aube ou au crépuscule. J'étais étonnée qu'on puisse les considérer comme des animaux nuisibles.

— À propos, vous devriez songer à protéger vos roses, quand vous les aurez plantées. Ils en raffolent.

— Ils s'aventurent jusqu'en ville ?

— Cela arrive. Il n'est pas rare de les voir aller d'un jardin à l'autre, en mâchonnant tout ce qu'ils trouvent.

Je notai de faire le nécessaire pour protéger mes plantations. Elles étaient trop importantes à mes yeux pour que je les abandonne à la faune locale !

Peggy enfila son manteau.

— N'oubliez pas d'appeler Mark. Il est toujours occupé, mieux vaut l'avertir à l'avance pour l'enseigne. Il fera du bon travail, j'en suis sûre. Ne vous formalisez pas s'il est grognon.

— Entendu.

Je tins la porte pour Peggy et la suivis des yeux tandis qu'elle regagnait sa voiture. En une demi-heure, j'avais obtenu une foule de conseils et de renseignements. Je me sentais débordante d'énergie : autant passer à l'action dès que possible.

De retour à l'intérieur, je composai le numéro de Mark Taylor.

Il répondit à la quatrième sonnerie, juste avant que la boîte vocale se déclenche.

— Oui, qu'est-ce qu'il y a ? demanda-t-il d'une voix essoufflée, comme s'il avait couru pour décrocher à temps.

— Oh ! Bonjour. Je m'appelle Jo Marie Rose.

— Comment ?

— Jo Marie Rose. Je viens de m'installer en ville, continuai-je, un peu nerveuse. C'est Peggy Beldon qui m'a donné votre nom…

— De quoi avez-vous besoin ? coupa-t-il avec impatience.

— Eh bien, à vrai dire, j'ai besoin d'aide pour plusieurs projets.

— Quel âge avez-vous ?

— Je vous demande pardon ?

Cet homme ne manquait pas de toupet.

— Votre âge, répéta-t-il. Franchement, à entendre votre voix, on dirait que vous êtes encore à l'école.

— Eh bien, ce n'est pas le cas. Et quelle importance, de toute manière ?

J'avais la nette impression que cet homme n'allait pas me plaire. Il était beaucoup trop abrupt, mais après tout, Peggy m'avait avertie.

— Votre âge me dira où vous placer sur ma liste d'attente.

— Je ne crois pas que mon âge vous regarde, rétorquai-je, de plus en plus irritée.

— Très bien, ne me le dites pas.

— Je n'en ai nullement l'intention.

Je l'entendis marmonner quelque chose entre ses dents.

— Faut-il que je devine ce que vous voulez ?

— Non. Je voudrais un devis pour une nouvelle enseigne à la maison d'hôtes que je viens d'acheter aux Frelinger.

— Pour quand ?

— Le devis ou l'enseigne ?

— Les deux.

— Dès que possible, répondis-je, en me demandant si j'allais pouvoir m'entendre avec cet homme. Vous avez déjà travaillé pour les Frelinger ?

— Très souvent.

— Quand dois-je vous attendre ?

— Je vais vous mettre sur la liste. J'ai appris que les Frelinger avaient trouvé acheteur.

Je remarquai qu'il ne me souhaitait pas la bienvenue. Décidément, cet homme était fort déplaisant.

— Vous n'êtes pas de par ici, paraît-il.

— Vous non plus, d'après ce qu'on m'a dit, répliquai-je, bien décidée à ne pas me laisser faire.

Il ne releva pas.

— Je passerai sans doute dans la journée.

— Très bien, mais appelez d'abord. J'ai des courses à faire et je risque de ne pas être là.

Et je n'avais nullement l'intention de l'attendre tout l'après-midi.

Il lâcha un petit rire, comme si j'avais dit quelque chose d'amusant.

— Que j'appelle d'abord ? Je vous fais l'effet d'un homme qui prend plaisir à téléphoner ?

Je devais reconnaître que non.

— Tentez votre chance, en ce cas.

— C'est ce que je compte faire.

Je faillis un commentaire sarcastique, du genre : « Ça a été un plaisir de vous parler », mais je me retins. Force m'était d'admettre que le mystérieux Mark Taylor avait éveillé ma curiosité.

8

Josh fixa Michelle, perplexe. Qu'avait-elle voulu dire par là ? Qu'elle était une amie pour Richard en raison de l'affection qu'elle avait pour lui ? C'était absurde. Ils se connaissaient à peine, au fond. Oh ! Bien sûr, il était gentil avec elle quand ils étaient adolescents. Un été, il avait aidé son père à repeindre le garage et elle lui apportait du thé glacé. Ils avaient un peu bavardé, mais Josh ne l'avait jamais considérée autrement que comme une camarade – en partie parce qu'il pensait qu'elle visait Dylan. Il la dévisagea avec attention, se demandant soudain s'il n'avait pas été un peu aveugle.

Mieux valait ne pas relever sa remarque. C'était moins compliqué. Moins troublant. Il devait se concentrer sur Richard ; il n'avait pas besoin de soucis supplémentaires.

— Prêt à terrasser le dragon ? plaisanta Michelle, l'arrachant à ses réflexions.

Apparemment, elle ne tenait pas non plus à poursuivre ce sujet de conversation. Josh se voyait mal en pourfendeur de dragon ; il sourit néanmoins, amusé par sa remarque.

— Aussi prêt que je le serai jamais.

Il attrapa sa veste et traversa le jardin avec Michelle en direction de la maison voisine. Celle-ci était négligée : les gouttières débordaient et le toit semblait en piteux état. Quant aux bardeaux, ils avaient bien besoin d'une couche de peinture.

C'était curieux. Richard avait toujours été très pointilleux sur l'entretien de la maison et du jardin – il en était très fier par le passé.

Avait-il perdu tout intérêt après la mort de Dylan ? Ou était-il en si mauvaise santé depuis longtemps déjà ?

Michelle toqua poliment à la porte avant de pousser le battant et d'entrer.

— Richard, c'est moi ! cria-t-elle en précédant Josh à l'intérieur.

— Il n'est pas avec toi, au moins ?

Il, c'était lui, sans doute, songea Josh.

— Si, je suis là ! répondit-il en retour, s'efforçant d'adopter un ton détaché.

Ils trouvèrent Richard dans le salon, assis dans sa chaise longue, les pieds surélevés et les jambes recouvertes d'une couverture afghane bleu marine, celle que la mère de Josh avait tricotée l'année précédant sa mort. Josh se souvenait qu'elle avait eu un mal fou à bien aligner les carrés. C'était bizarre, ces petites choses qui lui restaient à l'esprit, comme un clou qui dépasse d'une lame de plancher et auquel tout s'accroche. Un instant, Josh éprouva un sentiment déchirant de perte. À trente ans passés, sa mère lui manquait toujours. Il se força à se ressaisir avant que Richard ou Michelle s'aperçoivent de sa tristesse.

— Qu'est-ce que tu veux encore ? grogna Richard.

Sa voix était bourrue, mais faible. On sentait qu'il avait envie de crier mais qu'il n'en avait pas la force ni le souffle.

— Seulement deux objets qui appartenaient à ma mère, répondit Josh d'une voix égale.

— Tels que ?

— Sa broche.

Sa mère la portait presque chaque jour. Elle adorait ce petit bijou qu'elle avait hérité de sa propre mère.

Richard fronça les sourcils et secoua la tête, l'air perplexe.

— Je ne sais pas de quoi tu parles.

Josh eut soudain la conviction que son beau-père avait jeté la broche dans le seul but de le punir.

— Cette broche-là, précisa-t-il en prenant une photo de Richard et de sa mère sur la bibliothèque. Tu vois, là, sur son chemisier. Elle lui appartenait avant son mariage et j'aimerais l'avoir en souvenir d'elle.

Richard fixa le cadre un long moment avant de répondre.

— Ta mère a été enterrée avec cette broche… je n'y ai pas songé.

Josh fronça les sourcils, essayant de se souvenir de sa mère étendue dans son cercueil. Il ne se remémorait pas ses vêtements ni les bijoux qu'elle portait alors.

— L'entrepreneur des pompes funèbres a dû te la rendre, insista-t-il. Avec son alliance.

Richard le dévisagea et secoua lentement la tête.

— Je… je ne sais pas où elle est, et même si je le savais…

Josh ne put en supporter davantage. Il n'était pas là depuis cinq minutes qu'il se sentait déjà sur le point d'exploser. C'était comme si Richard et lui ne pouvaient être dans la même pièce sans qu'une dispute éclate.

— Où vas-tu ? cria Richard derrière lui.

Ignorant la question, Josh s'engouffra dans l'escalier et se dirigea vers son ancienne chambre. Des pas retentirent derrière lui, et il comprit que Michelle le suivait. Ce retour à Cedar Cove se révélait plus éprouvant encore qu'il ne l'avait imaginé.

— Josh ?

Michelle le rejoignit au moment où il allait entrer. Choqué d'être passé si rapidement du chagrin à la fureur, il prit une profonde inspiration, s'efforçant de se ressaisir. Ce voyage l'avait complètement déstabilisé. De telles sautes d'humeur ne lui ressemblaient pas du tout. Le cœur cognant dans sa poitrine, il tenta de recouvrer le contrôle de lui-même.

— Excuse-moi, Michelle, murmura-t-il en se retournant, posant les mains sur ses épaules. Je ne sais pas pourquoi Richard me met à ce point en colère. Je n'avais pas l'intention de faire une scène.

— C'est délicat pour toi, souffla-t-elle. Je comprends.

Josh enfonça les mains dans ses poches ; elle avait raison, c'était délicat.

— Si tu veux, je demanderai à Richard de vérifier dans sa chambre qu'il n'a pas conservé cette broche.

Josh secoua la tête.

— Il serait sans doute préférable d'attendre.

— Tu veux dire…

Elle n'acheva pas sa phrase. C'était inutile. Josh avait deviné la question qu'elle s'apprêtait à poser.

— Oui.

Il attendrait que Richard soit mort pour récupérer le bijou, à supposer qu'il soit là. À quoi bon bouleverser davantage le vieil homme ?

— Où dormais-tu ? demanda Michelle.

Ils étaient toujours dans le couloir étroit. La chambre de Dylan était à gauche, la sienne à droite, la salle de bains qu'ils partageaient au bout du couloir. La chambre conjugale se trouvait au rez-de-chaussée. Josh se demanda vaguement si Richard avait tenu compte de cela lorsqu'il avait acheté le pavillon, des années plus tôt, s'il avait prévu qu'un jour viendrait où il n'aurait plus la force de grimper les marches. Car il n'en était plus capable ; sinon, il l'aurait suivi.

En guise de réponse, Josh ouvrit une porte. La pièce était exactement telle que dans ses souvenirs. Le même dessus-de-lit que le jour où il était parti… ou plutôt, le jour où il avait été mis à la porte.

Il reconnut également le miroir et la commode. Il s'en approcha, ouvrit le premier tiroir et fronça les sourcils. Au lieu des tee-shirts qu'il s'attendait à voir, il découvrit ses chaussettes et sous-vêtements. Ils étaient fourrés dedans pêle-mêle, tels qu'il se souvenait de les avoir laissés, mais dans le second tiroir.

— Veux-tu emporter certains de ces vêtements ? demanda Michelle. Ils ont l'air presque neufs.

Josh secoua la tête.

— Je préférerais les donner… sauf…

Il marqua une pause et sourit à Michelle.

— Mon blouson.

Il avait gagné ce blouson portant l'emblème du lycée lors de sa dernière année, après ses performances en athlétisme. Il n'était pas la coqueluche des filles comme Dylan, mais il était tout de même un sportif de bon niveau. Sans être un coureur hors pair, il avait tenu sa place dans l'équipe.

— Où est-il ? interrogea Michelle d'un ton excité.

Elle avait toujours mis un point d'honneur à assister à toutes les manifestations sportives du lycée. Josh se souvenait qu'elle encourageait son équipe depuis la ligne de touche et qu'il en avait été reconnaissant. Une fois ou deux, il était rentré à la maison avec elle. Sa mère était trop souffrante pour venir le voir courir et Richard, lui, s'en moquait éperdument. Le seul fait de venir chercher Josh après une compétition était à ses yeux une corvée dont il se plaignait constamment. Au temps pour le soutien parental.

Josh fit coulisser la porte du placard. Il restait deux chemises et un pantalon en toile, celui-là même qu'il avait porté lors de l'enterrement de sa mère. Puis il vit son blouson.

— Oh ! Josh !

Michelle avait porté la main à sa bouche.

Quelqu'un avait tailladé les manches avec une lame de rasoir, les laissant pendantes, en lambeaux.

Quelqu'un ? En moins d'une seconde, un nom s'imposa à Josh.

Richard.

Lui seul pouvait être l'auteur de cet acte de vandalisme. Un instant, Josh vit rouge. Pas question qu'il ferme les yeux là-dessus. Tant pis si son beau-père était malade ! Ce geste était destructeur, puéril, indigne d'un homme adulte. Il se dirigeait déjà vers la porte quand Michelle intervint, posant doucement une main sur son bras.

— Pourquoi ? demanda-t-il avec amertume. Que lui ai-je fait pour qu'il détruise la seule chose que j'étais fier d'avoir gagnée au lycée ?

— Oh ! Josh, je ne sais pas quoi te dire…

— Pourquoi ? répéta-t-il. Pourquoi me déteste-t-il à ce point ?

Il se laissa tomber sur le lit. Michelle s'assit à côté de lui et chercha sa main, l'emprisonnant entre les siennes.

— Je crois qu'il l'a fait le jour où il a appris la mort de Dylan, souffla-t-elle.

— Qu'en sais-tu ?

— Je n'en suis pas certaine, évidemment. Je le devine. Il souffrait tellement qu'il a dû vouloir se venger sur quelque chose.

— Sur moi ? Mais pourquoi ? Explique-moi ça si tu peux, parce que, franchement, ça m'a l'air d'être l'acte d'un malade.

— Parce que tu étais vivant et que son fils était mort, expliqua-t-elle. Tu n'es venu que pour l'enterrement, mais j'étais là après. Richard était anéanti. Mes parents m'ont appelée pour me demander de lui parler. Il était inconsolable, ravagé par le chagrin. Personne ne semblait pouvoir l'atteindre. Il a passé des jours entiers cloîtré chez lui, sans manger, sans se laver.

— J'étais vivant et son fils était mort, répéta Josh.

— Je sais que ça paraît absurde, s'excusa Michelle en lui pressant le bras.

En dépit de la rage et de la rancune qu'il éprouvait à l'encontre de son beau-père, Josh s'obligea à se calmer.

— Autrement dit, c'était légitime pour lui de me punir d'être en vie.

Elle se laissa aller contre lui.

— Ne cède pas à la colère. Cela ne vous aidera ni l'un ni l'autre.

Elle avait raison, Josh le savait. Si difficile que cela soit, il devait lâcher prise.

— En un sens, ce n'est pas vraiment une surprise. Richard ne m'a jamais aimé. Je n'étais qu'un fardeau qu'il fallait tolérer tant que ma mère était en vie.

— Elle l'aimait, malgré ses défauts, lui fit remarquer Michelle.

— Oui.

Josh poussa un soupir. Sa mère était heureuse avec Richard. Quand son père les avait abandonnés, alors qu'il n'avait que cinq ans, Teresa avait lutté tant bien que mal pour l'élever seule. Pour elle, Richard était un homme honorable. Et envers elle, il avait été cela et davantage.

Malheureusement, il ne s'était pas attaché à Josh. Il n'avait jamais vraiment essayé. Il avait trouvé en Teresa une épouse et une mère pour le fils qu'il chérissait. Que la jeune femme ait son propre bagage en la personne de son fils, Richard faisait de son mieux pour l'ignorer.

Josh sut très vite à quoi s'en tenir. Dylan était la prunelle des yeux de son père. Lui seul comptait. Élève médiocre, il était une star en football et en basket-ball. Aucun des succès de Josh ne pouvait rivaliser avec les siens, et pour lui qui cherchait désespérément une figure paternelle, l'indifférence de Richard était une amère déception.

Josh aidait Dylan à obtenir des notes suffisantes, ce qui lui valait le respect de son frère. Les deux garçons s'entendaient bien. Mais Richard et Josh s'opposaient souvent ; l'adolescent était presque toujours perdant lors de ces conflits, mais il n'arrêtait pas pour autant de défier son beau-père.

— Il était gentil avec ma mère, admit-il, perdu dans ses pensées.

— C'est un scénario que je vois souvent dans mon travail, observa Michelle. Richard aimait ta mère, mais ne te témoignait aucune affection.

Josh lâcha un grognement.

— C'est le moins qu'on puisse dire.

— A-t-il… a-t-il été violent avec toi ?

En tant qu'assistante sociale, elle avait sans doute trop souvent à gérer ce genre de problème. Pour Josh, la situation avait été déplaisante, mais jamais aussi grave.

— Pas physiquement.

— Verbalement ?

Josh détourna les yeux, évitant son regard.

— À la moindre occasion.

— Et ta mère… ?

— Il faisait très attention en sa présence et elle n'a jamais entendu les choses qu'il m'a dites.

Josh ne les lui répétait pas, résolu à ne pas assombrir le peu de bonheur qu'elle avait trouvé dans son mariage avec Richard Lambert.

Il se leva et ouvrit le tiroir de la table de chevet qui renfermait son album photos de terminale. Un soupir de soulagement lui échappa – il était encore là. Il mit le livre sur ses genoux et en caressa la couverture, cherchant des signes de dégâts.

— Il l'a abîmé aussi ?

Au toucher, Josh sentit que quelque chose n'allait pas. En ouvrant l'album, il constata que plusieurs pages étaient déchirées, à commencer par la photo de la cérémonie de remise des diplômes. Ce n'était pas la seule. Richard avait dû arracher des pages à l'aveuglette, emporté par la colère et le chagrin. C'était choquant – la violence de ce geste – même après toutes ces années.

Bien qu'il ne soit pas vraiment étonné, Josh était troublé d'avoir été haï à ce point par son beau-père.

— Que vas-tu faire ? demanda Michelle, inquiète.

— Rien.

— C'est une sage décision, affirma-t-elle. Tu es beaucoup plus réfléchi que lui, beaucoup plus équilibré émotionnellement.

Richard n'aurait rien demandé de mieux qu'il se mette en colère. Michelle avait raison : mieux valait laisser tomber. Un accès de rage ne ferait qu'aggraver la situation. Si difficile que cela soit, Josh refusait de donner à son beau-père un tel pouvoir sur lui.

Michelle se leva.

— Ne te fais pas de souci, assura-t-il. Je ne lui dirai pas un mot.

— Bien.

— Tu sais que c'est exactement ce qu'il veut, n'est-ce pas ?

Elle hocha la tête.

— Il va guetter ta réaction.

— Il en sera pour ses frais.

— Il le regrette, tu sais.

— Richard ? J'en doute fort.

— Je crois que si. C'est pour ça qu'il ne voulait pas que tu montes. Il est gêné d'avoir fait ça, mais il ne pouvait pas grimper les marches pour cacher l'album et la veste.

Josh aurait aimé la croire, mais n'était pas sûr d'y parvenir.

— Il est désolé, répéta Michelle. Si tu peux avoir le cœur de lâcher prise, fais-le.

À l'entendre, c'était facile. Il arpenta la pièce, bouillant d'une indignation qu'il pouvait à peine contenir.

— C'est épouvantable. Comment a-t-il pu faire une chose pareille ? Quel homme adulte se conduit de la sorte ?

Il ne laissa pas à Michelle le temps de répondre, tant il avait du mal à se maîtriser, à garder son sang-froid.

— Comment peux-tu dire qu'il regrette ?

Elle resta assise au bord du lit, l'observant calmement tandis qu'il donnait libre cours à sa rage.

— As-tu remarqué que l'album était bien rangé dans le tiroir ?

— Et alors ? aboya-t-il.

— Il a enlevé les pages déchirées.

— La belle affaire !

Néanmoins, la colère de Josh retombait peu à peu. Il éprouva un élan de reconnaissance envers Michelle pour avoir su l'apaiser. Il réprima une brusque envie de la prendre dans ses bras et de la serrer contre lui.

— Richard est revenu dans cette chambre et a tout nettoyé.

Encore une fois, elle avait raison. Personne d'autre n'avait pu monter ici. Richard vivait seul. La disparition de Dylan avait été un coup terrible pour lui. Pas étonnant qu'il ait été saisi d'une folie destructrice en apprenant que son fils unique était mort.

Par la suite, il s'était appliqué à réparer les dégâts qu'il avait faits. Les tiroirs renversés avaient été remis dans un semblant d'ordre. Cela expliquait que ses chaussettes se trouvent dans le premier tiroir, et non dans le second où il les avait toujours rangées. Et son blouson d'école était pendu sur un cintre.

— Il ne s'attendait sûrement pas à ce que je trouve ça avant…

Il n'acheva pas sa phrase. Le vieil homme supposait qu'il serait mort et enterré lorsque Josh découvrirait les dégâts.

Michelle se leva, visiblement agitée.

— Allons faire un tour quelque part et parler de tout ça, suggéra-t-elle.

— Où veux-tu aller ?

Son temps en ville était compté et il avait hâte que tout soit réglé pour rentrer. Il n'était pas en vacances.

— Éloignons-nous d'ici… pendant quelques heures au moins. Je suis persuadée que tu pourras récupérer les affaires de ta mère et dire au revoir à Richard, mais il ne faut pas brusquer les choses.

— Très bien, concéda-t-il.

Ils descendirent l'escalier. Richard les attendait dans l'entrée, adossé au mur comme s'il se préparait à une confrontation.

— Nous reviendrons tout à l'heure, lança Josh en évitant son regard.

L'air vaguement déçu, Richard fronça les sourcils puis se contenta d'acquiescer et retourna à son fauteuil.

Une fois dehors, Michelle se tourna vers Josh, les sourcils aussi froncés que ceux de Richard un instant plus tôt.

— Tu es plus généreux que moi, souffla-t-elle.

Josh en doutait sincèrement.

— Viens là, murmura-t-il.

Elle fit un pas en avant et il l'entoura de ses bras, la tenant étroitement serrée contre lui. Il n'avait qu'à se pencher pour l'embrasser, mais il n'en fit rien. Pour le moment, il ne voulait que s'imprégner de sa douceur. Il ferma les yeux et posa la tête sur la sienne. Il ne savait pas au juste ce qu'il faisait, mais l'orphelin qu'il était ne s'en souciait pas, il avait besoin de réconfort.

— Tout ira bien, affirma-t-elle quand il la relâcha.

— Je sais. Merci, Michelle. Sincèrement. Merci pour tout.

9

Il était presque onze heures du matin quand Abby trouva enfin le courage de s'aventurer au-dehors pour aller acheter le dentifrice et la laque dont elle avait besoin. Rester cloîtrée à la maison d'hôtes jusqu'au mariage était ridicule. Il faudrait bien qu'elle finisse par quitter le sanctuaire de sa chambre. Autant le faire maintenant. D'ailleurs, Jo Marie voudrait faire le lit et lui apporter des serviettes propres.

En descendant l'escalier, elle sentit l'odeur appétissante des cookies en train de cuire. Des cookies aux pépites de chocolat ? L'arôme était divin. Comme elle franchissait le seuil de la cuisine, Jo Marie était justement en train de sortir les biscuits du four. Elle leva les yeux et lui sourit.

— Vous sortez ?

— Je pensais faire un saut à la pharmacie dont vous avez parlé.

— Bonne idée. C'est à deux pas d'ici. Il y a un parapluie à côté de la porte que vous pouvez emprunter.

Le début de la matinée avait été ensoleillé, mais le ciel s'était couvert et la pluie menaçait. À Cedar Cove, le temps était capricieux, surtout les mois d'hiver, Abby s'en souvenait.

— Merci, mais la bruine ne me dérange pas.

Avant de partir en Floride, Abby se croyait experte en matière de pluie – la côte nord-ouest du Pacifique était célèbre pour l'humidité de son climat. Elle s'était lourdement trompée. Jamais de sa vie elle n'avait vu de pluie aussi violente qu'en Floride. Elle avait souvent dû se garer au bord de la route parce que ses essuie-glaces étaient impuissants face aux trombes d'eau qui se déversaient sur le pare-brise.

Jo Marie préparait une nouvelle fournée de cookies.

— Bonne promenade, alors.

Abby se dirigea vers la porte et la referma doucement, avec hésitation, derrière elle. Sur le perron, elle se figea, le cœur cognant à toute allure. C'était absurde, enfin ! Quelle importance si quelqu'un la reconnaissait ? L'accident s'était produit des années auparavant. Ce n'était pas parce qu'elle ne s'en était pas remise qu'il en était de même pour le reste du monde.

Cette peur, cette terreur, était irrationnelle. Abby elle-même ne pouvait pas l'expliquer. Certes, rencontrer d'anciens amis pourrait être gênant. Sans parler de revoir les parents d'Angela. Quoi qu'il en soit, mieux valait affronter cela maintenant qu'au beau milieu du mariage de son frère.

Le premier pas fut le plus difficile. Prenant une profonde inspiration pour prévenir un accès de panique, elle parvint à atteindre le trottoir. Jusque-là, tout allait bien.

Elle enfonça les mains dans les poches de son manteau et commença à marcher. Ce n'était pas si terrible, après tout. En fait, elle respirait un peu mieux. Le vent du nord était glacial et elle rentra les épaules. En Floride, elle avait perdu l'habitude des basses températures. Maintenant, elle avait la chair de poule dès que le thermomètre descendait au-dessous de vingt degrés. Elle sourit à cette pensée. Le temps qu'elle s'habitue au froid, le moment serait venu de retourner à West Palm. Elle avait déjà passé presque vingt-quatre heures à Cedar Cove, plus que deux jours à tenir.

La rue qui descendait jusqu'à la pharmacie était assez raide, mais Abby avait mis ses bottes et ne risquait pas de glisser. Au passage, elle constata avec un certain plaisir que le Wok and Roll était toujours en activité. Angela et elle avaient adoré ses beignets cuits à la vapeur. Si le service était toujours un peu long, l'attente en valait la peine.

Contrairement à Abby, Angela maîtrisait l'art de manger avec des baguettes. La dernière fois qu'elles avaient partagé un plat de beignets, Angela l'avait taquinée sur son manque de coordination, maniant ses propres baguettes avec une dextérité qu'Abby ne pouvait que lui envier. Frustrée, Abby avait failli casser ses baguettes en deux. Elle avait fini par planter la baguette dans un beignet et l'avait porté à sa bouche pendant qu'Angela l'accusait de triche. Abby sourit à ce souvenir. Après toutes ces années, ces moments avec sa meilleure amie demeuraient tout à fait nets dans son esprit.

La boutique de la fleuriste dans Harbor Street n'avait pas changé non plus. Sa mère était amie avec la propriétaire. Comment s'appelait-elle ? Yvonne ? Yvette ? Abby chercha en vain à se remémorer son nom.

La confiserie n'existait pas à l'époque. Elle faillit succomber à la tentation d'y entrer, puis se souvint que sa robe pour le mariage était un peu juste. Elle jeta malgré tout un coup d'œil à la vitrine et ne put s'empêcher de sourire.

Des « crottes de mouette ». Un cercle de chocolat blanc surmonté d'une spirale verte. On n'en trouvait nulle part ailleurs qu'à Cedar Cove. De nouveau, les souvenirs assaillirent Abby.

Chaque printemps, Cedar Cove tenait son concours annuel de cris de mouettes et une année, Angela et elle y avaient participé. Il s'agissait d'attirer le plus de mouettes en imitant leur cri. Angela avait perdu en finale face à un adolescent de quatorze ans, et accepté sa défaite avec bonne humeur. Elle avait toujours été très fair-play. Elles s'étaient amusées comme des folles ce jour-là, riant jusqu'à en avoir mal au ventre.

Plus bas dans la rue, Abby vit la pharmacie. C'était un magasin à l'allure sympathique – comme on n'en voit que dans les petites villes – qui faisait aussi office de bureau de poste et de débit de boissons. Si elle avait existé autrefois, Abby ne l'avait jamais remarquée.

Il ne lui fallut qu'un instant pour trouver les articles qu'elle voulait. La femme qui tenait la caisse la fixa avec insistance, et Abby la reconnut avec consternation. C'était Patty, une amie du lycée. Une des filles avec qui elle avait coupé tout contact après l'accident.

— Abby ? souffla Patty, comme si elle n'en croyait pas ses yeux. Abby Kincaid ?

Après une hésitation, celle-ci hocha brièvement la tête.

— Bonjour, Patty, marmonna-t-elle, saisie de l'envie dévorante de tourner les talons et de prendre ses jambes à son cou.

Comme si elle avait lu dans ses pensées, Patty posa une main sur son bras.

— Ne t'en va pas.

Pendant qu'Abby était figée sur place, elle contourna le comptoir pour la rejoindre, les yeux brillants, un grand sourire sur les lèvres.

— Je n'arrive pas à y croire ! s'écria-t-elle, tout excitée. C'est vraiment toi.

— En chair et en os.

Il y avait dans la réponse d'Abby une pointe de sarcasme qu'elle n'avait pas voulu y mettre.

Patty n'y prêta pas attention.

— Mon Dieu, où es-tu passée pendant tout ce temps ?

Abby haussa les épaules, comme pour signifier que ce n'était pas un grand mystère.

— Ici et là.

— Tu vis dans la région ?

— Non, admit-elle avec réticence, en se rendant compte qu'elle s'attendait à des reproches et des accusations.

— Où, alors ?

Elle hésita.

— Peu importe, s'empressa de dire Patty. Oh ! Mon Dieu, ça me fait tellement plaisir de te voir.

Impulsivement, elle étreignit Abby avec affection. Celle-ci resta rigide, les bras le long du corps, ne sachant comment réagir à cet accueil.

Patty avait été une bonne copine. Elles s'étaient connues au cours moyen et avaient passé sept ans dans la même classe. Au début, elles vivaient dans le même quartier et allaient ensemble à l'école. Plus tard, la famille de Patty avait déménagé mais leur amitié avait perduré jusqu'au lycée.

— Tu es mariée ? reprit Patty.

— Non, répondit Abby, encouragée par le sourire chaleureux de Patty. Et toi ?

La jeune femme acquiesça.

— Je m'appelle Patty Jefferies à présent.

— Tu travailles ici ?

— Je suis pharmacienne, et mon mari aussi. Je sers au magasin quand il n'y a pas trop de travail à l'arrière. Ce n'est pas facile pour un petit établissement comme le nôtre de rivaliser avec les chaînes, mais nous nous débrouillons.

— Vous êtes propriétaires du fonds ? s'étonna Abby.

Patty sourit.

— Oui, et grâce au soutien des gens, nous parvenons à survivre.

— Bravo ! s'écria Abby, sincère.

— Abby, je suis si contente de te voir ! Raconte-moi tout.

Décontenancée, elle eut un geste d'impuissance.

— Comme quoi ?

— Je ne comprends pas que tu sois encore célibataire.

Abby secoua la tête.

— Je suis trop difficile, sûrement. Enfin, c'est ce que dit ma mère.

Le souvenir de Steve Hooks, le colocataire de son frère à l'université, s'imposa à son esprit. Après l'accident, elle l'avait écarté, lui aussi.

— Combien de temps restes-tu en ville ? Tu sais qu'à chaque réunion d'anciens élèves, tout le monde se demande ce que tu deviens ? Il y a si longtemps qu'on ne t'a pas vue ! Quelqu'un a même raconté que tu étais entrée dans une communauté hippie.

— Quoi ?

— Je pensais bien que c'étaient des sottises, avoua Patty, mais on ne sait jamais. On t'a cherchée pour le cinquième ou le dixième anniversaire, mais on n'a pas réussi à te retrouver. Et ce n'est pas faute d'avoir essayé !

Abby était encore abasourdie. Elle, dans une communauté hippie ? Comment diable avait-on supposé une chose pareille ? Mais, après tout, elle ne pouvait s'en prendre qu'à elle-même ; son silence avait laissé la porte ouverte à toutes les hypothèses.

Si ses camarades de classe ne l'avaient pas retrouvée, c'était parce qu'elle n'avait pas voulu qu'on la retrouve. Son frère savait qu'il valait mieux ne pas répondre aux questions la concernant, et ses camarades ignoraient sans doute la nouvelle adresse de ses parents.

Ses parents.

D'après ce qu'Abby avait compris, son père et sa mère avaient rompu le contact avec plusieurs de leurs anciens amis à Cedar Cove. Chaque fois qu'elle demandait des nouvelles de l'un ou de l'autre, elle obtenait la même réponse : « Eh bien, tu sais, ma chérie, les gens changent. Il n'est pas facile de garder des relations à distance. Nous avons de nouveaux amis en Arizona, à présent. »

De nouveaux amis… parce qu'il leur était trop douloureux d'affronter les anciens, songea subitement Abby avec un pincement de douleur. Ses parents avaient fait de leur mieux pour la protéger, mais elle savait ce que l'accident leur avait coûté.

— C'est vraiment bon de te revoir, répéta Patty. Tout le monde se posait des questions. Pourquoi n'es-tu pas venue aux réunions ?

Abby la fixa. C'était évident, non ?

— Ce n'était pas pareil sans toi, continua Patty, d'un ton un peu blessé. Bien sûr, ç'a été dur après l'accident, mais tu as complètement disparu ! Tu étais tout le temps si gaie, si drôle… et dire que tu n'es pas mariée. Je m'étais imaginé que tu avais déjà deux ou trois enfants.

Abby garda le silence. Elle n'allait certainement pas se justifier de vivre seule.

— Qu'est-ce qui t'amène en ville ? poursuivit Patty, qui souriait de nouveau.

— Mon frère se marie. Tu connais la famille Templeton ?

Son amie plissa le front, se creusant les méninges.

— Templeton ? Je ne crois pas. Elle était dans la même année que nous ?

— Non… elle a deux ans de moins.

Désireuse de se réfugier à la maison d'hôtes, Abby se prépara à partir.

— Ça m'a fait plaisir de te voir, Patty.

— Que dirais-tu d'un café ? Comme je te disais, il n'y a pas grand monde en ce moment. Pete ne m'en voudra pas si je fais une petite pause.

La jeune femme se haussa sur la pointe des pieds, indiquant une pièce à l'arrière.

Abby hésita.

— Eh bien…

— S'il te plaît. Ce serait bien de bavarder un peu.

Comment refuser ? Patty la prit par le coude et l'entraîna dans la réserve, aménagée d'une petite table ronde en chêne et de deux chaises assorties. Une cafetière était posée près de l'évier. Avant qu'Abby ait eu le temps d'articuler un mot, Patty avait déjà rempli deux tasses.

— Il est tout frais, annonça-t-elle. Je l'ai préparé moi-même… hier.

La tasse à mi-chemin des lèvres, Abby suspendit son geste.

— C'était une blague !

Patty avait toujours un bon sens de l'humour et adorait s'amuser. Abby n'aurait jamais imaginé qu'elle deviendrait pharmacienne.

Brusquement, son amie leva les bras en l'air.

— Je viens d'avoir une idée absolument géniale !

Abby resserra les mains autour de la tasse, redoutant ce que son ancienne camarade allait dire.

— Nous devrions toutes déjeuner ensemble ; Marie est encore en ville et deux ou trois autres vieilles amies vivent ici. Tu pourras venir, n'est-ce pas ? Il le faut ! Ce sera fantastique…

— Ce n'est pas possible, coupa Abby aussitôt.

— Pourquoi pas ? insista Patty sans s'émouvoir, apparemment décidée à ne pas renoncer si facilement.

Parce que ce serait une erreur.

— Je ne suis en ville que pour deux jours, Patty. J'aimerais bien…

— Quand repars-tu ?

— Dimanche à l'aube.

Elle devait être à l'aéroport pour l'enregistrement deux heures avant le vol, il lui faudrait quitter la maison d'hôtes à cinq heures et demie du matin.

— Ce qui nous laisse samedi, persista Patty. Et…

— Samedi est le jour du mariage, acheva Abby à sa place.

— À quelle heure ?

— À dix-huit heures.

Le sourire de Patty sembla illuminer la pièce.

— Mais c'est parfait !

— Parfait ?

— Je vais dire à tout le monde que tu es en ville. Je me charge de tout organiser. Tu n'auras qu'à venir déjeuner.

— Patty…

— Tu ne peux pas refuser !

— Mais le mariage…

— Tu auras tout le temps nécessaire pour te préparer. Nous nous retrouverons à midi au Palais des Crêpes. Tout le monde adore cet endroit.

— Eh bien…

— Ta mère sera en ville, n'est-ce pas ?

— Eh bien… oui.

— Parfait. Invite-la aussi, et j'amènerai la mienne si elle est disponible. Elle s'est lancée à fond dans le travail bénévole depuis que j'ai perdu mon père. Nos mères étaient ensemble à l'association de parents d'élèves, tu te rappelles ?

À vrai dire, Abby ne s'en souvenait pas, mais elle n'eut pas l'occasion de le dire parce qu'il lui était impossible de placer un mot.

— On aime bien faire ces trucs-là, tu sais ? poursuivait Patty inéluctablement.

— Faire quoi ?

— Se retrouver entre vieilles copines du lycée. On déjeune ensemble à l'occasion. Il ne nous faut qu'un prétexte et tu es le prétexte idéal. Oh ! Abby, tout le monde va être si content de te voir.

Abby en doutait. Angela était leur amie aussi, et elle la leur avait prise. Elle avait du mal à croire que ses anciennes camarades n'éprouvent aucun ressentiment à son égard. La seule chose qui la rassurait, c'était que Patty avait invité sa mère. Personne ne lui poserait des questions gênantes en sa présence. Certes, elle avait passé l'âge de se réfugier dans les jupes de sa mère, mais celle-ci l'avait farouchement protégée après l'accident et Abby était soulagée de penser qu'elle serait là.

— Nous avons invité nos mères à se joindre à nous il y a environ six mois… Maintenant que j'y pense, c'est la dernière fois qu'on s'est retrouvées. C'était très sympathique.

Abby se mordit la lèvre. Sa mère serait contente de venir. L'accident lui avait coûté, à elle aussi. À ce moment, une idée folle s'imposa à son esprit.

Et s'il était possible de mettre enfin un terme à cette tragédie ?

10

La colère qui avait consumé Josh un instant plus tôt semblait futile à présent. Assis à une table près de la fenêtre au Pot Belly Deli, il regardait le flot continu de la circulation sur Harbor Street. Michelle était en face de lui ; il était heureux qu'elle soit là.

— Tu veux en parler ?

Il leva les yeux et vit qu'elle attendait sa réponse.

— À ce stade, il n'y a plus rien à faire. Les choses sont ce qu'elles sont.

Il était pratiquement décidé à quitter la ville et à ne revenir qu'après la mort de Richard pour s'occuper de la succession.

— Tu es fâché et tu as le droit de l'être, mais je persiste à croire que tout n'est pas perdu.

— Ce n'est pas une question de vie ou de mort, Michelle, affirma-t-il, désireux de ne pas s'attarder sur ce sujet. Je m'en suis remis ; si ça ne t'ennuie pas, je préférerais qu'on n'en parle plus.

— Bon, dit-elle doucement, à regret. Je pense seulement qu'il est encore possible que Richard et toi parliez. C'est difficile quand quelqu'un meurt sans qu'on ait fait la paix avec lui, sans qu'on lui ait dit au revoir. Même si on a eu des relations tendues.

— Je crois que c'est impossible, rétorqua-t-il, d'un ton véhément.

Plusieurs personnes se retournèrent vers eux, Josh regretta aussitôt de s'être emporté. Michelle n'avait pas tort, mais il ne se sentait tout simplement pas prêt à parler de son beau-père. Les événements se succédaient trop vite pour qu'il ait vraiment le temps de les analyser. Le mieux était de s'en aller, voilà tout.

— Tu voudrais que je lui pardonne.

— Avec le temps. Ou au moins que tu te libères de ta colère et du pouvoir qu'il a sur toi.

Josh se rendit compte avec stupeur qu'il avait parlé à voix haute. *Pardonner* était un mot très fort. Il aurait aimé avoir dépassé sa rancœur, mais il n'était pas sûr d'en être arrivé là. Un jour, peut-être, pourrait-il surmonter la rancune qu'il avait accumulée envers Richard, mais pas tout de suite.

Elle le dévisagea longuement, comme si elle voulait ajouter quelque chose. Elle semblait peser le pour et le contre.

— Qu'y a-t-il ?

Elle arqua les sourcils d'un air interrogateur.

— Tu hésites à dire quelque chose. Vas-y.

— Je ne suis pas sûre que le moment soit bien choisi.

Elle écarta le menu et se pencha très légèrement vers lui.

— Mais si. Je t'écoute.

— Je m'inquiète pour toi, avoua-t-elle enfin.

— Vraiment ? Et pourquoi ? demanda-t-il, amusé.

Une fois de plus, elle hésita.

— Je crois savoir ce que tu as en tête. Tu veux quitter Cedar Cove et revenir après la mort de Richard.

C'était exactement ce qu'il projetait. Rester en ville ne lui ferait aucun bien. Son beau-père et lui ne s'entendraient jamais. Ils n'avaient pas le moindre respect l'un pour l'autre, Michelle l'avait constaté de ses propres yeux. De plus, Josh venait d'achever la construction d'un centre commercial, un projet de grande ampleur où les complications s'étaient accumulées. Fatigué physiquement et émotionnellement, il avait besoin de vacances. Il ne tenait pas à passer son temps libre à se quereller avec son beau-père. Richard préférait qu'il sorte de sa vie, très bien. Josh ne demandait pas mieux que de le satisfaire.

— J'ai raison, non ? insista-t-elle.

Il répondit d'un hochement bref.

— J'y pense, en effet.

— Ne fais pas ça, conseilla-t-elle.

— Tu peux me donner une seule bonne raison de rester ?

— Je peux t'en donner plus d'une.

Il émit un petit rire sceptique et feignit de consulter le menu.

— Tu as vu les plats du jour au tableau quand on est entrés ? demanda-t-il, sautant du coq à l'âne.

— Non. Tu veux entendre ce que je pense ou tu préfères faire l'autruche ?

Josh posa le menu, son appétit s'était envolé.

— J'ai le choix ?

— Bien sûr que oui.

Il aurait préféré chasser son beau-père de ses pensées, mais il savait que c'était impossible, d'autant que Michelle semblait résolue à poursuivre cette conversation jusqu'au bout.

Il croisa les bras et se cala sur sa chaise, se préparant à écouter. Elle ne le déçut pas.

— Ni lui ni toi ne voulez l'admettre, mais vous avez besoin l'un de l'autre, commença-t-elle sans préambule.

Josh faillit éclater de rire. Il n'avait pas besoin de Richard et son beau-père n'avait certainement pas besoin de lui.

— Tu te moques de moi, là ?

— Richard n'a plus que toi au monde…

— Comme s'il s'en souciait, coupa Josh.

— Et Richard est aussi ton dernier parent. Que tu le veuilles ou non, il existe un lien entre vous. Richard est en train de mourir. Il a peur et il est seul. Il ne te demandera jamais de rester, c'est entendu, mais il a besoin de toi. Et tu as besoin de lui aussi. Il est la seule figure paternelle que tu aies eue dans ta vie, et même si cette relation a été terriblement décevante, il faut que tu en fasses ton deuil. Si tu pars maintenant, tu risques de le regretter jusqu'à la fin de tes jours.

Josh garda le silence, songeur.

— À propos…

Il leva les yeux.

— Oui ?

— Comme plat du jour, il y a un potage au brocoli et à la crème et un bouquet de crevettes en entrée, compléta-t-elle, lisant la liste affichée sur le comptoir avant de lui adresser un sourire éclatant.

Un souvenir d'enfance revint brusquement à Josh. Il devait avoir une dizaine d'années à l'époque ; c'était avant que sa mère rencontre Richard. Elle l'avait emmené au marché du samedi matin sur les quais. Un bateau était amarré là, qui vendait des crevettes toutes fraîches pêchées dans le Hood Canal.

Sa mère en avait acheté deux livres. De retour à la maison, elle les avait fait cuire dans un mélange d'épices. Jamais de sa vie Josh n'avait dégusté de crevettes aussi succulentes. Ils s'étaient régalés, les mangeant avec du *coleslaw* frais et des galettes de maïs. Teresa avait mis un CD de musique cajun et ils avaient dansé une gigue idiote dans le salon. C'était un de ses plus beaux souvenirs d'enfance... une enfance qui en contenait trop peu.

— Josh ?

Michelle le fixait d'un air interrogateur.

— Excuse-moi, j'étais ailleurs.

Comprenant qu'il avait trop tendance à tout garder pour lui, il lui raconta ce jour-là.

— Tu ne te souviens pas de ton père ? demanda Michelle doucement.

Il haussa les épaules.

— J'étais très petit quand il est parti. La seule chose que je me rappelle, c'est l'avoir vu jeter quelque chose à la tête de ma mère. Elle a hurlé, m'a attrapé et puis elle a couru dans la salle de bains et a fermé la porte.

Michelle se contenta de hocher la tête sans rien dire.

— Après, je ne l'ai jamais revu. Enfin, il me semble.

— Tu ne l'as jamais cherché ?

Josh se laissa aller contre le dossier de sa chaise, les bras croisés.

— Si, après avoir quitté l'armée. Apparemment, il est mort quand j'avais dix-sept ans. Peu de temps après ma mère… six mois, je crois. Il vivait quelque part au Texas. Il s'était remarié.

Teresa n'avait jamais prononcé une seule critique à l'égard du père de Josh. Jamais. C'était inutile, au fond. Le peu que Josh se remémorait en disait suffisamment long.

La serveuse vint prendre leur commande. Josh choisit le panier de crevettes, Michelle le potage.

— Tu ne manges pas grand-chose, observa-t-il quand la jeune femme se fut éloignée.

Michelle hésita.

— Je suis tellement fâchée contre Richard que je pourrais engloutir la moitié du menu. Mais j'ai appris à ne plus manger pour me consoler.

Josh la regarda avec admiration, songeant qu'elle se connaissait bien mieux que lui.

— Tu disais que Richard ne s'était pas remis de la mort de Dylan ?

Michelle posa sa fourchette et sa cuillère l'une à côté de l'autre, les alignant parfaitement.

— Il n'est plus le même homme depuis.

À vrai dire, Josh s'en était douté.

— Il a pris sa retraite et est devenu un reclus, poursuivit-elle. Il passait ses journées assis devant la télévision. Mes parents l'encourageaient à sortir, mais ça ne lui disait rien et il a fini par leur en vouloir.

Quand il a cessé de tondre la pelouse, mon père a compris que quelque chose clochait vraiment.

— Ça lui rappelait ma mère, murmura Josh.

— Il t'obligeait à désherber, tu te rappelles ?

Josh eut un petit rire.

— Je ne risque pas de l'oublier ! Tu sais ce qu'il y a de drôle ?

Michelle allait sans doute se moquer de lui, mais tant pis.

— Je loue une maison à San Diego et mon jardin est le mieux entretenu de tout le quartier.

Il prenait un vif plaisir à jardiner, mais c'était la première fois qu'il se rendait compte que ce n'était pas seulement grâce à sa mère, mais aussi à Richard. Si ce dernier l'avait su, cela l'aurait fait bien rire.

La serveuse apporta leurs plats, interrompant momentanément la conversation.

— La mort de ma mère a été un coup dur pour lui. Je suppose que celle de Dylan a été plus qu'il ne pouvait en supporter, commenta Josh en plongeant une crevette frite dans la sauce.

La cuillère de Michelle s'immobilisa au-dessus de son assiette.

— Dylan n'était pas aussi génial que tout le monde le pensait.

Josh leva les yeux, surpris.

— Ah non ?

Il prit une nouvelle crevette, attendant que Michelle continue.

Elle n'en fit rien.

Il préféra ne pas insister. Si Michelle avait quelque chose à dire, elle le ferait le moment venu.

— Tu as été gentil avec moi quand j'en avais besoin et je veux que tu saches que je ne l'ai jamais oublié, reprit-elle enfin.

— Dans le bus, tu veux dire ?

Elle faisait probablement allusion aux adolescents qui s'étaient moqués d'elle.

— Non. Je voulais parler de ce qui s'est passé dans le couloir à l'école.

Josh la regarda, perplexe.

— Ne me dis pas que tu as oublié ?

— Rafraîchis-moi la mémoire.

Elle se laissa aller en arrière en souriant.

— Le nom de Vance Willey te dit quelque chose ?

Vance Willey était un tyran. Un pauvre type qui s'en prenait toujours à plus petit et plus faible que lui.

— Je me souviens de lui, oui.

— Il pensait que j'étais trop laide pour avoir le droit de vivre et il a décidé de m'humilier devant toute l'école.

Cela ne semblait guère étonnant de la part de Vance, se dit Josh.

— Que s'est-il passé ?

Elle se redressa.

— Tu lui as tenu tête et donné l'ordre d'arrêter.

— Vraiment ?

Josh n'avait aucun souvenir de l'incident.

— Tu as dit que, si quelqu'un était laid, c'était lui. Qu'il avait beau être normal en apparence, la laideur était à l'intérieur. Tu lui as cloué le bec, continua-t-elle en souriant. Tu lui as dit qu'il rabaissait les autres parce que c'était la seule manière pour lui d'être fort.

— J'ai dit ça ?

— Mot pour mot. On aurait pu entendre une mouche voler dans le couloir. Et tu as ajouté qu'il te faisait de la peine. Tout le monde retenait son souffle en se demandant ce que Vance allait faire.

— Il est parti, c'est ça ? souffla Josh, tandis qu'une vague image prenait forme dans sa mémoire.

— Oui, et personne n'était plus choqué que lui. Je l'ai revu plus tard, et tu sais quoi ? Il m'a présenté ses excuses.

Josh en resta bouche bée.

— Non ! C'est incroyable.

— J'ai pensé que les paroles que tu avais prononcées étaient les plus sages que j'avais jamais entendues, avoua Michelle. Tu n'as pas volé à mon secours ; tu ne t'es pas battu contre lui. Tu lui as lancé la vérité à la figure et il a reculé.

Il fallut un instant à Josh pour faire le lien avec le présent. Michelle ne lui avait pas raconté cette histoire par hasard.

— C'est plus ou moins ce que tu es en train de faire avec moi aujourd'hui, c'est ça ?

Elle posa sa cuillère.

— Josh, ne commets pas l'erreur d'abandonner Richard. Si tu le fais, il t'en restera des regrets, des choses non réglées. Richard est méchant parce qu'il refuse d'admettre qu'il a besoin de toi. C'est trop pénible pour lui. Gratte sous la surface et sois aussi patient que tu peux l'être.

L'instinct de Josh le poussait à se détourner du vieil homme. Mais peut-être l'intuition de Michelle était-elle la bonne.

— À vrai dire, il me fait pitié, avoua-t-il.

— Tu vas rester, alors ?

Au bout d'un moment, il acquiesça.

Elle tendit le bras par-dessus la table et posa la main sur la sienne, pressant ses doigts avec émotion.

— Merci.

C'était lui qui aurait dû la remercier, songea-t-il.

Leur repas terminé, Josh régla l'addition et ils retournèrent chez Richard.

— Nous sommes là ! lança-t-il en franchissant le seuil.

Pas de réponse.

— Richard ?

Son beau-père était affaissé dans son fauteuil et respirait avec difficulté.

— Richard ? répéta-t-il.

Celui-ci tenta en vain de parler. Josh soupçonna aussitôt une attaque cérébrale.

— Appelle une ambulance ! cria-t-il à Michelle qui entrait à son tour.

Elle s'empressa d'obéir. Quelques secondes plus tard, les secours étaient en route. Espérant qu'il ne soit pas déjà trop tard, Josh se rua dans la salle de bains et ouvrit l'armoire à pharmacie. Chaque étagère était remplie à ras bord de médicaments. Il lui fallut une bonne minute pour trouver ce qu'il cherchait.

De l'aspirine.

Il versa quatre mini-comprimés dans sa paume, puis regagna à la hâte le salon et les mit dans la bouche de Richard.

— Mâche-les, Richard, ordonna-t-il. Mâche et avale. Aussi vite que possible.

L'ambulance était là. Les secouristes transportèrent Richard à bord et l'emmenèrent à l'hôpital de Bremerton. Josh et Michelle les suivirent dans le pick-up. Après avoir rempli les documents nécessaires, ils attendirent ensemble aux urgences. Instinctivement, Josh captura la main de Michelle dans la sienne.

Ils patientèrent près d'une heure avant qu'un médecin s'approche d'eux. Son badge indiquait qu'il était le Dr Abraham Wilhelm.

Josh se leva.

— Comment va-t-il ?

L'expression soucieuse du médecin en disait plus long que n'importe quelles paroles.

— Pour le moment, son état est stationnaire. Mais il est très affaibli. Il ne va pas survivre longtemps dans ces conditions. J'aimerais l'hospitaliser, mais il refuse.

— Pas longtemps, qu'est-ce que cela signifie au juste ? demanda Michelle.

— J'aimerais être plus précis, mais c'est impossible. Il a le cœur très fatigué.

— Il a eu une crise cardiaque ?

— Plusieurs, à vrai dire.

— N'est-il pas possible de l'opérer ? intervint Josh.

Le Dr Wilhelm fit non de la tête.

— Il ne survivrait pas à une intervention. Je crois qu'il est temps de songer à des soins palliatifs.

— Des soins palliatifs, répéta Josh. Richard n'est pas d'accord, j'imagine ?

Le médecin eut un rictus qui aurait pu s'apparenter à un sourire. C'était difficile à dire.

— Quand j'ai abordé cette question avec M. Lambert, il m'a répondu qu'il voulait quitter l'hôpital. Ses paroles précises ont été : « Faites-moi sortir. Je me fiche de savoir comment, mais je veux rentrer chez moi. Les gens meurent ici. »

Josh eut un petit rire.

— Je vois ce que vous voulez dire.

— Il préfère mourir chez lui et je vous encourage à l'y ramener. Je ferai en sorte de vous envoyer une bénévole en soins palliatifs dès que possible.

Josh hocha la tête.

— Merci.

Le Dr Wilhelm lui donna une petite tape sur le dos.

— Il est très têtu.

— C'est le moins qu'on puisse dire.

— Vous êtes un membre de sa famille ?

— Je suis son beau-fils. Il n'a que moi.

— Dans ce cas, je dirais qu'il a de la chance de vous avoir.

11

Je venais de changer les serviettes dans la chambre d'Abby quand on sonna à la porte. Je dévalai les marches, songeant que c'était peut-être un nouveau client.

Un homme assez grand et plutôt maigre se tenait sur le seuil. Il portait une combinaison de travail par-dessus une grosse chemise en coton à carreaux orange et marron. Il atteignait facilement le mètre quatre-vingts, et me dépassait de quinze bons centimètres. Il fronça les sourcils à ma vue.

Je me redressai – ce qui ne fit guère de différence – et le dévisageai, lui rendant sans ciller son regard sévère.

— Puis-je vous aider ? demandai-je, méfiante.

— C'est vous qui m'avez téléphoné.

Je me détendis.

— Vous êtes Mark Taylor ?

Il acquiesça et je m'effaçai pour le laisser entrer. En pénétrant dans le hall, il s'arrêta et huma l'air d'un air appréciateur.

— Vous avez fait un gâteau.

— Des cookies aux pépites de chocolat. Ça vous tente ?

— Et comment…

Il s'interrompit et me jeta un regard d'excuse.

— Je ne me souviens pas de la dernière fois que j'ai mangé des cookies faits maison. Vous offrez le café avec ?

— Et comment ! plaisantai-je.

Je m'étais demandé à quoi m'attendre à propos de l'homme à tout faire recommandé par Peggy Weldon. Au téléphone, il avait semblé plutôt revêche… en tout cas excentrique.

À ma grande surprise, il me plut aussitôt. Nous étions partis du mauvais pied – ma conversation téléphonique avec lui avait été plus que déconcertante. Mais, en dépit de mes doutes, j'avais décidé de lui donner une chance et je m'en félicitai. Ses yeux marron étaient honnêtes, et même s'il ne semblait pas avoir beaucoup de personnalité, il paraissait, en un mot, intéressant.

Il avait les cheveux blond foncé, un peu longs, ce qui avait l'air de le gêner. Ses mèches lui tombaient dans les yeux et il les repoussait avec agacement à intervalles réguliers.

— Vous prenez du lait ? demandai-je alors qu'il m'emboîtait le pas.

— Non, merci.

J'apportai deux tasses de café fumant à la table de cuisine et empilai des cookies dans une assiette.

Mark s'assit et tendit la main vers un biscuit pendant que j'allais chercher les esquisses des enseignes que j'avais en tête.

Il se leva à mon retour. Ce geste me surprit. Je n'étais pas habituée à voir un homme se conduire d'une manière aussi galante, un soupçon désuète. Mais peut-être cherchait-il seulement à faire bonne impression pour que je l'engage. Quel étrange contraste avec sa brusquerie !

Quand je me fus rassise, il se cala sur sa chaise, se laissant aller contre le dossier.

— Qu'avez-vous envisagé ?

— Comme je vous le disais, il me faut une nouvelle enseigne pour la maison d'hôtes.

— Pas de problème. J'aime bien le travail du bois. Montrez-moi ce que vous voulez.

J'avais dessiné quelques idées. Je voulais que l'enseigne soit installée en bordure de la propriété, pour que les clients la repèrent depuis la rue. Je voulais aussi que le nom Villa Rose, en lettres rouges sur fond blanc, soit entouré de roses rouges.

Mark examina mes dessins et posa quelques questions.

— Vous la voulez à quelle hauteur ? Un mètre cinquante ?

— Oui, je crois que ça serait parfait... il faut que les lettres soient lisibles de la rue.

Il hocha la tête.

— Combien cela va-t-il coûter ?

Il me donna un chiffre que je jugeai plus que raisonnable. À vrai dire, c'était la moitié du montant du devis que j'avais obtenu avant de prendre possession de la maison.

— Et combien de temps vous faudra-t-il pour la fabriquer ?

Mark termina son cookie et plongea la main dans la poche de sa combinaison pour y prendre un petit carnet noir. Il s'humecta le doigt et se mit à le feuilleter.

Je détournai les yeux pour dissimuler mon sourire. Avant les smartphones, la plupart des petits carnets noirs servaient de répertoires téléphoniques, et non de liste de travaux. Je me demandai s'il y avait une femme dans la vie de Mark.

— Pour la fin du mois, me dit-il après avoir tourné quelques pages.

Apparemment, il avait déjà un bon nombre de travaux prévus pour les semaines à venir.

— Pas avant ?

J'étais déçue à l'idée d'attendre trois longues semaines pour que la maison d'hôtes ait un nom. En même temps, je craignais que la personne qui m'avait fourni l'autre devis ne mette encore plus longtemps.

— Je tâcherai de m'arranger pour vous la livrer au plus vite.

— Ce serait gentil. Une question : mon âge m'a fait gagner ou perdre des places sur votre liste ?

Il sourit.

— Vous voulez que je fasse cette enseigne, alors ?

— Oui, s'il vous plaît, répondis-je, ma décision prise.

Peggy avait une haute opinion de Mark et de son travail. De plus, il habitait la ville et j'aimais l'idée de collaborer avec des gens d'ici. C'était un bon principe. Je voulais me faire une place dans la communauté, car j'avais l'intention de rester.

Mark tira un bout de crayon de sa poche de chemise et inscrivit mon nom dans le petit carnet noir.

— Vous serez contente. Je garantis la qualité de tout mon travail.

Les travaux que j'avais en tête ne s'arrêtaient pas à l'enseigne.

— Connaissez-vous quelqu'un qui fasse du jardinage ? demandai-je en me penchant en avant, posant les coudes sur la table.

— Moi.

Il ne semblait cependant guère enthousiasmé par cette perspective.

— Vraiment ?

— Expliquez-moi d'abord ce que vous voulez faire.

Un autre cookie disparut. Il tendit la main vers un troisième.

— Une roseraie. Je veux une grande et belle roseraie.

Je lui montrai mon plan. Je ne suis pas une artiste, mais il me semblait que je m'étais bien débrouillée pour illustrer mon idée. Je désirais supprimer une bonne partie de la pelouse, créer une arche et un sentier pavé bordé d'arbustes qui mènerait à la roseraie. J'envisageais aussi de disposer des bancs le long du chemin et, si ce n'était pas trop compliqué, de faire construire un kiosque. Pas dans l'immédiat, quand l'affaire se serait un peu développée. Ce serait un décor idéal pour les occasions spéciales, telles que les mariages.

Mark étudia mes dessins quelques instants.

— Ça, c'est une roseraie ! en conclut-il.

— Je sais. C'est un projet ambitieux.

Il acquiesça.

— C'est logique de vouloir planter une roseraie avec le nouveau nom de la maison.

Je me contentai de hocher la tête, sans mentionner Paul.

— Ce travail vous intéresserait ?

Il fronça les sourcils.

— Je ne m'y connais guère en roses.

À vrai dire, moi non plus, mais j'avais l'intention d'apprendre.

— J'achèterai les roses et je les planterai moi-même. Je veux trouver autant de variétés anciennes que possible.

— Des roses anciennes ? Je n'ai jamais entendu parler de ça.

— Elles datent d'avant l'époque des greffes. Les fleurs sont plus petites mais particulièrement parfumées. J'aimerais aussi planter quelques arbustes hybrides. Je crois que ce serait une petite touche plaisante de mettre un bouquet de roses dans les chambres de mes invités quand le jardin sera terminé.

— Ce serait bien ; pour leur souhaiter la bienvenue chez vous et à Cedar Cove.

— Et qu'en pensez-vous… pour le jardin, je veux dire ?

Il fallait qu'il me donne un devis pour ce projet-là aussi. L'entreprise allait sans doute nécessiter un certain temps et une somme considérable.

— Je suis votre homme.

— Parfait.

Je me détendis.

— Je chercherai peut-être quelqu'un d'autre pour enlever la pelouse et préparer le sol, reprit-il. Et si vous plantez les roses vous-même, cela réduira le coût.

— J'aimerais aussi avoir une arche à l'entrée, ajoutai-je en lui montrant le dessin. Peut-être plus d'une… mais il me faut d'abord une idée du prix.

J'espérais ne pas trop m'emballer, ni trop dépenser.

— Pas de problème. Je peux vous fabriquer autant d'arches que vous voulez.

— Et les bancs ? Vous pourriez les fabriquer aussi, ou serait-il plus économique de les acheter tout faits ?

Il réfléchit.

— Si vous voulez économiser, achetez-les, mais si c'est moi qui les fabrique, ils seront plus solides et dureront beaucoup plus longtemps.

Là encore, tout dépendrait du prix.

— Ajoutez-les au devis et je verrai.

Il acquiesça et enfourna un autre cookie. L'assiette était vide. Il en avait dévoré six, les uns après les autres, presque sans marquer de pause. Et ce n'étaient pas des petits gâteaux. Comme je n'avais nullement l'intention de le laisser engloutir toute la fournée, je ne proposai pas de remplir l'assiette. Il faisait sûrement partie de ces gens au métabolisme hyperactif qui ont la chance de pouvoir s'empiffrer tout en restant minces comme des bâtonnets de sucette.

Il sirota son café en me dévisageant.

— Vous êtes plus jeune que je ne m'y attendais.

— C'est drôle, je me disais justement la même chose à votre sujet.

Il haussa les épaules.

— La plupart des gens supposent que je suis à la retraite et que je gagne un peu d'argent à côté. En fait, je suis toujours occupé. J'ai plus de projets que je ne peux en gérer.

— Où travailliez-vous avant ?

Sans doute avait-il été employé dans une de ces grandes chaînes de magasins de bricolage. D'après ce que m'avait dit Peggy Beldon, Mark en savait assez sur l'électricité, la plomberie et la menuiserie pour construire sa propre maison, ce qu'apparemment il avait fait.

— Je ne travaillais pas.

— Vous n'avez jamais eu d'emploi ?

J'étais incrédule.

— J'étais dans l'armée.

Sa réponse me surprit.

— C'est un travail, protestai-je.

— En un sens, oui. Quoi qu'il en soit, j'avais certains problèmes quand j'ai quitté l'armée, et j'ai décidé de me mettre à mon compte.

À l'évidence, il n'était pas disposé à en dire plus. Je n'insistai pas. Tout le monde avait ses problèmes. J'avais les miens et, apparemment, mes deux hôtes aussi.

— Et vous ? demanda-t-il.

Je haussai les épaules.

— Rien de spécial. J'ai touché un héritage et j'ai décidé de changer de carrière. L'idée de tenir une maison d'hôtes me plaisait alors je me suis lancée.

— Sans aucune expérience dans ce domaine ?

— Pas la moindre.

En le disant, je reconnus que cela paraissait imprudent.

— J'apprends vite, et j'ai lu tout ce que je pouvais trouver sur le sujet.

— Vous avez fait la connaissance de Grace ?

— Grace ? Non, qui est-ce ?

— Grace Harding, la bibliothécaire. Vous devriez aller la voir. J'ai travaillé pour elle après la disparition de son mari. En fait, je travaille beaucoup pour les veuves et les femmes seules.

— Son mari a disparu ?

— Il y a des années. Elle s'est remariée depuis. Harding est le nom de son second mari. Ils sont très gentils, Grace et Cliff. Ils vous plairont.

— Merci, dis-je, me promettant de faire un saut à la bibliothèque très bientôt.

— Vous allez sans doute aussi faire la connaissance de la meilleure amie de Grace tôt ou tard. Elle s'appelle Olivia Griffin. Son mari est le rédacteur en chef du journal local.

Comment allais-je me souvenir de tous ces noms ?

— Et Olivia travaille où ?

— Au palais de justice. Elle est juge aux affaires familiales. Au fait, avez-vous déjà mangé au Palais des Crêpes ?

— Non.

Jusqu'alors, j'avais fait la cuisine, testé de nouvelles recettes pour mes hôtes, si bien que je n'avais mis les pieds dans aucun restaurant en ville.

— Je vous conseille la tarte à la noix de coco.

— Je la goûterai.

— C'est la meilleure de la ville.

— C'est bon à savoir.

J'avais un faible pour la crème à la noix de coco.

Mark but une nouvelle gorgée de café.

— Je vous ferai le devis avant la fin de la semaine prochaine.

— Parfait.

— Si vous l'acceptez, il faudra me dire quand vous voulez que le travail soit terminé, pour que je le note dans mon carnet.

Son petit carnet noir. Je ne savais pas quelle était la meilleure époque pour planter des roses, mais le printemps me paraissait judicieux.

— Le mois de mars. Ou avril, peut-être, après les dernières gelées.

Mark se leva et alla déposer sa tasse dans l'évier.

— Je vous fais ça dès que j'ai un moment.

Je le raccompagnai dans l'entrée.

— Il faut que je vous dise que j'ai goûté pas mal de cookies aux pépites de chocolat, et les vôtres sont parmi les meilleurs.

Je rougis sous le compliment.

— Merci.

Il sortit dans l'allée. Le parking était désert, ce qui signifiait qu'il était venu à pied. Puis je me souvins que Peggy m'avait dit qu'il habitait à deux pas. Une chose était sûre, il n'avait rien d'ordinaire. Si j'avais dû deviner son âge, j'aurais dit qu'il avait peut-être quarante-cinq ans. Et je ne pouvais m'empêcher de penser que c'était sûrement quelqu'un de plus compliqué qu'il n'en avait l'air.

Le temps me le dirait.

12

Abby consulta sa montre et constata qu'elle était pile à l'heure. Son frère lui avait demandé de les retrouver, sa fiancée et lui, dans un *coffee shop* – un endroit nouveau qu'elle ne connaissait pas. La ville avait bien changé. L'établissement se trouvait dans un petit centre commercial qui était encore un terrain vague lors de sa dernière visite à Cedar Cove.

Abby se gara devant et aperçut immédiatement son frère à l'intérieur. Il avait une mine superbe ; il faisait les cent pas en les attendant, l'air à la fois heureux et un peu anxieux.

Quand il la vit, il sortit immédiatement et lui ouvrit les bras.

— Abby !

Il l'étreignit avec force.

— Tu es… magnifique. Je suis si content que tu sois venue.

— Moi aussi.

Elle était sincère. Ses retrouvailles avec Patty Morris – ou plutôt Jefferies – lui avaient fait un bien fou et l'avaient encouragée. Peut-être pourrait-elle enfin oublier l'accident, le temps d'un week-end au moins. La noce était censée être un heureux événement. Elle ne pouvait – ni ne devait – laisser ses angoisses gouverner chaque minute de sa vie. Et si quelqu'un mentionnait Angela ou l'accident, ce ne serait pas la fin du monde après tout. Elle affronterait cela en adulte au lieu de prendre la fuite.

— Victoria ne va pas tarder, annonça Roger. Elle m'a demandé de lui commander un *latte*.

— J'ai hâte de faire enfin la connaissance de la femme qui a réussi à voler le cœur de mon frère.

— Elle a hâte de te rencontrer aussi.

Frère et sœur entrèrent dans le salon de thé et se joignirent à la queue. Abby était toujours surprise de constater combien ces établissements étaient populaires sur la côte du Pacifique nord. Elle n'en connaissait pas un seul en Floride, hormis la chaîne Starbucks, alors qu'à Cedar Cove, il y en avait pratiquement à tous les coins de rue. Les gens aimaient le café, par ici.

— Quand es-tu arrivée ?

— Il y a un petit moment, répondit-elle vaguement.

Roger serait peiné si elle lui avouait qu'elle était en ville depuis la veille et qu'elle ne l'avait pas contacté.

Son frère sortit son portefeuille alors qu'ils s'approchaient du comptoir.

— Que désires-tu ?

Abby prenait rarement autre chose que du café noir, mais elle en avait déjà bu trois tasses ce matin. Le menu fixé au mur déroulait une liste si impressionnante de variantes qu'elle ne savait guère laquelle choisir.

— Un *latte* aussi, je suppose.

— Aromatisé ? suggéra-t-il.

Abby regarda de nouveau le menu qui proposait une bonne dizaine de parfums. Ou davantage.

— La même chose que Victoria, dit-elle enfin, ne voulant pas retarder la file de clients derrière eux.

— Bonne idée.

La serveuse était prête à les entendre.

— Trois *latte* vanille aromatisés au caramel, sans crème fouettée.

La jeune femme prit trois tasses, nota les commandes en abrégé, puis ses doigts pianotèrent sur la caisse enregistreuse. Le total aurait pu leur offrir un déjeuner, songea Abby, consternée.

Un instant plus tard, ils étaient assis à une table près de la vitre. Abby but une gorgée de café et dut admettre qu'il était bon. Sans doute contenait-il autant de calories qu'un sandwich entier. Tant pis, elle avait prévu de faire l'impasse sur le déjeuner de toute façon.

— Qu'en penses-tu ? demanda Roger, amusé.

— Pas mal du tout.

Son frère se releva brusquement.

— Victoria est là ! s'écria-t-il, son visage s'éclairant tandis qu'il regardait en direction du parking.

Abby jeta un coup d'œil par-dessus son épaule et vit sa future belle-sœur descendre de voiture. Elle s'était garée juste à côté d'elle. Victoria était aussi ravissante en réalité qu'en photo, sinon davantage. Ses cheveux bruns, qu'elle ramenait derrière ses oreilles, lui arrivaient à hauteur d'épaules. Petite et mince, elle était vêtue d'un pull en laine rose et d'un pantalon blanc sous un long manteau en lainage gris qu'elle n'avait pas pris la peine de boutonner.

Roger accueillit sa fiancée d'un tendre baiser sur les lèvres, puis passa le bras autour de sa taille et l'escorta à la table où Abby s'était levée à son tour.

— Victoria, voici ma sœur, Abby. Abby, je te présente Victoria, ma future femme.

Ses yeux brillaient d'amour et de fierté.

— Je suis très heureuse de te rencontrer, déclara Victoria. Roger m'a tellement parlé de toi.

Abby fronça les sourcils, redoutant aussitôt que Roger ne lui ait raconté l'accident. Bien sûr qu'il l'avait fait. Victoria allait être son épouse ; elle devait le savoir, si elle n'était pas déjà au courant. Il sembla subitement à Abby que toute sa vie avait été coupée en deux par cette nuit fatale.

Avant l'accident.

Après l'accident.

Et dans ce gouffre, une pile énorme de « si ». Abby ravala les regrets, les remords et la douleur, refusant de se laisser submerger par ses émotions.

Il lui fallut quelques secondes pour se rendre compte que Roger et Victoria attendaient sa réponse.

— Moi aussi, je suis ravie, parvint-elle à articuler.

Roger tira une chaise pour Victoria.

— Tout est réglé avec le traiteur ?

Victoria poussa un long soupir, hochant la tête tout en ôtant son manteau.

— Heureusement, ma mère avait conservé le reçu.

— Que s'est-il passé ? demanda Abby.

— Rien de grave. Nous avons enfin mis les derniers détails au point pour demain, répondit Victoria en tendant la main vers celle de Roger. Ma mère y travaille depuis des semaines…

— Des mois, tu veux dire, rectifia Roger.

— C'est elle la mieux organisée dans la famille, et c'est tant mieux.

— Et le dîner de répétition ? s'enquit Abby.

Ses parents vivant loin, ils n'avaient pu se charger de l'organisation. Abby ne se souvenait même pas que sa mère en ait parlé.

— Je m'en suis occupé, affirma Roger, l'air content de lui.

— Toi ? s'écria Abby en riant.

— Hé, c'était un jeu d'enfant ! J'ai réservé la salle de banquets au restaurant du phare et…

— Une minute, coupa Abby en levant la main. Maman m'a dit que le phare avait brûlé.

— C'est vrai, répondit Victoria à la place de Roger. Mais il a été reconstruit.

— Et il y a de nouveaux propriétaires, ajouta ce dernier. Ils ont une grande salle de banquets qui conviendra parfaitement.

— Je l'ai aidé pour le choix du menu, souffla Victoria, sinon, il aurait commandé des pizzas et de la bière.

— Leur pizza est excellente ! protesta Roger.

— De la pizza ? Tu n'aurais pas fait ça, quand même ? le taquina Abby. Tu plaisantes ?

— Je suis sérieuse, affirma Victoria en souriant.

Abby les regarda, amusée. Ils étaient visiblement très amoureux et si bien assortis l'un à l'autre.

— As-tu descendu Harbor Street ? reprit Victoria après avoir bu une gorgée de café.

— Oui, enfin… en partie. Pourquoi ?

— As-tu remarqué le salon de thé Victorien ?

— Oh ! Je ne crois pas. Il vient d'ouvrir ?

— Il a ouvert l'an dernier. C'est devenu un des endroits les plus populaires pour déjeuner en ville. Il faut que tu y ailles avant de partir… ou au moins que tu passes devant.

— Je n'y manquerai pas, promit Abby.

— Où loges-tu ? poursuivit Victoria.

— À la Villa Rose.

Victoria fronça les sourcils.

— Ça ne me dit rien.

— La maison était tenue par les Frelinger à l'origine.

— Sandy et John ? Ils ont vendu ? s'étonna Victoria. Eh bien tant mieux. Je sais que maman m'avait dit que la maison était en vente, mais c'était il y a des mois. C'est toujours aussi joli qu'avant ?

— C'est magnifique, et la nouvelle propriétaire est charmante.

Gentille et attentionnée aussi, songea Abby, mais elle ne voulait pas se répandre en éloges et donner l'impression qu'elle était arrivée depuis assez longtemps pour avoir fait sa connaissance.

— Je ne peux pas te dire combien nous sommes contents que tu sois là, répéta Victoria, la main dans celle de Roger. C'est très important pour nous.

— Pour rien au monde je n'aurais voulu manquer le mariage de mon grand frère.

Jamais Abby n'aurait avoué qu'en réalité, elle avait eu un mal fou à prendre sa décision. Ses parents l'y avaient plus ou moins contrainte, en faisant pression sur sa conscience.

— Quand papa et maman doivent-ils arriver ? demanda-t-elle, désireuse de changer de sujet.

Elle redoutait des questions embarrassantes de la part de Victoria. Pourquoi elle avait mis si longtemps à accepter de servir le gâteau de mariage, par exemple. Ou pourquoi elle avait réservé son vol au dernier moment, au risque de ne pas avoir de place.

Roger jeta un coup d'œil à sa montre.

— Leur avion a atterri il y a dix minutes.

— Il était à l'heure ?

Son frère tira son téléphone portable de sa poche et pianota sur le clavier. Au bout d'un instant, il leva les yeux.

— Pile.

— Quand penses-tu qu'ils seront ici ?

— Le temps qu'ils prennent la voiture de location et qu'ils aillent à l'hôtel, il faudra bien deux heures. Maman a promis de téléphoner s'ils arrivaient après cinq heures.

— Elle a proposé qu'on se retrouve à l'église juste avant la répétition, observa Abby.

— Oui, c'est ce qu'ils m'ont dit aussi.

Victoria poussa un soupir.

— Il vaudrait mieux que j'y aille. Ma mère frise la crise cardiaque. J'ai rendez-vous avec elle chez le fleuriste dans…

Elle baissa les yeux sur sa montre.

— Dix minutes.

— Si près du mariage, tout doit être frénétique, acquiesça Abby. Merci d'avoir pris le temps de venir boire un café avec moi.

— J'attends ce moment depuis des semaines. Ça va être tellement bien d'avoir une autre sœur.

Les deux femmes s'embrassèrent, après quoi Roger raccompagna Victoria à sa voiture, échangeant quelques mots avec elle avant de rentrer à l'intérieur.

— Oh ! Roger, elle est adorable !

— Je sais.

Il suivit la jeune femme du regard pendant qu'elle reculait, puis s'engageait dans le flot de circulation. Puis il se détendit et reporta son attention sur Abby.

— Et toi, ça va ?

— Oui, bien sûr. Pourquoi est-ce que ça n'irait pas ?

Elle pria silencieusement pour qu'il ne parle pas de l'accident. Pour une fois, une seule fois, elle voulait faire comme s'il n'avait jamais eu lieu.

— Ça fait des années que tu n'es pas revenue.

Abby se redressa.

— Tu ne vas jamais deviner sur qui je suis tombée, dit-elle, s'efforçant de parler avec enthousiasme. Patty Morris, ajouta-t-elle, sans laisser à son frère le temps de chercher.

Roger fronça les sourcils.

— Qui ?

— Patty Morris. Nous étions à l'école ensemble ; nous étions bonnes amies.

Il se figea, comme s'il redoutait la suite.

— Patty a épousé Pete Jefferies. Tu ne le connais pas ?

Il secoua la tête.

— Son mari et elle sont pharmaciens. Ils tiennent la pharmacie sur Harbor Street. J'avais oublié d'acheter du dentifrice, alors j'y suis passée et j'ai rencontré Patty.

Elle s'abstint de révéler combien elle avait été décontenancée de voir sa vieille amie, mais Roger sembla le deviner.

— Cela t'a fait plaisir, non ?

Son grand frère s'inquiétait pour elle, Abby le sentait. Il savait qu'elle évitait les gens depuis des années.

— C'était génial.

— Parfait.

— Patty et Pete ont des jumeaux. Un garçon et une fille. Ils ont six ans et ils sont au cours préparatoire.

Roger hocha la tête distraitement.

— Elle m'a invitée à déjeuner demain.

L'air soudain anxieux, son frère la dévisagea.

— Ça ne t'ennuie pas ?

— Pas du tout, répondit-elle d'un ton léger. Apparemment, plusieurs de mes anciennes amies vivent encore dans la région. D'après Patty, elles seraient furieuses si elle ne leur disait pas que je suis en ville. Nous allons toutes nous retrouver au Palais des Crêpes.

Le regard de Roger demeura sombre.

— Toi et tes anciennes copines ?

Abby acquiesça.

— Maman aussi est invitée.

Son frère changea de position sur sa chaise, mal à l'aise.

— Tu es sûre que c'est une bonne idée ? Je veux dire, c'est génial que tu retrouves tes vieilles amies, mais c'est un peu proche du mariage, tu ne crois pas ?

Il avait peur que quelque chose ne soit dit au cours du déjeuner, comprit Abby. Quelque chose qui la bouleverserait.

— Tout ira bien. Patty avait l'air si contente de me voir, si excitée. Apparemment, elles ont parlé de moi aux réunions d'école… elles se demandaient ce que j'étais devenue.

Ce qui n'avait rien d'étonnant, étant donné les circonstances.

Roger hocha la tête et but une gorgée de café.

— Tant mieux, Abby. Il est temps de régler ton passé une fois pour toutes.

Son passé. Autrement dit l'accident. La mort d'Angela. Le sentiment de culpabilité qui la hantait.

— Je suis content que le mariage t'ait ramenée à Cedar Cove. Peut-être que ce déjeuner avec Patty et les autres contribuera à te rendre la paix.

Abby baissa la tête, ravalant sa salive pour lutter contre le nœud qui s'était formé dans sa gorge. Il était rare qu'elle ait ce genre de conversation avec son frère et son encouragement lui faisait chaud au cœur.

— Merci, chuchota-t-elle.

— Et c'est une bonne idée que maman soit là.

— C'est ce que je me suis dit aussi… c'était l'idée de Patty. Pour tout te dire, je suis un peu inquiète.

— Tout ira très bien, affirma Roger. Amuse-toi avec tes amies, Abby, tu le mérites. Tu as des tas d'amies. Tu en as toujours eu.

Des larmes brouillèrent sa vision alors qu'elle levait les yeux vers son frère et souriait. Il y avait eu un temps où elle avait eu beaucoup d'amis. Cette époque-là pouvait-elle revenir ?

13

— Laissez-moi mourir en paix, grogna Richard, dès que Michelle et Josh l'eurent ramené à la maison.

Josh ne releva pas sa remarque et fit le tour de la voiture pour aider son beau-père à rentrer. Michelle, qui était assise à l'arrière, se hâta de passer devant pour ouvrir la maison.

Bien à contrecœur, Richard dut s'appuyer sur Josh pour marcher. Il avançait à tout petits pas et, quand ils atteignirent la troisième marche de l'escalier, il était à bout de souffle. Josh le soutint, gardant un bras autour de sa taille, tandis que Michelle tenait la porte ouverte.

Il était évident qu'il en coûtait à Richard d'accepter l'aide de Josh. Il avait besoin d'un déambulateur, mais s'y refusait. Toute l'énergie dont il disposait semblait réservée à lancer des attaques verbales contre quiconque se trouvait à portée de voix.

Josh guida Richard vers son fauteuil préféré. Le vieil homme s'y laissa tomber lourdement, lâchant un profond soupir, comme s'il avait dû faire appel à ses dernières ressources pour arriver jusque-là. Ignorant Josh, il tendit automatiquement la main vers la télécommande de la télévision, et alluma une chaîne d'informations en continu.

— Tu veux que je t'apporte quelque chose ? demanda Josh.

Richard se contenta de secouer la tête.

Quand Josh entra dans la cuisine, Michelle avait déjà mis la bouilloire à chauffer.

— Tu doutes encore qu'il ait besoin de toi ? murmura-t-elle.

Josh ne répondit pas tout de suite. Seule, Michelle n'aurait probablement pas réussi à faire monter les marches du perron à Richard. D'autant que s'occuper de son beau-père n'était pas de sa responsabilité. Il fut tenté de lui rappeler que ce n'était pas la sienne non plus – qu'il ne devait rien à Richard. Que le vieil homme aurait mérité qu'il s'en aille. Seulement, Josh se sentait incapable de le faire. Non parce que Richard avait besoin de son aide, mais parce qu'il savait que sa mère aurait voulu qu'il reste.

— Ne t'inquiète pas. Je resterai à Cedar Cove aussi longtemps que possible.

— Merci, souffla-t-elle en lui pressant doucement le bras.

Il mit les mains sur ses épaules, reconnaissant pour sa sagesse et ses encouragements.

— Je crois que je ne m'étais jamais rendu compte de ce que tu as dû supporter, avoua-t-elle.

Les années que Josh avait passées avec Richard n'avaient en effet pas été une partie de plaisir. La tension dans la maison, surtout après la mort de sa mère, était parfois insupportable. Sans Dylan pour s'interposer, la situation aurait été intenable. À présent que sa mère et Dylan étaient morts tous les deux, ce rôle incombait à Michelle.

Mais Josh devait admettre qu'il n'était pas complètement innocent dans ces tensions. Adolescent, il prenait un malin plaisir à agacer son beau-père. Richard ne faisait pas mystère de son hostilité envers lui, si bien qu'au lieu d'essayer de construire une relation positive avec lui, Josh s'employait à le provoquer.

Quand c'était à lui de sortir la poubelle, Josh la laissait intentionnellement au beau milieu de l'allée, pour que Richard soit obligé de descendre de voiture et de la déplacer avant de partir travailler. Si c'était son tour de vaisselle, il faisait la vaisselle, ni plus ni moins. Le lait était laissé sur la table, le plan de travail restait encombré. S'il y avait des restes que Richard comptait emporter le lendemain pour déjeuner, il faisait exprès de les jeter. Puisque son beau-père pensait qu'il ne pouvait rien faire de bien, Josh ne voyait aucune raison d'être serviable.

— J'étais fautif aussi, avoua-t-il.

La bouilloire siffla. À regret, Michelle s'éloigna pour aller éteindre la flamme et verser l'eau frémissante dans une théière. Josh la reconnut : c'était celle de sa mère. Il ne savait pas d'où elle venait. Peut-être était-ce un cadeau de mariage ou un héritage familial. Il résolut de ne pas poser de questions à ce sujet, de peur que Richard ne la casse exprès.

C'était le genre d'attitude à laquelle il s'attendait, et cela l'attristait de le constater.

Michelle laissa le thé infuser et sortit trois tasses.

Sachant qu'une bénévole d'accompagnement en soins palliatifs devait venir dans l'après-midi, Josh regagna le salon et ramassa les journaux éparpillés sur la moquette, puis retapa les coussins et les remit sur le canapé.

— Qu'est-ce que tu cherches ? lança Richard, en baissant le volume de la télévision.

— Je ne cherche rien du tout. Je mets un peu d'ordre, c'est tout.

— Tu veux quelque chose.

Josh foudroya son beau-père du regard.

— Je rangeais. Je n'ai pas d'arrière-pensée.

— Je ne te crois pas. Tu veux me voler. Tu pourrais au moins attendre que je sois mort.

Josh se raidit, bouillonnant de colère.

— Pense ce que tu voudras. Je n'ai besoin de rien et je ne veux rien de toi, rétorqua-t-il, serrant les dents.

Quelques secondes auparavant, il avait été prêt à admettre sa part de culpabilité dans le fossé qui les séparait. Pourtant, il avait suffi d'une remarque acerbe de Richard pour que sa colère ressurgisse à la vitesse de l'éclair. Il sortit de la pièce avant de prononcer des paroles qu'il regretterait par la suite.

L'agressivité de Richard lui donnait l'impression d'être redevenu un adolescent revêche et hargneux.

Perdu dans ses pensées, il fut surpris de trouver Michelle dans l'entrée. Elle posa une main sur son bras.

— Ça va ?

Peu désireux d'expliquer ce qui venait de se passer, Josh se contenta d'acquiescer.

— Ça va.

Il jeta un coup d'œil par-dessus son épaule. Le regard rivé à la télévision, son beau-père sirotait son thé.

— Il ne devrait pas manger quelque chose ?

— Je le lui ai proposé, répondit-elle, mais il affirme qu'il n'a pas faim.

Josh ne put s'empêcher de sourire. Il imaginait bien Richard se lancer dans une grève de la faim à seule fin de l'énerver. Il regagna le salon, dérangeant à dessein le vieil homme qui écoutait les informations.

— Il faut que tu manges. Je vais te faire chauffer un peu de soupe, offrit-il d'un ton ferme, mettant sa théorie à l'épreuve.

— Je ne veux pas de soupe. Je te l'ai déjà dit, je préfère mourir en paix. Fais-moi plaisir, retourne d'où tu viens.

Pas mal comme discours pour un homme qui était censé être à l'agonie.

— Je le ferai – le moment venu.

Richard l'ignora royalement.

Une autre arme dans l'arsenal de son beau-père, se souvint Josh. Quand Richard avait compris qu'aucune parole, aucun geste ne dérangeait plus Josh que le silence, celui-ci était devenu sa forme préférée de tourment. Il faisait tout simplement comme si Josh n'était pas dans la pièce ou dans la maison, ce qui avait le don d'horripiler l'adolescent. En moins d'une heure, il se débrouillait pour tirer une réaction de son beau-père, même s'il devait pour cela détruire un objet cher à Richard, comme le programme télé de la semaine ou son magazine favori. N'importe quoi pour que Richard reconnaisse son existence.

— Ça ne va pas marcher cette fois, avertit-il. Je suis adulte. Tu peux m'ignorer jusqu'à la fin des temps. À vrai dire, je t'en serai reconnaissant.

Le visage tourné vers l'écran, Richard ne cilla même pas.

Josh retourna dans la cuisine. Bizarrement, la pièce lui était aussi familière que s'il était parti la veille. Il farfouilla dans le placard à la recherche d'une casserole et la posa sur le fourneau. Malheureusement, la boîte où sa mère avait coutume de conserver les biscuits salés était vide. Très bien. Richard devrait s'en passer, voilà tout.

Il versa la soupe dans la casserole et la fit chauffer. Le voyant faire, Michelle se rendit au salon et dégagea le plateau encombré à côté du fauteuil de Richard.

— Qu'est-ce que tu fais ? grommela celui-ci en retirant la télécommande.

— Je range pour qu'on puisse vous apporter un bol de soupe.

— Je t'ai déjà dit que je ne voulais rien manger.

— Vous ne devez pas rester l'estomac vide.

Richard plissa les yeux.

— Tu es de son côté, hein ?

Michelle prit sa main et la garda entre les siennes.

— Il ne s'agit pas de ça.

— Soit tu es mon amie, soit tu es la sienne, décréta-t-il. Tu ne peux pas être les deux à la fois. À toi de choisir.

Même de là où il était, Josh perçut l'émotion de Richard. Ses yeux semblèrent s'emplir de larmes.

— Je… je sais ce que tu ressentais pour Dylan, murmura-t-il. Lui aussi t'aimait bien. Je crois que, s'il avait vécu, il aurait fini par voir combien tu es belle.

— Monsieur Lambert…

— Tu choisis, c'est compris ? C'est l'un ou l'autre.

Michelle se redressa.

— Comme je le disais…

Josh fit un pas en avant, prêt à intervenir. Il ne voulait pas que Michelle subisse l'hostilité de Richard à cause de lui. Richard avait besoin d'elle, même s'il rechignait à l'admettre. Michelle était le seul lien qui l'unissait encore à Dylan – la seule personne dans sa vie qui se souvenait de son fils. Josh ne pouvait la laisser se brouiller avec le vieil homme pour lui. Il leva la main, l'incitant à la conciliation. Dans un jour ou deux, il serait sorti de leur vie ; cela n'en valait pas la peine.

Michelle sembla lire dans ses pensées.

— Laissez-moi réfléchir, d'accord ? proposa-t-elle à Richard.

Richard fronça les sourcils, visiblement choqué par sa réponse. Il se laissa aller en arrière et ferma les yeux, comme pour l'exclure de ses pensées.

Lorsque la soupe fut chaude, Josh la versa dans un bol et la déposa sur le plateau, s'attendant à ce que Richard l'envoie valser à travers les airs.

— J'ai une course à faire, annonça-t-il presque aussitôt, tendant la main vers son blouson.

Il éprouvait un besoin irrépressible de fuir cette maison, cette atmosphère oppressante.

Il se dirigeait vers la porte quand Michelle le rejoignit, sac et manteau à la main.

— Je viens avec toi.

Josh hésita, se demandant s'il était sage de laisser Richard tout seul.

— Tu es sûre ?

— J'en ai envie, insista-t-elle, soutenant son regard.

Il acquiesça. En sortant de la maison, il se sentit glacé jusqu'à la moelle. Pas seulement à cause de la chaleur excessive qui régnait à l'intérieur. La présence de Richard était comme un poison. Il ne pouvait rester auprès de lui sans se sentir contaminé par sa mesquinerie.

— Où veux-tu aller ? demanda Michelle, allongeant le pas pour rester à sa hauteur.

Il regrettait déjà d'avoir accepté qu'elle l'accompagne. Il avait besoin de solitude. Cependant, elle grimpa sur le siège passager et referma la portière sans hésiter, comme pour lui montrer que rien n'allait la faire changer d'avis.

— Richard a besoin d'un déambulateur.

C'était un prétexte pour s'échapper, mais c'était aussi la vérité. Quoi qu'il arrive, Josh allait repartir dans quelques jours, et toute dévouée qu'elle soit, Michelle ne pouvait être constamment auprès de Richard. Et ce dernier était très faible, même s'il faisait de son mieux pour le dissimuler.

Ils firent en silence le trajet jusqu'à la pharmacie.

— Ce que Richard a dit à propos de Dylan et moi… commença-t-elle. À une époque, je croyais qu'il était génial. J'étais folle de lui au lycée jusqu'à notre dernière année.

— Toutes les filles étaient amoureuses de lui, et ça n'a rien de surprenant. C'était une star en sport, il avait de la personnalité, et il était sympa avec tout le monde.

— Non, le contredit Michelle doucement.

Elle avait parlé bas, mais capté son attention aussi sûrement que si elle avait crié. Il jeta un coup d'œil vers elle.

— Pardon ?

— Il n'était pas tout ça.

— Ah non ?

C'était pourtant le souvenir qu'il avait de Dylan.

— Je garde ce secret depuis dix ans, Josh, mais je vais te le dire.

Il s'arrêta à un feu rouge, intrigué.

— Me dire quoi ?

— En terminale, Dylan avait des difficultés en anglais, et au dernier trimestre, il fallait qu'on écrive un mémoire.

— Je m'en souviens. J'ai rédigé le mien sur Jim Ryun, le premier lycéen à courir un mile en moins de quatre minutes.

Pour cela, il avait effectué beaucoup de recherches y avait pris plaisir, car le sujet le passionnait. Il avait obtenu une bonne note, mais ne l'avait jamais dit à son beau-père.

— Si Dylan n'avait pas eu la moyenne, il n'aurait pas été autorisé à jouer au basket-ball cette saison-là.

Dylan avait beau être populaire, les études étaient son point faible. Il les détestait. Il n'avait jamais réussi à maîtriser les tables de multiplication, sans parler des règles d'orthographe. Il ignorait souvent ses devoirs. Il passait toujours de justesse dans la classe supérieure.

Teresa consacrait des heures et des heures à aider Dylan avec ses devoirs, mais cela ne servait pas à grand-chose. Et ces séances quotidiennes furent abandonnées quand elle tomba malade.

— C'est moi qui ai écrit sa dissertation, murmura-t-elle.

— Vraiment ?

— Nous avions conclu un marché. Je savais qu'aucun garçon ne m'inviterait au bal de fin d'année…

— Michelle, ce n'est pas vrai…

Elle l'interrompit d'un petit rire amer.

— Si. J'étais la plus grosse fille de la classe…

— Dylan a promis de t'emmener au bal ?

— Non.

Elle secoua la tête avec vigueur.

— Personne ne voudrait croire que Dylan m'avait invitée au bal de fin d'année, mais je voulais vraiment y aller. Avec un groupe de filles, on a décidé qu'on irait toutes ensemble, sans cavaliers. Tout ce que j'ai demandé à Dylan en échange de la dissertation, c'était qu'il m'invite à danser une fois. Une seule fois. Il a accepté, et j'ai écrit son devoir, en y mettant assez de fautes pour que Mme Chenard soit convaincue que c'était bien son travail.

Dylan l'a rendue, et puis il m'a complètement ignorée au bal. Franchement, tu crois que ça lui aurait fait mal de danser avec moi, une fois ?

— Il ne l'a pas fait ?

Certes, Dylan n'était pas un saint, mais Josh avait du mal à croire qu'il ait trahi sa promesse à Michelle.

— Je lui en ai parlé après, et il a prétendu qu'il avait oublié.

Ce n'était guère convaincant, pourtant Josh se sentit obligé de défendre son demi-frère.

— Je suis sûr qu'il a dû y avoir un malentendu.

— Non. Plus tard j'ai su qu'il s'était vanté parmi ses copains de m'avoir manipulée. Il leur a dit qu'il n'avait pas pu se forcer à danser avec moi. Qu'il n'était pas sûr d'avoir les bras assez longs pour faire le tour de Dumbo.

La voix de Michelle était presque inaudible, Josh devina que c'était encore un souvenir douloureux. Apparemment, son demi-frère s'était fait un plaisir de l'humilier.

— Je suis vraiment désolé.

— Tu n'as pas à t'excuser, Josh. Ce n'est pas toi qui m'as fait ça.

Elle se força à sourire.

— Ma seule consolation, c'est qu'il a eu un B au lieu d'un A à cause de toutes les fautes que j'avais faites exprès.

Josh sourit à son tour et lui pressa doucement la main.

— Si je t'ai raconté cette histoire, c'est pour que tu saches que Dylan n'était pas le petit saint que vous décrivez, son père et toi. Il pouvait aussi être cruel et sans cœur.

Elle disait vrai. Dylan était le fils de son père.

14

Mes hôtes étant sortis pour l'après-midi, je décidai d'aller faire quelques courses. Je voulais m'arrêter à la boulangerie du quartier et goûter leurs petits pains au lait. J'aimais faire de la pâtisserie et ma première intention avait été de les confectionner moi-même, cependant je savais que ce ne serait pas toujours possible, faute de temps.

La bruine persistait, mais j'avais habité à Seattle toute ma vie, il en fallait davantage pour me décourager. J'attrapai imperméable, écharpe et gants, fermai la porte à clé et descendis la côte. Le ciel s'assombrissait déjà, pourtant il était à peine deux heures de l'après-midi. Un épais brouillard enveloppait la baie, rendant Bremerton et les chantiers navals totalement invisibles.

La rue était très pentue mais je me disais que marcher me permettrait de compenser les calories de ma dégustation à la boulangerie. Peggy m'avait mise en garde contre le danger de grossir. Quand on tient une maison d'hôtes, avait-elle déclaré, on succombe facilement à la tentation de goûter sa propre cuisine. Durant leur première année en tant que propriétaires de Vents et Marées, Peggy avouait avoir pris cinq kilos.

Ma résolution faiblit à l'instant où je poussai la porte du magasin. Une délicieuse odeur de pain frais embaumait la pièce, plus tentante que du parfum coûteux. Paul affirmait avoir décidé de m'épouser la première fois que je lui avais fait cuire une miche de pain maison.

— Vous désirez ? demanda une jeune femme derrière le comptoir.

J'avais à peine eu le temps de regarder les délices exposés derrière la vitrine. Les macarons étaient sublimes, gros comme mon poing et dorés à la perfection. Les cookies au beurre de cacahuète étaient eux aussi appétissants. Je me souvins que Paul les adorait. Mes propres cookies avaient l'air de balles de golf comparés à ces merveilles de la taille d'une balle de base-ball.

— Je vais prendre une douzaine de cookies, dis-je avant de changer d'avis. Un mélange, s'il vous plaît.

— Pas de problème, répondit la vendeuse en souriant. Nous avons huit variétés aujourd'hui.

— Dans ce cas, donnez-m'en deux douzaines pour que j'en aie trois de chaque, décidai-je aussitôt, oubliant la mise en garde de Peggy.

Je m'avançai le long du présentoir et admirai les gâteaux. Le premier était à la noix de coco, haut de cinq ou six étages, et presque aussi imposant qu'une pièce montée. De même que le *carrot cake*, décoré de noix hachées et de minuscules carottes glacées artistiquement disposées en cercle à son sommet. Un troisième, au chocolat, était agrémenté d'un gros nœud blanc compliqué et ressemblait à un paquet-cadeau à savourer.

L'eau à la bouche, je m'empressai de détourner les yeux et contemplai le choix de tourtes.

— Ce sera tout ? demanda la vendeuse, suivant mon regard.

— Euh…

J'hésitai, avant de hocher la tête à regret. Si mes clients revenaient en fin d'après-midi, je leur proposerais un assortiment de cookies.

La porte d'entrée s'ouvrit en tintant derrière moi.

— Nous avons une offre spéciale aujourd'hui, annonça la jeune vendeuse. Si vous achetez une tourte ou un gâteau, le deuxième est à moitié prix.

— Oh, mon Dieu, il va être difficile de résister, soupirai-je avant de me souvenir de la raison pour laquelle j'étais venue. Vous n'avez pas de petits pains au lait ?

— Désolée, nous avons tout vendu avant dix heures ce matin. C'est presque toujours le cas. Si vous en voulez, il faut venir de bonne heure ou passer une commande la veille.

— Ah bon. Dans ce cas, je vais en commander pour demain.

— Une douzaine ? demanda la jeune femme en souriant.

— Six pour l'instant. Je n'ai que deux clients en ce moment, ça devrait amplement suffire. À quelle heure ouvrez-vous ?

— À sept heures. Nous vendons un excellent café aussi.

J'avais remarqué la machine à café en entrant dans le magasin.

— Excusez-moi, intervint la femme qui venait d'entrer. Vous êtes Jo Marie Rose ?

— Oui, répondis-je, surprise qu'elle connaisse mon nom.

— C'est vous qui avez repris la maison d'hôtes des Frelinger, c'est ça ?

— En effet.

Elle me tendit la main.

— Je suis Corrie McAfee ; Peggy Beldon est une de mes amies. Elle m'a dit qu'elle espérait avoir l'occasion de bavarder avec vous prochainement. Bienvenue à Cedar Cove.

— Peggy est passée ce matin, expliquai-je, touchée par la gentillesse qu'on manifestait envers moi.

— Mon mari et moi sommes venus nous installer ici il y a quelques années. Nous sommes originaires de Seattle, comme vous, je crois ?

J'acquiesçai. Corrie me plut tout de suite.

— Vous avez le temps de prendre un café ?

Je jetai un coup d'œil à ma montre. Au fond, je n'étais guère pressée. Je savais qu'Abby assistait au dîner de répétition du mariage de son frère. Josh ne m'avait pas fait part de ses projets mais il avait déclaré qu'il serait absent jusqu'en fin d'après-midi.

— Ce serait avec plaisir.

La boulangerie faisait aussi salon de thé.

— Parfait ! Je vous invite.

— Dans ce cas, je fournis les cookies, suggérai-je.

Corrie hocha la tête avec enthousiasme.

— Voilà une offre qui ne se refuse pas.

Je réglai mes achats et m'installai à une table devant la vitrine. De son côté, Corrie acheta les cafés et puis vint me rejoindre.

J'ouvris le carton de petits gâteaux et le lui tendis pour qu'elle fasse son choix.

— J'ai un faible pour leurs cookies, avoua-t-elle en se servant.

— Moi aussi !

Nous mordîmes chacune dans le nôtre en même temps. Le biscuit était aussi délicieux qu'il en avait l'air. Nous le savourâmes un instant en silence, puis Corrie reprit :

— Roy et moi nous sentons vraiment chez nous à Cedar Cove à présent, malgré toutes les années que nous avons passées à Seattle. Notre fils vit ici aussi avec sa femme et leur petite fille. Notre fille habite dans le Dakota du Nord avec sa famille.

Je ne pus m'empêcher de ressentir un pincement d'envie.

— Je suis veuve, et malheureusement je n'ai pas d'enfants.

Et sans doute n'en aurais-je jamais. Accepter cette réalité avait été un des aspects les plus douloureux de mon deuil.

— Il faudra que je vous présente à mon mari à l'occasion, dit Corrie. C'est un ancien inspecteur de police. Il est retraité mais travaille de temps à autre comme détective privé.

— Je serai ravie de faire sa connaissance.

— Si vous avez le moindre problème – mais je doute que ça soit le cas – n'hésitez pas à nous contacter, je vous en prie.

— Merci, c'est très gentil.

Une fois de plus, j'étais émue par l'accueil qui m'était fait dans cette petite ville.

Nous bavardâmes encore un peu en terminant notre café et nos cookies. Je racontai à Corrie que Peggy m'avait encouragée à découvrir la ville. À l'évidence, c'était un bon conseil et je posai donc une foule de questions à Corrie sur les commerces du coin.

Nous quittâmes la boulangerie ensemble. Ma nouvelle amie se rendait à la bibliothèque et – comme Mark plus tôt – me suggéra d'y passer faire la connaissance de Grace Harding. Je me promis de le faire dès que possible.

Je remontai péniblement la colline pentue jusqu'à la Villa Rose. En arrivant en haut, j'étais hors d'haleine et j'avais les mollets douloureux. Ma seule consolation était que j'avais dû brûler les calories des cookies. Je marquai une pause pour reprendre mon souffle. Il allait falloir que j'intègre un peu d'exercice physique dans ma routine journalière.

J'étais à mi-hauteur de l'allée quand je remarquai une voiture garée à l'emplacement réservé aux clients.

Je pressai l'allure et m'approchai du véhicule. Un homme était assis au volant, attendant apparemment mon retour. Je toquai un coup léger à la vitre et il se tourna vers moi, m'adressant aussitôt un grand sourire.

Son visage me parut vaguement familier, mais je ne pouvais lui donner un nom. Je reculai et il ouvrit la portière pour descendre.

— Jo Marie, que c'est bon de vous voir !

Je me creusai désespérément les méninges pour essayer de me souvenir de cet homme, en vain.

— J'espère que je ne vous ai pas fait attendre trop longtemps ? demandai-je tout en réfléchissant.

Il connaissait mon nom, il ne s'agissait donc pas d'un client dont j'aurais oublié la réservation.

— Je ne suis là que depuis quelques minutes, assura-t-il en m'emboîtant le pas. J'ai hâte que la pluie s'arrête. Rien ne me déprime davantage qu'un jour pluvieux succédant à un autre.

Sa voix était affable et enjouée, démentant son affirmation.

— J'étais à la boulangerie, expliquai-je en le précédant à l'intérieur.

Je posai le carton de cookies et m'arrêtai dans le vestibule pour accrocher mon manteau et mon écharpe. Il m'imita et suspendit ses vêtements à côté des miens.

Je ne savais toujours pas qui il était, mais à mesure qu'il parlait, j'étais de plus en plus convaincue de le connaître. Puis la mémoire me revint brusquement. Il s'appelait Spenser Wood – il faisait partie de la même unité que Paul, et ils étaient cantonnés ensemble à Fort Lewis.

— Vous êtes revenu, murmurai-je, infiniment plus à l'aise à présent que je savais qui il était.

Si mes souvenirs étaient bons, il était parti pour l'Afghanistan en même temps que Paul.

— Oui. Un membre de notre unité m'a dit que vous aviez déménagé ici. Je voulais vous dire combien je suis désolé pour Paul. C'était quelqu'un de bien.

— Merci.

Le mot s'étrangla dans ma gorge, mais il ne parut pas s'en apercevoir et je m'en félicitai.

— Voudriez-vous boire un café ?

— Avec plaisir.

Il me suivit dans la cuisine et regarda autour de lui, les bras derrière le dos, l'air intensément appréciateur.

— C'est vraiment un endroit formidable.

— J'en suis tombée amoureuse dès que je l'ai vu, avouai-je.

— Paul l'aurait adoré aussi.

J'acquiesçai d'un bref hochement de tête. Cela faisait un moment que je n'avais pas parlé à quelqu'un qui connaissait Paul. Bizarrement, le fait que Spenser mentionne son nom me rendit nerveuse – ce que je n'avais pas éprouvé avec d'autres personnes.

— Vous étiez en Afghanistan, n'est-ce pas ? demandai-je en le précédant au salon.

Nous nous assîmes au coin de la cheminée et j'allumai le feu. En dépit des apparences, c'était un chauffage au gaz et les flammes pétillèrent aussitôt dans l'âtre.

Spenser s'était installé dans le canapé, je pris un fauteuil. Il posa sa tasse sur la table basse en bois avant que j'aie eu le temps de lui apporter un sous-verre.

— Vous savez combien j'étais proche de Paul, répondit-il, le visage décomposé par le chagrin.

Si ma mémoire était bonne, je n'avais rencontré Spenser qu'une seule fois. Je n'avais pas souvenir que Paul l'ait mentionné dans ses e-mails ou ses lettres, ni même au téléphone.

— Il avait beaucoup d'amis, murmurai-je, éludant la question.

Les doigts de Spenser se crispèrent sur sa tasse.

— Il était comme un frère pour moi… le frère que je n'ai jamais eu. Nous étions très liés, surtout après notre arrivée en Afghanistan.

Je baissai les yeux, évitant son regard. Pour une étrange raison, cette conversation me mettait mal à l'aise. Je sentais une tension m'envahir. Où Spenser voulait-il en venir ?

— Il parlait beaucoup de vous, reprit-il. Il était fou de vous.

— J'aimais profondément mon mari.

— Et lui vous aimait plus que tout.

La gorge nouée, je versai encore un peu de café dans ma tasse. Un silence gêné s'installa. Quand je relevai la tête, Spenser s'était rapproché du bord du canapé et se penchait vers moi.

— J'imagine que vous vous demandez pourquoi je suis là. Cela me peine de devoir m'adresser à vous ainsi… c'est plutôt embarrassant, à vrai dire. Malheureusement, je me trouve dans une situation délicate et…

Je levai les yeux, stupéfaite. Spenser était-il venu me voir dans l'intention de m'emprunter de l'argent ?

Il eut un geste maladroit.

— En tant qu'épouse, vous êtes bénéficiaire de l'assurance-vie de Paul. L'armée prend soin des siens et…

— Et en quoi cela vous regarde-t-il ?

— Eh bien, étant donné combien Paul et moi étions proches, j'espérais que vous pourriez me dépanner.

J'étais trop sidérée pour parler.

— Je suis navré de vous ennuyer avec ça, mais le fait est que j'ai besoin d'aide. Ce ne serait qu'un prêt à court terme. Je n'aurais même pas songé à vous le demander si Paul et moi n'avions pas été comme des frères… des membres d'une même famille.

Muette de stupeur, je tentai de réfléchir, me demandant comment Paul aurait voulu que je réagisse.

Avant que j'aie pu ouvrir la bouche, Spenser ajouta :

— Si Paul était en vie, je sais qu'il me prêterait cet argent. Nous étions si proches.

— Spenser, dis-je doucement, je ne suis pas une banque.

Il hocha la tête d'un air entendu.

— Je comprends, mais il fallait que je vous pose la question. Paul et moi, nous nous sommes souvent sortis du pétrin. Je lui ai prêté de l'argent plus d'une fois… et lui aussi. Je ne voudrais pas que vous pensiez que je suis venu vous trouver comme ça, sans raison. J'aurais dépanné Paul sans hésiter… et maintenant qu'il n'est plus là, je serais prêt à vous aider si la situation était inversée.

Je ne savais que répondre. J'ignorais que Paul avait emprunté de l'argent à ses amis et cela me surprenait. J'hésitai, indécise.

— Je sais combien il est stressant d'être en proie à des difficultés financières, dis-je, compatissante.

— Cela vous est arrivé aussi ?

J'acquiesçai, me souvenant des premiers temps où je vivais seule.

— Oui, certainement.

Lorsque j'obtins ma première carte de crédit, en dépit des mises en garde de mes parents, je dépensai sans compter. Quand le relevé arriva, je fus choquée par le montant de mes extravagances.

Il fallut encore que la situation empire avant que je me décide à détruire la carte. Pendant un certain temps, j'eus du mal à payer les intérêts, sans parler de rembourser le principal. Tout ce que je gagnais partait en loyer, nourriture et factures. Je ne dormais plus. J'étais stressée, inquiète. Ç'avait été une époque affreuse. Jamais je ne voulais revivre pareille expérience.

— Dans ce cas, vous pourriez peut-être revenir sur votre décision… si vous avez vécu ce que je vis, vous devez savoir combien c'est humiliant.

— Je…

Je n'eus pas le temps d'achever.

La porte d'entrée s'ouvrit brusquement et Mark Taylor entra sans avoir frappé. Il s'arrêta dans le vestibule, jaugeant la situation d'un coup d'œil. Son regard s'assombrit et il s'avança droit vers Spenser.

Celui-ci se leva.

Les deux hommes s'affrontèrent du regard.

— Il faut qu'on parle, il me semble, grogna Mark, avant d'ajouter : Dehors. Maintenant.

Spenser se tourna vers moi, quêtant une explication, mais je n'en avais aucune à lui fournir.

— Ah… Mark…

Il m'ignora.

— Maintenant, répéta-t-il d'un ton sans réplique.

Spenser haussa les épaules et se dirigea vers la porte.

Mark le suivit, attrapant au passage le manteau de mon visiteur.

Je me levai et me tins à la fenêtre. Je ne les voyais ni l'un ni l'autre, mais je distinguais des éclats de voix. J'eus beau tendre l'oreille, je ne compris pas ce qu'ils disaient.

Au bout de quelques minutes, il y eut un bruit de pas, puis le grondement d'un moteur.

Spenser s'en allait. Sans un mot d'adieu.

L'instant d'après, le gravier crissa sous les roues de sa voiture alors qu'il reculait dans l'allée.

Je me hâtai vers la porte, prête à une confrontation avec Mark. Pourquoi s'était-il rué à l'intérieur comme une ourse protégeant son bébé ourson ?

Mais il était parti, lui aussi. Je n'aperçus que sa silhouette qui s'éloignait à grands pas dans la rue.

15

Malgré son appréhension, Abby avait été conquise par la fiancée de Roger. Victoria était chaleureuse et sincère, et visiblement éprise de son frère. Roger avait de la chance d'avoir trouvé quelqu'un avec qui il était prêt à s'engager jusqu'à la fin de ses jours.

L'après-midi filait à toute allure et Abby voulait se changer avant la répétition de la cérémonie et le dîner qui allait suivre. Roger lui avait appris que son cousin Lonny serait son témoin et que ses parents séjournaient au même hôtel que les leurs. Elle prenait de plus en plus conscience de la distance qu'elle avait établie avec sa famille. Avec le recul, elle avait du mal à croire qu'elle ait pu être si absorbée par ses propres inquiétudes au point de ne pas même demander à son frère qui était son témoin.

En s'engageant dans l'allée de la Villa Rose, elle fut une fois de plus frappée par le charme des lieux. La propriété était splendide et dominait toute la baie. Cependant, ce n'était pas seulement la beauté de l'endroit qui l'attirait. Chaque fois qu'elle revenait à la maison d'hôtes, elle avait l'impression de rentrer chez elle. Quand elle franchissait le seuil, c'était comme si elle se débarrassait des fardeaux du passé en même temps que de son manteau en lainage.

Comme elle entrait, Jo Marie sortit de la cuisine pour l'accueillir.

— Oh, rebonjour ! Je me demandais quand vous alliez revenir. Avez-vous passé un bon après-midi ? À quelle heure est la répétition ?

— J'ai passé un très bon après-midi, merci.

C'était vrai. Elle s'était amusée. Sa rencontre inattendue avec Patty et la réaction de sa vieille amie avaient grandement contribué à lui remonter le moral. Elle commençait timidement à penser que ce retour était une bonne chose. Après avoir redouté ce mariage, elle se surprenait maintenant à flirter avec un sentiment d'espoir, d'impatience même, à l'idée que l'accident soit enfin derrière elle.

Abby leva les yeux et comprit que Jo Marie l'observait.

— Je suis désolée, vous disiez ? J'étais ailleurs.

— Ne vous en faites pas. Je suis un peu ailleurs, moi aussi, avoua Jo Marie en secouant la tête. Excusez-moi. Il vient de se passer quelque chose de très bizarre. Un… une vieille connaissance s'est arrêtée me voir et puis quelqu'un d'autre, que je connais à peine, a surgi. Puis ils sont sortis tous les deux et avant que j'aie réalisé quoi que ce soit, ils étaient partis tous les deux. Pour autant que je le sache, ils ne s'étaient jamais rencontrés avant et je… je ne sais qu'en penser.

— C'est plutôt étrange, admit Abby d'un ton compatissant, soulagée de ne plus être le sujet de conversation.

— Complètement.

Jo Marie secoua la tête de nouveau, comme si l'incident la laissait totalement perplexe. L'air distrait, elle retourna dans la cuisine.

Contente de ne pas être davantage retardée, Abby grimpa les marches. Pour se donner confiance, elle avait fait une folie et acheté deux tenues neuves – une pour la répétition et une pour le mariage lui-même. La première était un ensemble pantalon rose et blanc. Il avait coûté plus qu'elle ne voulait dépenser, mais la vendeuse s'était répandue en compliments et Abby avait succombé.

Jamais elle n'avait autant voulu se sentir sûre d'elle que ce jour-là, le jour de ses retrouvailles avec sa famille et ses amis. La préparation mentale était aussi importante, sinon plus, que la préparation physique.

Elle se changea rapidement, rafraîchit sa coiffure et son maquillage, puis s'assit sur le bord du lit, les mains sur les genoux, s'efforçant d'apaiser les battements frénétiques de son cœur. Tout allait commencer. Dans une heure, elle serait avec ses parents et des membres de la famille qu'elle n'avait pas vus depuis des années.

Au bout de quelques minutes, Abby décida qu'elle était prête. Elle compléta sa tenue par un soupçon de parfum et se dirigea vers la porte.

— Passez une excellente soirée ! lui lança Jo Marie alors qu'elle s'en allait.

— Merci.

Abby doutait tout de même de prendre plaisir aux festivités. Elle avait déjà les nerfs tendus à craquer, les épaules nouées.

Abby se rendit à l'église, suivant les instructions que Roger lui avait données. À vrai dire, elle se souvenait parfaitement de l'édifice, qu'ils fréquentaient autrefois. Il avait récemment été rénové. Une croix imposante dominait la façade, son centre fixé sur le toit, au-dessus des grandes portes à double battant.

Le parking de l'église était presque désert. Abby se gara près de l'entrée et entendit aussitôt des rires et des taquineries résonner à l'intérieur. Elle reconnut la voix de Victoria et devina que certains membres du groupe s'étaient réunis dans une salle adjacente au vestibule. Elle savait que Tamara, la sœur cadette de Victoria, était son témoin, et que Victoria avait demandé à plusieurs amies proches d'être ses demoiselles d'honneur.

Dès qu'Abby entra, Victoria se détacha du groupe et vint l'accueillir. Elle passa un bras autour de la taille d'Abby, l'entraîna vers les autres et s'acquitta des présentations.

— Bon, tout le monde, voici Abby, la sœur de Roger.

Elle fut saluée par un chœur de voix qui lui souhaitaient la bienvenue et immédiatement soumise à un feu nourri de questions.

— Comment était Roger quand il était petit ? s'enquit Tamara. Je veux dire, Victoria et moi on était comme chien et chat. Roger et vous aussi ? Ou vous vous entendiez bien ?

Abby sourit, se souvenant qu'elle était ravie de rencontrer des garçons grâce à son frère.

— Plutôt, en un sens… c'est lui qui m'a fait connaître la plupart des garçons avec qui je suis sortie.

Aussitôt, le visage de Steve, le colocataire de Roger à l'université, s'imposa à sa mémoire. Comme Patty et d'autres amis, il avait fait plusieurs tentatives pour la revoir après la mort d'Angela mais elle l'avait ignoré, lui aussi.

— On se chamaillait beaucoup étant petits, mais ça s'est amélioré quand nous avons grandi.

— Oui, parce qu'il avait aussi besoin de toi pour rencontrer des filles, plaisanta sa future belle-sœur. Ça marche dans les deux sens.

Abby inclina la tête et sourit de nouveau.

— Exactement.

Après quelques échanges anodins, Abby trouva une chaise dans un coin et s'assit. Elle se sentait plus à l'aise en retrait, préférant observer plutôt qu'être au centre de l'attention. Elle ne connaissait pas les amies de Victoria, mais elle aimait la manière dont elles étaient aux petits soins pour elle et la taquinaient gentiment. Elle ne put s'empêcher de rire avec elles, séduite par leur gaieté.

Ses parents allaient arriver d'une minute à l'autre. Ils devaient avoir eu le temps de se rendre à leur hôtel et de se changer à présent.

Abby se demanda brièvement si son père avait toujours le même costume qu'autrefois, celui qu'il portait à chaque grande occasion. Un costume, affirmait-il, lui suffirait toujours amplement. La mère d'Abby avait usé d'une foule d'arguments pour le persuader d'investir dans un autre, mais Tom Kincaid s'y refusait obstinément.

Au bout de quelques minutes, Abby invoqua un prétexte pour laisser Victoria et les autres femmes. Sans l'avoir vraiment prémédité, elle s'aventura dans l'église, attirée par le silence.

Debout au milieu de la nef, elle regarda autour d'elle, notant les changements intervenus depuis son départ. La statue de la Vierge Marie sereine tenant l'Enfant Jésus avait disparu. Jésus sur la croix, le sang dégoulinant de ses mains percées, n'était nulle part visible non plus. Un crucifix imposant le remplaçait derrière l'autel, lequel était complètement différent. Au marbre tarabiscoté avait succédé une structure en bois, de style plus sobre. Quant aux tableaux qui représentaient le chemin de croix, ils semblaient plus modernes que dans ses souvenirs.

Quand avait-elle assisté à une messe pour la dernière fois ? Abby n'aurait su le dire. Après l'accident, elle s'était détournée de la foi.

Elle se faufila dans une allée au fond et resta immobile, absorbant le silence apaisant. Ferma les yeux. L'épuisement qu'elle éprouvait le matin encore s'était dissipé, cédant la place à un sentiment d'excitation.

D'excitation, et non de peur.

Elle s'en rendit compte brusquement et fut de nouveau envahie par une bouffée d'espoir. Une graine d'optimisme germait en elle, une impression de… guérison. La tension qui lui nouait les épaules reflua lentement.

Elle songea à réciter les prières mémorisées pendant son enfance, mais renonça, n'étant pas sûre de se souvenir de tous les mots. Prier, parler à Dieu, lui semblait étranger, maladroit. Elle ne savait pas quoi dire ni comment le dire.

Quand on lui avait appris qu'Angela n'avait pas survécu, Abby avait maudit Dieu. Si quelqu'un devait mourir, c'était elle. C'était elle qui était au volant… La colère l'avait submergée. Une sainte colère. La colère du juste. Dieu l'avait trahie. Il avait trahi Angela aussi. C'était injuste que son amie meure, que deux familles soient déchirées.

C'est curieux comme le temps aplanit pareille souffrance, l'érode au fil des années, comme l'eau qui déferle sur les rochers lisse peu à peu les angles pointus, douloureux. Il est vrai que le temps guérit tout, songea Abby. Elle avait un long chemin à accomplir, elle le savait, mais elle avait fait des progrès. Ce petit pas, le retour à Cedar Cove, avait exigé du courage de sa part, même si elle y avait été contrainte par le mariage. C'était comme si Dieu lui disait que le moment était venu de continuer dans son élan, de reconstituer les fragments épars de sa vie.

La porte s'ouvrit. Abby se retourna, et vit sa mère passer la tête dans l'entrebâillement.

— Maman, chuchota-t-elle instinctivement, comme lorsqu'elle était enfant et qu'on lui disait de ne jamais élever la voix dans une église.

— Abby.

Sa mère entra et lui ouvrit les bras.

Les deux femmes s'étreignirent étroitement, comme si elles s'étaient perdues et qu'elles venaient de se retrouver.

— Je me demandais où tu étais passée, murmura sa mère. Victoria ne savait pas où tu étais… l'église était le dernier endroit où je pensais te voir.

— Je viens d'arriver, répondit Abby, amusée.

Elle jeta un coup d'œil à sa montre et constata avec stupeur qu'elle était là depuis beaucoup plus longtemps qu'elle ne le croyait.

Près d'une demi-heure.

— Oh ! Ma chérie ! s'écria Linda Kincaid en se reculant pour mieux la regarder. Tu es absolument superbe.

La vendeuse avait eu raison. L'ensemble rose et blanc soulignait l'éclat de ses cheveux et de ses yeux sombres.

— Ça fait tellement de bien de te voir, reprit sa mère, des larmes brillant dans ses yeux.

— Il n'y a pas si longtemps.

— Deux ans, corrigea sa mère. Deux longues années.

Vraiment ? Abby avait du mal à croire que les mois aient pu s'enfuir si vite. Il lui semblait que seules quelques semaines s'étaient écoulées depuis que ses parents étaient venus lui rendre visite en Floride.

— Noël, il y a deux ans.

— Je suis là maintenant, murmura Abby, gênée.

Sa mère la serra de nouveau contre elle.

— C'est tellement important pour Roger et pour nous que tu sois venue. Je… je sais que c'est difficile pour toi.

— Ça va mieux, maman. Beaucoup mieux, intervint Abby. J'ai rencontré Patty.

— Patty Morris ?

— Patty Jefferies à présent. Elle est pharmacienne.

— Oh ! C'est merveilleux, mais je suis surprise. Je me souviens de vous deux plongées dans des livres de biologie et elle disait toujours qu'elle n'y comprenait rien. Et maintenant elle est pharmacienne ?

Abby acquiesça.

— Elle tient une pharmacie avec son mari, Pete.

— C'est fantastique, commenta sa mère avec un grand sourire approbateur. Qui l'aurait cru ?

— Elle a paru sincèrement contente de me voir.

— Mais bien sûr. Vous avez toujours été proches.

— Oh ! Maman, s'écria Abby, attendrie.

Sa mère avait été un roc pour elle, une source constante de soutien. Comment avait-elle pu la maintenir à distance pendant si longtemps ?

— Comment va Patty ?

— Elle est en pleine forme et elle a des jumeaux.

— Des jumeaux. Franchement, Abby, si Roger ou toi ne faites pas de moi une grand-mère bientôt, je ne sais pas ce que je vais devenir. J'ai besoin de petits-enfants à gâter.

Son rire s'éteignit et elle redevint sérieuse.

— Tu sors avec quelqu'un ? demanda-t-elle de but en blanc, scrutant sa fille.

— Maman ! Non, et si c'était le cas, je ne te le dirais pas.

Linda secoua la tête, affichant un air écœuré.

— Je ne sais pas ce que vous avez, vous, les jeunes, se lamenta-t-elle. À votre âge, ton père et moi avions deux enfants et un emprunt immobilier. Quand vas-tu rencontrer un gentil garçon et te fixer ?

Bonne question. Si Abby connaissait la réponse, elle serait ravie de l'annoncer au reste du monde.

— Maman, écoute, si je t'ai parlé de ma rencontre avec Patty, c'est qu'il y a une raison.

— Ah bon ?

— Elle organise un déjeuner avec certaines de mes anciennes amies qui vivent dans les environs et elle t'a invitée aussi.

— Moi ?

— Oui, toi. Elle espère que sa mère sera des nôtres, expliqua Abby avant de citer certains noms que Patty avait mentionnés.

— J'étais au conseil d'administration du lycée avec Kathy Wilson, commenta sa mère. Tu sais, la mère de Kelly.

— Je sais.

Sa mère l'étreignit une fois de plus.

— Je savais que ce mariage allait nous permettre de nous retrouver. Je le savais.

Abby ne serait peut-être pas allée jusque-là.

Mais c'était un début.

16

— C'est très gentil de faire ça pour Richard, observa Michelle alors qu'ils chargeaient le déambulateur dans le coffre.

— Il est tellement têtu qu'il va sans doute refuser de s'en servir, ironisa Josh. Enfin, ça vaut la peine d'essayer. Je ne voudrais pas qu'il tente de marcher tout seul. Il risque vraiment de tomber.

— Il y a des semaines que je le lui dis.

Quand ils rentrèrent à la maison, Richard s'était assoupi dans son fauteuil. Il ne se réveilla pas à leur entrée, et Josh comprit que la visite à l'hôpital l'avait épuisé. Il constata avec surprise que le vieil homme avait mangé un peu de soupe. Au moins avait-il fait un effort. C'était de bon augure pour le déambulateur. Richard serait peut-être disposé à accepter ce petit cadeau de sa part. Un cadeau que Josh ne lui faisait pas par affection, mais par respect envers sa mère.

Il déposa le carton dans la cuisine, suivi de Michelle. Il devait l'assembler, ce qui ne semblait guère difficile.

— Je vais chercher un tournevis, suggéra-t-elle.

Josh ne pensait pas en avoir besoin, mais ne tenta pas de la dissuader. Pendant qu'elle était sortie, il ouvrit le carton et sortit les différentes pièces, encore troublé par ce qu'elle lui avait dit au sujet de Dylan. Il n'avait pas souvenir que son demi-frère se soit jamais montré délibérément cruel, mais Dylan aimait indéniablement jouer des tours aux autres. Les farces l'amusaient. Il devait admettre que le récit de Michelle paraissait plausible.

Josh était peiné que Dylan l'ait blessée. Il avait perçu sa douleur alors qu'elle lui relatait l'histoire du bal. À sa grande stupéfaction, il avait éprouvé une envie folle de la prendre dans ses bras et de la réconforter. De l'embrasser. De lui dire combien il regrettait que les choses se soient passées ainsi. Que s'il pouvait revenir en arrière, il serait son cavalier ce soir-là.

La brève absence de la jeune femme lui donna le temps de se ressaisir. Après son récit, il eut davantage conscience de l'attraction qui semblait être née entre eux, mais il ne voulait pas s'attarder là-dessus. Une relation était impossible. Il sillonnait le pays. Il avait beau posséder une maison à San Diego, il n'y était presque jamais. Par contraste, la vie de Michelle était là, à Cedar Cove. Quand il partirait, cette fois, ce serait pour de bon. Il n'avait aucune intention de revenir.

Quand Michelle reparut avec le tournevis, le déambulateur était assemblé.

— Tu as fini ?

Josh sourit.

— C'était un jeu d'enfant.

— Pour toi, peut-être, plaisanta-t-elle.

— Je vois que tu as trouvé un tournevis.

— Je l'ai pris dans le garage de mon père, expliqua-t-elle en le lui montrant. J'ai été sidérée de voir combien il y en avait. J'ai opté pour celui-là parce qu'il avait l'air d'avoir souvent servi.

— Dans ce cas, tu ferais bien de le remettre à sa place.

— Bonne idée. J'y vais tout de suite.

Elle repartit, et revint quelques minutes plus tard.

Josh se leva. Puisque Richard dormait, le moment était bien choisi pour aller chercher les autres objets qu'il voulait récupérer.

— Où vas-tu ? demanda Michelle.

Josh hésita.

— Dans la chambre de Richard.

Elle fronça les sourcils, l'air désapprobateur.

— Pourquoi ?

— Je voudrais chercher quelque chose.

Elle hésita de nouveau.

— Je viens avec toi.

— Tu as peur que j'abîme ses affaires pour me venger ?

— Je ne te crois pas capable de t'abaisser à ce genre de chose.

Il se tut un instant, touché qu'elle lui fasse autant confiance.

— N'en sois pas si sûre.

Puis, peut-être parce qu'il savait qu'il aurait du mal à maîtriser sa colère s'il découvrait d'autres objets que Richard avait détruits, il lui tendit la main, l'invitant à l'accompagner.

La chambre à coucher se trouvait au bout du couloir. La porte légèrement entrouverte grinça quand Josh la poussa. Il hésita et jeta un coup d'œil pardessus son épaule. De là où il était, il ne pouvait pas voir Richard. Mais si ce dernier se réveillait, il tenterait certainement de s'interposer.

La pièce était exactement telle que dans ses souvenirs. À la vue du lit défait, Josh se sentit étrangement gêné. Sa mère était intraitable sur ce point, insistant pour que Dylan et lui fassent leur lit chaque matin. Il fut presque tenté de le remettre en ordre.

Au lieu de quoi, il le contourna et alla ouvrir le tiroir du chevet de sa mère. Vide. La déception l'envahit et ses épaules s'affaissèrent.

— Tu n'as pas trouvé ce que tu voulais ?

Il secoua la tête.

— Non.

— Qu'est-ce que tu cherches ? chuchota-t-elle. Je pourrais peut-être t'aider.

— Inutile de parler si bas, assura Josh. Si Richard pouvait nous entendre, il aurait crié.

— Qu'est-ce tu cherches ? insista-t-elle, refusant de le laisser éluder la question.

— La Bible de ma mère, avoua-t-il après une hésitation. À la fin, elle la lisait vingt-quatre heures sur vingt-quatre. Je ne possède rien d'elle et j'aimerais avoir cette Bible.

— Une Bible, répéta Michelle en parcourant la pièce du regard. Où Richard aurait pu la mettre ?

— Aucune idée.

— Regarde sur l'étagère supérieure du placard.

Josh ouvrit la porte. Le meuble était plein à ras bord de vêtements, couvertures, et de fatras. Si la Bible s'y trouvait, il faudrait une journée entière pour la dénicher.

Il secoua la tête, découragé.

— Tu pourrais demander à Richard de te la donner.

Josh se tourna vers elle. Apparemment elle n'avait pas tiré la leçon du blouson et de l'album saccagés.

— Parce que tu crois qu'il le ferait ?

— Pourquoi pas ? C'était la Bible de ta mère. Tu as le droit de l'avoir.

— Tu ne comprends pas ? s'écria-t-il, sur le point de perdre patience. Si Richard découvre que je veux cette Bible, il fera tout ce qui est en son pouvoir pour s'assurer que je ne l'aie pas. Il la détruira.

Michelle ouvrit la bouche pour protester et la referma aussitôt.

— Tu as raison, murmura-t-elle en se tournant vers lui.

Elle noua les bras autour de sa taille et le serra contre elle, le visage enfoui dans sa poitrine. Quand elle leva la tête, leurs yeux se rencontrèrent et se soudèrent. Durant un long moment, ils se fixèrent. Josh ne respirait plus et il lui semblait que Michelle non plus. L'air entre eux était chargé d'électricité et du désir de réconforter, de consoler.

De désir à l'état pur.

Après ce qui lui parut une éternité, Josh ferma les yeux et se pencha vers elle, incapable de résister davantage. Le baiser commença doucement, puis devint différent, plus intense. Plus profond. Josh plongea les mains dans les cheveux de Michelle, l'attirant plus près, voulant posséder d'elle autant qu'il le pouvait, prenant et donnant tout à la fois.

Lorsqu'il se redressa, ils étaient tous les deux haletants, hors d'haleine.

Josh aurait voulu dire quelque chose, mais les mots refusaient de prendre forme dans son cerveau. Il n'avait jamais voulu en arriver là, et en même temps, sentir Michelle entre ses bras était si bon, si naturel qu'il ne parvenait pas à démêler l'écheveau de ses contradictions. Il en restait muet, abasourdi.

Elle enfonça les mains dans les poches arrière de son jean.

— Oh, mon Dieu, souffla-t-elle avant de s'éloigner.

Elle prit un instant pour se ressaisir, avant de lui faire face de nouveau.

— Peut-être que je pourrais parler à Richard de cette Bible, dit-elle, reprenant la conversation comme s'il ne s'était rien passé.

Pas de baiser. Pas de passion.

— Michelle…

Elle leva la main pour l'interrompre.

— Je ne vais pas aborder le sujet directement.

Très bien. Si elle voulait faire comme si de rien n'était, cela lui convenait ; c'était plus facile à tous points de vue. Et si elle avait une idée pour récupérer la Bible de sa mère, il ne demandait pas mieux que de l'entendre.

— Bon. C'est quoi, ton idée ?

— Je vais procéder de manière détournée. Je… je peux lui demander s'il veut que je lui apporte une Bible… Il sait qu'il est en train de mourir. Il en voudra peut-être une.

— Et sinon ?

— Je… je ne sais pas. Je n'ai pas réfléchi jusque-là. Chaque chose en son temps, Josh. J'ai déjà connu des situations dans ce genre. Nous récupérerons la Bible de ta mère d'une façon ou d'une autre.

Josh avait beau apprécier ses efforts, il lui répugnait d'abandonner les recherches.

— Peut-être qu'il a déjà éprouvé le besoin de la lire, dit-il en passant de l'autre côté du lit pour se diriger vers la table de chevet de Richard.

Il ouvrit le tiroir. Celui-ci contenait quelques pièces de monnaie et deux romans.

Pas de Bible.

Il s'approcha de la commode, convaincu que Richard avait à dessein dissimulé l'ouvrage. Le premier tiroir était plein de linge sale. Un coup d'œil au second se révéla tout aussi infructueux.

Michelle mit une main sur son épaule.

— Josh, donne-moi une chance.

Il voulait la croire, mais il doutait de son succès. Après tout, Richard lui avait donné un ultimatum clair. Soit elle prenait son parti contre Josh, soit elle n'était plus la bienvenue chez lui.

Elle dut lire son hésitation sur son visage car elle leva la main vers lui, caressant sa joue.

— Josh…

La manière dont elle avait murmuré son nom – le ton doux et suppliant de sa voix – le bouleversa. Il fouilla son regard.

Puis, comme pour clarifier ses intentions, elle se haussa sur la pointe des pieds et l'embrassa de nouveau.

Encore sous le choc, Josh aurait voulu réfléchir à ce qui s'était passé avant d'aller plus loin.

Trop tard. C'était fait, et il était emporté dans un courant d'émotion si puissant et si rapide qu'il avait l'impression de perdre pied. Il dut faire appel à toute sa volonté pour mettre fin au baiser.

— Je ne crois pas que ce soit une bonne idée.

— Quoi ? demanda-t-elle, ses yeux brûlants plongés dans les siens. De s'embrasser ?

Il acquiesça.

— Très bien.

Elle fit mine de se détourner, mais Josh eut le temps de lire la déception et le chagrin dans ses yeux.

— Attends…

Il la prit par l'épaule et la ramena dans ses bras. Si leur premier baiser avait été ardent, le second lui donna le vertige. Une bouffée de désir déferla en lui, si impétueuse qu'il craignit d'étouffer Michelle entre ses bras nus.

Par chance, le tintement de la sonnette interrompit leur étreinte avant qu'il aille trop loin.

Ils se séparèrent comme des adolescents pris en faute. Josh fixa d'un air accusateur la porte entrebâillée.

— Qui ça peut être ? demanda Michelle, perplexe.

Josh avait déjà deviné.

— L'infirmière bénévole, pour les soins palliatifs.

— Oh ! Les soins palliatifs, répéta-t-elle. J'avais oublié que quelqu'un venait.

Josh fut le premier à se reprendre. Il sortit de la chambre, Michelle le suivant de près.

Une femme se tenait sur le seuil, souriante, l'air efficace.

— Bonjour. Je m'appelle Ginger Cochran. C'est l'hôpital qui m'envoie.

Josh lui tint la porte, s'effaçant pour la laisser passer.

— Entrez, je vous en prie.

Il s'empressa de refermer le battant pour empêcher l'air froid de pénétrer à l'intérieur. Richard était réveillé à présent, remarqua-t-il, en voyant le vieil homme battre des paupières et essayer de focaliser son regard.

— Qui êtes-vous ? grogna-t-il.

— Je m'appelle Ginger. Je disais à votre…

— Je suis son beau-fils, intervint Josh, saisissant l'occasion de faire les présentations. Et voici Michelle Nelson, la voisine de Richard. Sa famille et elle s'occupent de lui depuis plusieurs mois.

— Je sais pourquoi vous êtes là, mais je peux vous dire tout de suite que vous êtes venue pour rien, reprit Richard en s'adressant à la visiteuse, ignorant Josh et Michelle. Vous pouvez partir.

— Monsieur Lambert ! protesta Michelle.

— Je vous dis que vous pouvez partir, insista-t-il avec une force surprenante. Je ne veux pas de vous ici.

Il pointa vers Josh un doigt tremblant.

— Emmenez-le avec vous. Il a l'intention de me voler… il n'attend même pas que je sois mort. Il est déjà en train de fouiner dans mes affaires.

— Monsieur Lambert, répéta Michelle calmement. Ce n'est pas vrai.

— Vous croyez que je ne vous ai pas vus sortir de ma chambre à l'instant ?

Josh éclata de rire et secoua la tête lentement.

— Je ne suis pas là pour vous contrarier, déclara Ginger en reprenant son sac. J'étais venue pour vous aider, faire en sorte que vos derniers jours soient aussi agréables que possible. Si vous voulez que je m'en aille, je m'en vais.

— Parfait. Allez-y.

— Monsieur Lambert ! protesta Michelle de nouveau.

— Je vous ai dit tout à l'heure que je voulais mourir en paix. Cette maison est devenue un hall de gare tant il y a de va-et-vient. Sortez d'ici. Tous autant que vous êtes. Laissez-moi tranquille. Qu'est-ce qu'un homme doit faire pour mourir en paix, bon sang ?

— Je suis désolée, murmura Michelle à Ginger qui s'apprêtait à partir.

Elle raccompagna la visiteuse à la porte tandis que Josh restait en retrait.

Richard plissa les yeux en direction du déambulateur que Josh avait placé à côté du fauteuil.

— D'où sort ce truc-là ?

— Aucune idée.

— Il n'était pas là quand je suis revenu de l'hôpital.

— Je ne me rappelle pas s'il était là ou non. Peut-être que le Père Noël l'a apporté… un cadeau en retard. Tu sais comment marche le courrier à cette époque de l'année.

L'ombre d'un sourire se dessina sur les lèvres de Richard, si fugace que Josh douta d'avoir bien vu. Son beau-père referma les yeux, comme pour l'exclure de sa vie.

Vieille tête de mule, songea Josh. Ils étaient l'un et l'autre beaucoup trop têtus.

17

Je venais de passer une des journées les plus déroutantes de ma vie. Spenser, un homme dont je me souvenais à peine, avait débarqué chez moi sans crier gare. Je n'avais pas pensé à lui demander comment il m'avait trouvée, ce qui était un mystère de plus à éclaircir.

Et ça n'était que le début. Mark, un homme dont je venais tout juste de faire la connaissance, avait fait irruption chez moi comme un forcené et escorté Spenser dehors, sur quoi l'un et l'autre étaient partis sans un mot. Tout avait été si étrange. Si incompréhensible.

J'étais résolue à obtenir une explication et Mark était le seul qui puisse me la fournir. Je sortis sa carte de visite du tiroir et m'approchai du téléphone. Je restai un moment immobile, la main sur le récepteur, réfléchissant à ce que j'allais dire, puis je composai son numéro.

À ma grande déception, la boîte vocale se déclencha au bout de quatre sonneries. J'écoutai le message enregistré et attendis impatiemment le bip.

— Mark, ici Jo Marie Rose. Pourriez-vous me rappeler, s'il vous plaît ?

J'hésitai avant de raccrocher, espérant que Mark finirait par prendre la communication. J'étais dévorée de curiosité. Comment ignorer ce qu'il s'était passé ?

Par chance, je n'eus pas longtemps à attendre. Moins de dix minutes plus tard, le téléphone se mit à sonner.

— Villa Rose, j'écoute.

— C'est Mark. Je suis désolé d'avoir manqué votre appel. J'étais en train de scier un morceau de bois.

Je décidai brusquement que je préférais avoir cette conversation de vive voix. Il avait dit clairement qu'il n'aimait pas parler au téléphone, et je voulais voir son visage quand il répondrait à mes questions. Au téléphone, il lui serait plus facile de se dérober et j'avais la nette impression qu'il ne tenait pas à s'expliquer. Autrement, il n'aurait pas pris la fuite sans dire un mot.

— Puis-je passer vous voir cet après-midi ? demandai-je.

— Ici ?

— À votre atelier, oui.

— Mon atelier fait partie de ma maison et je ne suis guère sociable, dit-il d'une voix incertaine.

— Vous préférez revenir ici ? rétorquai-je, d'un ton un tantinet aigre.

— Non. J'ai du travail.

— Dans ce cas, je viendrai vous voir.

Mark poussa un soupir audible.

— Je n'ai pas le temps de faire du café et des cookies, répondit-il d'un ton empreint de sarcasme.

— Je ne resterai pas longtemps.

Il hésita, puis sembla se résigner, comprenant que je ne me laisserais pas décourager.

— Très bien. Venez.

On ne pouvait pas vraiment dire que c'était une invitation enthousiaste, mais je m'en contentai.

— Il me faut votre adresse, ajoutai-je, constatant que celle-ci ne figurait pas sur la carte de visite.

— Oh ! Très bien.

Il me la donna.

— Ce n'est pas loin de chez vous. Vous pouvez venir en voiture, mais je vous conseille de marcher – il n'est pas toujours facile de se garer à proximité.

— Ah non ? Pourquoi ?

Cedar Cove n'était pas exactement une métropole. J'avais entendu dire que les places de stationnement étaient limitées sur les quais, mais pas dans les quartiers résidentiels.

— J'habite à côté du palais de justice, expliqua-t-il d'un ton impatient.

— Je ne resterai que quelques minutes, promis-je de nouveau.

— Peu importe.

Bien qu'agacée, je parvins à tenir ma langue. Il aurait été facile de s'offenser de sa brusquerie, mais j'essayai de ne pas trahir mon irritation.

Je raccrochai, attrapai mon manteau, mon écharpe et mes gants. Deux minutes plus tard, j'étais dans la rue.

L'adresse de Mark au fond de ma poche, je grimpai la colline en direction du palais de justice. La côte était raide et je ne tardai pas à être hors d'haleine. Je marchais tête baissée, les épaules courbées vers l'avant. Comme je faisais une pause pour prendre une profonde inspiration, un véhicule qui ressemblait de manière frappante à celui de Spenser me croisa, roulant à vive allure. Sa vitesse excessive suggérait qu'il avait hâte de quitter la ville. Il se dirigeait non pas vers la maison d'hôtes, mais vers Tremont Street, qui menait à l'autoroute. Je n'étais pas sûre qu'il s'agisse de l'ami de Paul, mais j'en avais l'intuition. Quant à savoir pourquoi il s'était attardé en ville, c'était une énigme de plus.

Spenser avait prétendu que Paul et lui étaient aussi proches que des frères. Ce n'était pas totalement impossible, mais je peinai à le croire. Il me semblait que, s'ils avaient été amis intimes, Paul aurait parlé de lui plus souvent. Il avait évoqué plusieurs des hommes qui étaient sous ses ordres, mais pas de Spenser, du moins pas depuis qu'il avait été envoyé en Afghanistan.

J'étais bien placée pour le savoir. J'avais lu ses lettres et ses e-mails si souvent que j'en avais pratiquement mémorisé chaque mot. Ces missives étaient mon lien avec Paul, le seul qui subsistait encore.

Je soupçonnais Spenser d'avoir exagéré l'importance de leur relation pour me persuader de lui prêter de l'argent. S'il s'était imaginé qu'il pouvait me culpabiliser, il s'était lourdement trompé. D'ailleurs, j'avais investi la quasi-totalité de la somme de l'assurance-vie dans l'achat de la maison. Par chance, j'avais mes propres économies en cas de besoin.

Je m'arrêtai devant chez Mark, impressionnée par le jardin et la maison si bien entretenus. La demeure proprement dite devait dater des années cinquante. De larges marches en ciment menaient à une grande véranda ouverte qui courait tout le long de la façade, et dont le toit était soutenu par des piliers en pierre.

On entendait le bourdonnement étouffé d'une scie. Peut-être l'atelier de Mark se trouvait-il au sous-sol. Je montai les marches qui conduisaient à la porte d'entrée, en me disant que j'attendrais que le bruit s'arrête pour sonner. Cependant, en approchant de la porte, je vis qu'un petit panneau y avait été accroché.

SI VOUS VENDEZ QUOI QUE CE SOIT, JE NE SUIS PAS LÀ. Cette ligne peu amène était suivie d'une autre : SI VOUS ÊTES LÀ POUR AFFAIRES, L'ATELIER EST DERRIÈRE, PRÈS DE L'ALLÉE.

Je suivis ses instructions et empruntai l'allée empierrée qui contournait la maison. En arrivant au coin, je vis une petite dépendance, peut-être un garage autrefois, bien qu'aucun chemin n'y menait.

La porte était ouverte et, à l'intérieur, Mark se tenait devant un banc de scie. Il me tournait le dos. Jugeant plus prudent de ne pas le déranger, j'attendis qu'il ait éteint la machine. Quand il le fit, le silence fut presque assourdissant. Mark semblait savoir que j'étais là, car il retira ses lunettes de protection avant même de se retourner vers moi.

— Je vois que vous m'avez trouvé, marmonna-t-il, fronçant les sourcils.

— J'ai suivi le bruit, répondis-je, désarçonnée. Le moment est peut-être mal choisi et je m'en excuse, mais ça ne devrait pas prendre longtemps.

Il n'exprima ni accord ni désaccord. Il se contenta de ramasser le morceau de contreplaqué qu'il venait de scier et le porta jusqu'à son établi.

Sans me décourager, je lui emboîtai le pas.

— Depuis quand connaissez-vous Spenser ?

J'avais à peine eu le temps de présenter les deux hommes qu'il m'avait interrompue.

— C'est la première fois que je le vois, maugréa-t-il en attrapant un rabot.

Il le passa sur le bois deux fois avant de le reposer.

Je dissimulai mal ma surprise. Tout cela n'avait aucun sens. Je tentai une autre approche.

— Pourquoi vous êtes-vous arrêté chez moi ce matin ?

Il haussa les épaules.

— Ce n'est pas une réponse. Vous deviez bien avoir une raison.

À en juger par le travail qui l'occupait à présent, ce qui l'avait amené devait être important.

— Aucune.

— Aucune, répétai-je, de plus en plus perplexe.

— Bon, si vous tenez à le savoir, j'ai eu une sorte de pressentiment et je n'ai pas pu m'en débarrasser.

— À propos de moi ?

— Oui. Et ça ne m'a pas plu.

Je m'en doutais déjà.

— Quel genre de pressentiment ?

Il marqua une pause et se tourna vers moi, le front barré par un pli.

— Si je pouvais l'expliquer, je le ferais. Mais je ne peux pas. Un pressentiment… une impression persistante… que vous aviez besoin d'aide.

J'étais aussi abasourdie qu'il semblait l'être.

— Que j'avais besoin de votre aide ? Mais vous me connaissez à peine.

— Justement, hein ? lâcha-t-il d'un ton cassant.

Il parut regretter aussitôt sa colère.

— Je travaillais, et tout à coup je me suis mis à penser à vous. C'est comme ça parfois quand j'ai accepté un travail. Une idée me vient, alors j'arrête ce que je fais et je l'écris.

— Une idée me concernant ?

— Concernant le travail ! Vous vouliez que je fasse une nouvelle enseigne pour la maison d'hôtes, non ?

— Oui, et j'ai hâte de l'avoir. Mais ce pressentiment… n'avait rien à voir avec l'enseigne, si ?

Il semblait réticent à répondre.

— Non… je ne pouvais pas me défaire de l'idée que vous aviez des ennuis.

— Des ennuis ?

— Écoutez, je ne suis pas le genre de type qui court après les occasions de voler au secours de demoiselles en détresse. J'ai essayé de penser à autre chose, mais plus j'essayais, plus ça revenait. Soit j'allais chez vous, soit je me cognais la tête contre un mur.

— Mais je n'étais pas en danger, objectai-je.

— Peut-être pas, mais cet homme, qui qu'il soit, était mal intentionné.

— Qu'en savez-vous ?

Mark allait penser que je défendais Spenser, mais ce n'était pas le cas. Il n'avait pas entendu notre conversation, il ne pouvait pas savoir que l'ami de Paul était venu solliciter un emprunt.

— Je le sais, voilà tout. Je suppose que vous voulez que je m'excuse.

J'étais sur le point de le détromper – je désirais des informations, rien de plus, mais il poursuivit sans me laisser le temps de placer un mot.

— Bon, très bien. Je vous dois des excuses, admit-il, bougon. J'ai été brusque et impatient, mais franchement, j'étais en colère.

— En colère pourquoi ?

Il leva les mains en l'air, comme s'il s'apprêtait à rattraper une pâte à pizza.

— Justement. Je n'en sais rien. J'ai jeté un coup d'œil à votre… ami et j'ai eu toutes les peines du monde à ne pas lui mettre mon poing dans la figure. Il y a longtemps que ça ne m'était pas arrivé. Je ne cherche pas les bagarres, mais je ne suis pas non plus du genre à reculer.

Sa réponse ne fit qu'ajouter à ma perplexité.

— Vous êtes sûr de ne l'avoir jamais vu avant ?

— Certain.

Je contournai deux tréteaux installés au milieu de l'atelier.

— Que lui avez-vous dit ?

Mark ne répondit pas tout de suite. Quand il le fit, un nouveau pli s'était formé sur son front.

— Il m'a demandé quelle était ma relation avec vous.

Je me raidis. De quel droit Spenser avait-il posé cette question ?

— Et vous lui avez dit quoi ?

— Que ça ne le regardait pas.

— Bien.

— Ensuite, il a dit que vous aviez une conversation privée et qu'il me serait reconnaissant de rester en dehors de tout ça.

Mark reprit le rabot.

— Maintenant, si ça ne vous ennuie pas…

— J'ai encore deux questions.

Il me foudroya du regard et soupira.

— Allez-y.

— Qu'est-ce qui l'a convaincu de s'en aller ?

— Moi. Je lui ai donné l'ordre de vous laisser en paix et je lui ai conseillé de ne pas remettre les pieds ici… jamais.

Il poussa un nouveau soupir.

— Je n'en avais sûrement pas le droit. Si vous voulez des excuses, très bien, vous les avez. Mais si c'était un ami, je dirais que vous avez besoin de meilleurs amis que celui-là.

Je me hérissai quelque peu.

— Ce n'est pas mon ami.

À dire vrai, j'étais de plus en plus certaine qu'il n'avait pas été l'ami de Paul non plus, en dépit de ses affirmations.

— Dans ce cas, il n'y a pas de mal, conclut Mark en tendant de nouveau la main vers le rabot, comme pour me congédier.

— Pas de mal… seulement…

— Quoi encore ? bougonna Mark en reposant son outil sur l'établi.

À l'évidence, mes questions l'agaçaient, mais je m'en moquais. Je n'allais pas lâcher prise – enfin, pas totalement.

— J'ai vu Spencer il y a quelques minutes.

Mark eut un haut-le-corps. Visiblement en alerte, il étrécit les yeux et fit mine de s'avancer vers la porte.

— Il était dans sa voiture. Je ne suis pas absolument sûre que c'était lui, mais c'était la même voiture, le même modèle, la même couleur…

— C'était lui.

Je ne mettais pas en doute sa certitude.

Mark rangea le robot et me fit face, le visage de plus en plus sombre.

— Vous savez où il est allé en partant de chez vous ?

Je secouai la tête. Non seulement, je n'en avais pas la moindre idée, mais je n'appréciai pas du tout le regard accusateur que Mark me lançait.

— Dans quelle direction allait-il ?

— Il est parti vers… (Je ne me souvenais pas du nom de la rue. Quelque chose à voir avec un arbre.) … dans la rue principale qui monte la colline.

Mark se détendit.

— Qui mène à la bretelle d'accès de l'autoroute ?

J'acquiesçai.

— Oui. Il roulait à tombeau ouvert.

— Peut-être qu'il va écoper d'une amende pour excès de vitesse, fit Mark, et pour la première fois depuis que j'étais là, je perçus une pointe d'amusement dans sa voix.

Ma curiosité n'avait pas été satisfaite. Au contraire, les réponses de Mark soulevaient d'autres questions. Mais j'avais déjà abusé de son temps.

— J'ai promis de ne pas m'attarder et je vais tenir parole. Merci.

Il haussa les épaules et retourna à son établi, puis tendit la main vers un autre morceau de contreplaqué et l'approcha de la scie.

Je l'observai quelques secondes. Il mit la scie en marche, un jet de sciure s'envola dans les airs et je me tournai pour partir. J'avais presque atteint la porte quand le silence revint.

— Jo Marie ?

— Oui ? dis-je en faisant volte-face.

Les sourcils froncés, il se gratta le côté de la tête.

— Puis-je vous poser une question ?

Étant donné l'interrogatoire auquel je l'avais soumis, il aurait semblé injuste de refuser.

— Bien sûr. Allez-y.

— Pouvez-vous me dire qui est Paul ?

18

— Il faut que nous allions rejoindre les autres avant le début de la répétition, dit la mère d'Abby en passant le bras autour de la taille de sa fille. Oh ! je suis si heureuse.

Elle eut un rire léger. La joie semblait monter en elle comme des bulles de champagne.

— Je ne peux pas te dire à quel point ton père et moi avons attendu ce jour.

— Je viens juste de faire la connaissance de Victoria et je l'aime déjà.

— C'est pareil pour nous. Elle est parfaite pour Roger. Vraiment parfaite.

En sortant, Abby aperçut aussitôt son père. Il la vit en même temps et son visage s'illumina. Il se hâta vers elle, les bras tendus.

— Abby, ma chérie ! Je suis si content que tu sois là, murmura-t-il dans ses cheveux.

— Je ne me souviens pas de la dernière fois que toute la famille a été réunie comme aujourd'hui, soupira sa mère.

— Tout ce que je sais, renchérit son père, c'est que c'était il y a bien trop longtemps.

Abby savait que c'était de sa faute. Des années durant, elle avait évité les siens, inventé des prétextes pour ne pas leur rendre visite. Pourtant, quand elle les voyait, elle se sentait enveloppée par leur amour. Protégée. Personne n'aborderait le sujet douloureux de la mort d'Angela, mais si quelqu'un s'avisait de le faire, Abby devinait que ses parents n'hésiteraient pas à intervenir. Le seul fait de le savoir la délivrait d'un grand poids.

Le père Murphy, le prêtre âgé qui devait conduire la cérémonie, entra dans le vestibule. Roger, Lonny – son témoin – et les trois garçons d'honneur le rejoignirent. Abby leur jeta un coup d'œil sans grand intérêt. Sans doute les avait-elle rencontrés par le passé, à un moment ou à un autre. En son for intérieur, elle avait espéré que Steve assisterait au mariage. Elle lui devait des excuses pour la manière dont elle l'avait traité après l'accident. Mais son frère et lui ne devaient plus être très proches car Steve était invisible. Elle se promit d'interroger Roger plus tard à son sujet. Il était probablement marié à présent.

Victoria et ses amies arrivèrent à leur tour. Des plaisanteries fusaient de toutes parts et Abby se surprit à sourire. Elle demeura près de sa mère, heureuse de constater que Victoria et Roger étaient au centre de l'attention, comme il se devait.

Peu à peu, elle se sentit gagnée par le bonheur du moment. C'était fantastique d'être là. Elle avait été idiote de redouter son retour à Cedar Cove.

N'ayant pas de rôle à jouer dans la cérémonie, Abby se faufila à l'arrière et s'assit pendant que le père Murphy donnait ses instructions. Sa mère vint l'y rejoindre et se pencha vers elle.

— Tu ne vas pas croire ce que ton père a fait, lui murmura-t-elle à l'oreille.

On aurait dit une adolescente racontant un secret.

— Quoi ?

— Il a acheté un costume.

— Papa ?

Sa mère porta une main devant sa bouche pour ne pas éclater de rire.

— Je lui ai dit qu'il fallait qu'il essaie le sien et, enfin, tu connais ton père. Il s'obstinait à dire que ce vieux costume était très bien et qu'il n'allait pas dépenser de l'argent inutilement.

— C'est tout papa.

— Il a fini par enfiler le costume pour prouver qu'il avait raison et il a découvert qu'il était gêné aux entournures.

— Papa a pris du poids ? s'étonna Abby.

Il n'en donnait pas l'impression, au contraire. Il faisait partie de ces gens chanceux qui ne grossissent jamais. Malheureusement, elle n'avait pas hérité de son métabolisme.

— Il est plus large d'épaules, expliqua sa mère. Il joue beaucoup au golf depuis quelque temps et je crois qu'il a pris des muscles à force de soulever son club !

— Je trouvais bien qu'il avait l'air plus costaud.

Linda gloussa.

— Il faut que tu le lui dises. Il fait un parcours de golf deux ou trois fois par semaine.

— Papa ?

— Oui et il adore ça. Il affirme qu'il n'a jamais été aussi en forme.

— Il a bonne mine.

Sa mère glissa un bras sous le sien.

— Nous sommes ravis d'être à la retraite.

— On dirait, oui.

— Mais j'aimerais bien que tu viennes nous voir plus, ajouta Linda avec un soupir.

C'était une requête qui revenait souvent. Abby ne releva pas.

— Vous ne regrettez pas d'avoir déménagé ? demanda-t-elle, désireuse de changer de sujet.

— Si on regrette d'être partis en retraite ? répéta Linda comme si la question était insensée. Ma chérie, c'est une des meilleures décisions que nous ayons jamais prises.

— Mais tous vos amis sont ici.

— Nous en avons rencontré d'autres. Mon Dieu, ton père et moi avons tant de relations que nous avons rarement une soirée libre à la maison ! Et ton père envisage de s'inscrire au Country Club.

— Vraiment ? s'écria Abby incrédule.

Son père avait été un ouvrier au chantier naval. Le golf, les soirées, les nouvelles tenues… cela ne ressemblait tout simplement pas à l'homme dont elle se souvenait.

— Et tu sais quoi ?

— Parce que ce n'est pas tout ? la taquina Abby.

Linda hocha la tête.

— Il veut que je fasse du golf, moi aussi.

— Et tu vas t'y mettre ?

— Oh, je ne sais pas… je ne suis pas très douée pour ce genre de choses.

— Tu pourrais essayer, maman.

Abby savait que sa mère aimait la couture et faisait partie d'un club de lecture. Elle était aussi excellente cuisinière. En revanche, elle n'avait jamais été particulièrement sportive. À une seule exception : lorsqu'ils vivaient à Cedar Cove, Linda faisait partie d'un groupe de danse de jazz.

— Tu crois vraiment que je saurais me débrouiller ?

— Tu ne le sauras que si tu essaies.

Sa mère réfléchit, puis hocha lentement la tête.

— Tu as raison. Je devrais m'inscrire à des cours. Ton père a même proposé de m'offrir des clubs.

Abby sourit. Ses parents semblaient sincèrement heureux. Même s'ils avaient quitté Cedar Cove pour échapper aux critiques et aux rumeurs, ç'avait à l'évidence été une transition réussie.

— Oh ! Mon Dieu, j'en oublie le meilleur avec cette histoire de golf !

— Vas-y, raconte !

— Je suis allée aider ton père à choisir un costume et…

Elle marqua une pause et regarda autour d'elle de crainte que Tom n'entende la conversation. Quand elle reprit la parole, elle chuchotait.

— Il en a acheté deux !

— Deux ? s'écria Abby stupéfaite.

De toute sa vie, jamais elle n'avait vu son père entrer dans un grand magasin.

Sa mère étouffa de nouveau un rire.

— Et une veste de sport !

Abby eut envie de pouffer à son tour.

— Oh ! Maman, c'est un autre homme !

— Oups, je crois qu'on m'appelle.

Sa mère se leva et Abby la suivit des yeux alors qu'elle s'approchait du père Murphy.

— C'est moi. Je suis la maman du marié.

Abby continua à regarder la cérémonie. Pendant que Roger attendait au pied de l'autel, Victoria s'avança au bras de son père, échangeant des taquineries gentilles avec lui.

Quelques années après l'accident, quand ses amies de lycée commencèrent à se marier, elle fut par deux fois sollicitée pour être demoiselle d'honneur. Chaque fois elle déclina, parce que cela l'aurait obligée à revenir à Cedar Cove. Vivant en Floride, elle avait une excuse toute trouvée. Pour compenser, elle envoya des cadeaux généreux. Des cartes de Noël et des faire-part de naissance suivirent. Abby les ignora, choisissant de tourner le dos à son ancienne vie et de se concentrer sur la nouvelle. Celle où personne n'était au courant de l'accident. Une vie délivrée de remords, de rumeurs et de pitié.

Elle finit par se sentir bien en Floride. Son existence n'était pas alourdie par le fardeau du passé. Disparue, la jeune femme insouciante sortie passer une soirée avec sa meilleure amie pendant les vacances de Noël. En une fraction de seconde, sa vie avait dérapé sur une plaque de verglas. Du jour au lendemain, elle était devenue une jeune femme réservée, secrète.

Fascinée par la répétition, elle se surprit à sourire sans raison. Il était rare qu'elle éprouve une sensation de bonheur sans partage. Elle ne le méritait pas. Comment pourrait-elle être heureuse ? Comment pourrait-elle rire alors que sa meilleure amie était enterrée ? Et par sa faute.

— Ça ne vous ennuie pas que je m'assoie à côté de vous ?

Arrachée à ses pensées, Abby tressaillit et reporta son attention sur l'homme qui venait de s'approcher.

— Oh ! Non, bien sûr.

— Je m'appelle Scott, dit-il en lui tendant la main.

— Je suis Abby Kincaid.

Il parut étonné, sans qu'elle devine pourquoi.

— La sœur de Roger, c'est ça ?

— Oui.

— Celle qui vit en Floride ?

Elle sourit et se détendit quelque peu.

— Il n'a qu'une sœur.

— C'est ce que j'avais cru comprendre.

— Vous êtes un parent de Victoria ?

— À vrai dire, non. Je suis du côté du marié. J'ai fait la connaissance de votre frère à Seattle après la fac. Nous jouons au basket-ball ensemble.

Abby jeta un coup d'œil en direction de l'autel.

— Vous ne devriez pas être là-bas ?

— Sans doute. Mais je suis allé à des tas de mariages, alors je connais la routine. Vous aviez l'air si seule que j'ai pensé venir vous tenir compagnie.

Il se laissa aller en arrière et étendit les bras le long du dossier.

— Scott, dit lentement Abby. Seriez-vous en train de flirter avec moi ?

Il sourit, les yeux pétillant d'espièglerie.

— Je dirais que oui.

— Je suis flattée, mais…

La répétition était terminée. Le groupe se sépara et Roger remarqua pour la première fois qu'un de ses garçons d'honneur manquait à l'appel. Secouant la tête, il s'avança vers Abby et Scott.

— Scott t'embête, petite sœur ?

— Moi ?

Scott porta une main à sa poitrine et décocha à Roger un regard innocent.

— Elle me faisait les yeux doux.

— Sûrement pas ! s'écria Abby avant d'éclater de rire, amusée par l'expression désuète qu'il avait utilisée. Les yeux doux !

— Si, insista Scott. J'ai regardé de ce côté. Vous étiez toute seule et je me suis dit : mon vieux, la plus belle femme ici a besoin de toi.

— Ma sœur est très belle, en effet, mais la plus belle femme lors d'un mariage est toujours la mariée, le réprimanda Roger en souriant. Et surtout dans le cas présent.

— Certes, admit Scott, mais Victoria ne s'intéresse pas à moi.

— J'espère bien que non ! s'esclaffa Roger.

— Par conséquent, reprit Scott avec une logique imparable, cela laisse ta sœur libre et je voulais me mettre sur les rangs avant de me faire doubler par un de ces clowns.

Roger secoua la tête.

— Je ne crois pas qu'Abby soit intéressée, Scott. À vrai dire, je crois que quelqu'un d'autre a des vues sur elle.

— Quelqu'un d'autre ? répéta Abby.

Roger lui tapota la main.

— Attends, mon chou. J'ai une petite surprise pour toi.

— Ce qui veut dire que je suis évincé, conclut Scott d'un ton morose.

— Désolé, mon vieux ! lança Roger sans le moindre remords.

— Une fois de plus.

Abby et Roger éclatèrent de rire en même temps.

À l'évidence, Scott était un dragueur. Elle était sûre que Roger avait inventé cette histoire d'admirateur mystérieux pour dissuader son ami de persister dans ses avances.

Leurs parents les rejoignirent et Abby se leva.

— Nous nous retrouvons tous au restaurant. Tu viens avec nous, ma chérie ? suggéra son père.

Elle ouvrit la bouche pour décliner son offre, mais Scott la devança.

— Je peux l'emmener.

Son père arqua les sourcils.

— En fait, j'ai loué une voiture, intervint Abby, mais merci à tous les deux.

Ses parents acquiescèrent et sortirent de l'église, mais Scott demeura planté au bout de la rangée.

— Vous pourriez venir avec moi et je vous raccompagnerai à l'église après dîner, proposa-t-il alors qu'ils sortaient à leur tour.

— Ce serait un long trajet inutile.

— Peut-être, mais quelques minutes en tête à tête avec vous en vaudraient largement la peine.

Abby secoua la tête, à la fois flattée et amusée.

— Vous êtes vraiment un beau parleur.

— Je suis blessé, protesta-t-il, une main sur le cœur. Vous ne voulez vraiment pas venir avec moi ?

— C'est gentil de me le proposer, mais il se peut que je veuille rentrer de bonne heure.

Son regard s'illumina.

— Avec moi ?

— Non. La journée a été longue et je suis épuisée.

Scott poussa un long soupir exagéré.

— Si vous y tenez.

— J'y tiens.

Ils traversèrent ensemble le parking. Abby ne s'y trompait pas. Scott était un don juan, et il était beaucoup trop suave pour qu'elle le prenne au sérieux. Pourtant, elle n'avait pas passé un si bon moment depuis longtemps… et les festivités ne faisaient que commencer.

19

Michelle mit le dernier plat sale dans le lave-vaisselle pendant que Josh nettoyait le plan de travail. Ils avaient dîné très simplement, et Richard avait accepté quelques cuillerées de potage pendant qu'ils étaient assis avec lui.

La présence de Michelle rappelait à Josh les moments passés dans la cuisine avec sa mère lorsqu'il était enfant. Ces heures-là étaient gravées dans sa mémoire. Teresa savait rendre amusantes les tâches les plus ennuyeuses. Ils avaient coutume de chanter des chansons idiotes en faisant la vaisselle. C'était Josh qui lavait, et il prenait tant de plaisir en sa compagnie qu'il ne rechignait pas à récurer plats et casseroles.

Quand elle cuisinait, elle le laissait mélanger et remuer les ingrédients, et parfois ils confectionnaient des cookies tous les deux. Ils bavardaient en travaillant, elle l'encourageait et le complimentait. Sa mère affirmait qu'il était brillant, capable de réussir tout ce qu'il voulait dans la vie. Mais elle ajoutait toujours que c'était à lui de créer ses propres opportunités.

Le soir, ils s'asseyaient à table, elle le regardait faire ses devoirs et les vérifiait. Grâce à son soutien, il avait toujours eu de bons résultats à l'école.

Ces années d'enfance avaient été les plus heureuses de sa vie. Il s'était ensuite accroché à ces souvenirs.

Selon Josh, leur vie était idyllique jusqu'au moment où elle avait rencontré Richard.

Quand ils commencèrent à se fréquenter, ça ne se passa pas trop mal. Josh et Dylan s'entendaient bien, et Josh trouvait que ce serait super-cool d'avoir un frère. Lorsque Richard demanda à sa mère de l'épouser, celle-ci en discuta avec Josh. Il imagina que tout continuerait comme avant et qu'ils deviendraient une famille normale.

— Tu parais songeur, commenta Michelle en appuyant sur le bouton du lave-vaisselle.

— Je pensais à ma mère.

Elle lui manquait, et il savait qu'elle manquait à Richard aussi. Malgré tous les défauts de son beau-père, toutes ses insuffisances, Josh devait admettre une chose : il avait aimé sa mère.

— Je me souviens de Teresa. (Michelle tira une chaise et s'assit, le visage empreint de tristesse.) Elle était toujours si gaie, si heureuse. Même malade, elle est restée positive.

— C'était une éternelle optimiste, commenta Josh avec affection.

Aux yeux de sa mère, le ciel était toujours bleu et le soleil éclatant. La vie était un cadeau à chérir ; chaque jour nouveau était une aventure.

Josh et sa mère avaient du mal à joindre les deux bouts avant son mariage avec Richard, pourtant jamais Josh ne s'était senti pauvre ou défavorisé. Il n'avait pas tous les jouets qu'il désirait, mais il y avait toujours un ou deux présents emballés sous l'arbre de Noël.

— Je vais jeter un coup d'œil à Richard, murmura Michelle.

— J'y vais, proposa Josh. Je suis déjà debout.

Avant qu'il ait pu faire un pas, Michelle l'arrêta avec une question.

— Tu n'as jamais parlé à ta mère de l'attitude de Richard envers toi ?

Josh secoua la tête. À quoi cela aurait-il servi ?

— Non, jamais.

Michelle fronça les sourcils.

— Pourquoi ?

À vrai dire, il avait été tenté de se confier à elle, surtout au cours des premières années. Mais les vexations verbales étaient difficiles à prouver. S'il s'était plaint à sa mère que Richard venait chercher Dylan à la sortie de l'école, et le laissait rentrer à la maison tout seul à pied, il aurait eu l'air d'un pleurnichard. D'ailleurs, Richard aurait tout bonnement déclaré qu'il ne l'avait pas vu ou il aurait inventé une autre excuse.

— Josh, soupira Michelle. Je ne te comprends pas.

— Qu'y a-t-il à comprendre ?

Au bout d'un certain temps, Josh remarqua chez sa mère des changements évidents. Elle était profondément heureuse. Elle aimait Richard et Dylan, et ils le lui rendaient bien. Certes, il était contraint de partager sa mère avec ces deux autres personnes. Ce n'était peut-être pas idéal, mais Josh l'acceptait parce qu'elle méritait ce bonheur.

Elle fredonnait en confectionnant des desserts compliqués, elle plantait des fleurs, elle s'était remise à tricoter, reprenait des activités auxquelles elle avait dû renoncer par souci d'économie. Richard et Dylan, qui avaient vécu sans présence féminine pendant plusieurs années, appréciaient les petites touches de douceur que Teresa apportait dans leur existence. Josh s'en rendait compte, aussi se taisait-il.

— Ma mère était heureuse, dit-il après un long silence. Richard la rendait heureuse.

Michelle posa sur lui un regard neuf, empreint d'admiration.

— Tu étais un enfant mûr et plein de sagesse pour ton âge, Josh.

Si tel était le cas, c'était grâce à sa mère. C'était elle qui l'avait élevé, qui s'était occupée de lui, qui avait instillé en lui un sens de l'honneur.

Il sortit de la cuisine et emprunta le couloir pour gagner la chambre de son beau-père, s'efforçant de marcher aussi silencieusement que possible. Après dîner, Richard avait pris ses calmants et était allé se coucher presque tout de suite. Quelques minutes plus tard, il dormait.

La porte grinça quand Josh l'entrebâilla. Il hésita, de crainte de réveiller le vieil homme.

— Je ne suis pas encore mort, si c'est ça que tu voulais savoir.

Josh se faufila à l'intérieur et alluma la lumière. Richard était à demi étendu dans son lit, adossé à deux oreillers.

— Je suppose que tu vas vivre encore une bonne dizaine d'années rien que pour me contredire.

— Je devrais.

— Ne te gêne pas pour moi. Tu as besoin de quelque chose ?

Richard se redressa et le foudroya du regard.

— Rien que tu puisses me donner. Que fais-tu ici ?

— Je suis venu m'assurer que tu étais confortablement installé.

Richard lâcha un ricanement et secoua la tête.

— Tu voulais me voler, hein ? Tu l'as déjà fait. Pourquoi devrais-je te croire maintenant ?

Les vieilles rancunes qui sommeillaient en Josh se réveillèrent aussitôt.

— Tu sais aussi bien que moi que je n'ai pas pris cet argent, rétorqua-t-il d'un ton sec.

— Tu m'as menti il y a douze ans et tu me mens encore, cracha Richard.

À l'évidence, la dispute épuisait le vieil homme. Un oreiller tomba du lit sur la moquette. Josh traversa la chambre et le ramassa.

— Tu le veux dans ton dos ?

Richard hésita, puis finit par acquiescer.

Josh remit l'oreiller, et en profita pour rajuster les draps et lisser la couverture afghane que sa mère avait tricotée.

— Merci.

Tout d'abord, Josh crut avoir mal entendu. Richard l'avait-il vraiment remercié ?

— De rien, murmura-t-il.

Son beau-père expira lentement. Il semblait avoir du mal à respirer.

Josh était sur le point de partir. Au moment de demander à Richard s'il voulait qu'il éteigne la lumière, il hésita, s'attardant au pied du lit.

— Michelle et moi, on discutait à l'instant et… enfin bref, peu importe comment c'est venu, mais je voulais te dire quelque chose.

— Je ne veux pas l'entendre ! aboya Richard. Je suis fatigué, laisse-moi tranquille. Sors d'ici…

Ignorant la tirade de son beau-père, Josh l'interrompit.

— Je voulais te remercier d'avoir rendu ma mère heureuse.

— Oh ! je… (Richard se tut brusquement.) Qu'est-ce que tu viens de dire ?

Josh était sûr que le vieil homme l'avait parfaitement entendu.

— Ma mère était heureuse avec toi… peut-être pour la première fois depuis ma naissance. Tu l'as rendue heureuse.

Richard continua à le foudroyer du regard, comme s'il se refusait à l'entendre. Josh persista.

— Je voulais te remercier de lui avoir donné ces années de bonheur. Dieu sait qu'elle les méritait.

— Ta mère était quelqu'un de bien.

— Tu as été un bon mari pour elle, admit Josh, surtout vers la fin de sa vie.

Richard s'était en effet beaucoup occupé de Teresa et Josh lui en serait toujours reconnaissant. Son beau-père l'avait encouragée et soutenue jusqu'au bout. Les derniers jours, il s'était simplement assis à son chevet et lui avait tenu la main. Josh était présent aussi – de l'autre côté du lit, redoutant ce qui lui arriverait quand elle ne serait plus là.

À sa grande stupéfaction, les yeux de Richard s'emplirent de larmes.

— J'aimais Teresa.

— Je sais.

— Elle a fait notre bonheur, à Dylan et à moi.

— Et le mien, ajouta Josh.

Des larmes roulèrent sur les joues du vieil homme.

— Tu… tu ressemblais à ta mère, murmura-t-il. Je ne pouvais pas te regarder sans me souvenir que je l'avais perdue.

Josh fut sidéré. Jamais il n'avait imaginé que son beau-père ait pu ressentir cela.

— Quand elle est morte… (Richard dut s'interrompre, incapable de continuer.) J'ai pensé… et puis j'ai perdu Dylan aussi.

— Je sais, souffla Josh.

— Non, tu ne sais pas, riposta le vieillard sèchement. Tu ne peux pas savoir quel chagrin c'est pour un homme.

Il avait sans doute raison, songea Josh. Perdre un enfant était le pire qui puisse arriver. Richard avait vu disparaître ses deux épouses et son fils unique. Pas étonnant qu'il soit amer et en colère.

— Je ne veux plus vivre, chuchota-t-il.

Il fallut quelques secondes à Josh pour comprendre ce qu'il avait dit.

— Je n'ai plus rien à attendre de la vie.

— Je suis désolé, murmura Josh.

— Non. Ça n'aurait pas pu mieux marcher pour toi. Eh bien, j'ai quelque chose à te dire. Tu n'auras rien de moi. Pas un sou. Le jour où tu m'as volé cet argent, je t'ai rayé de mon testament. Je refuse de laisser quoi que ce soit à un voleur.

— Ça me convient parfaitement.

Josh se détourna pour partir, laissant la porte entrouverte.

— Reviens ! ordonna Richard faiblement. Je n'ai pas terminé.

Josh feignit de n'avoir rien entendu. Il se dirigeait vers la cuisine quand Michelle vint à sa rencontre.

— Ça va ?

Il acquiesça.

— Il ne pense pas ce qu'il dit, affirma Michelle.

— Je sais.

Il le pensait vraiment.

— Richard a perdu tout ce qui comptait pour lui.

— Et il tourne le dos à ce qui lui reste parce qu'il a peur de le perdre aussi.

Josh aurait aimé croire que Richard avait de l'affection pour lui. Seulement, son comportement passé suggérait que ce n'était pas le cas.

Michelle posa une main réconfortante sur son bras, et Josh l'attira contre lui. Après s'être confronté à l'amertume et au chagrin de son beau-père, il avait besoin de sa douceur et de sa beauté pour effacer la haine du vieil homme.

Elle effleura ses lèvres des siennes. Incapable de résister, Josh l'embrassa encore et encore, acceptant la tendresse et le réconfort qu'elle lui offrait.

20

Après la mort de Paul, je m'étais mise à tricoter. Une amie, Judith Knight, m'avait dit que cela m'aiderait à surmonter mon deuil. À l'époque, j'aurais essayé n'importe quoi pour atténuer ma souffrance. Un soir, en rentrant du travail, je m'arrêtai dans une mercerie de Seattle et m'inscrivis à un cours pour débutants.

J'étais écorchée vive, sujette à de vifs accès de frustration. Plus d'une fois, je fus tentée de tout abandonner, mais les encouragements de Judith et de mon professeur me persuadèrent de persévérer. Je m'en félicitais à présent. Encore novice, je m'étais montrée ambitieuse, prête à m'attaquer à n'importe quel modèle. J'avais confectionné une paire de chaussettes, un bonnet, suivi des cours de style *fair isle*, et avais récemment acheté de la laine pour un châle.

Le plus stupéfiant, c'est que le tricot m'aidait, en effet. Cependant, j'avais été si occupée par le déménagement de Seattle à Cedar Cove que je n'avais pas touché à mes aiguilles depuis des semaines. Cela ne me ressemblait pas ; j'étais devenue une tricoteuse forcenée. Accro au bien-être que j'éprouvais lorsque je me concentrais sur la création d'un bel objet.

Depuis que j'avais perdu Paul, je manquais de patience. Je n'arrivais plus à rester assise très longtemps, je ne supportais plus le silence de l'inactivité. Tricoter me permettait de gérer ce changement de ma personnalité. Si le dentiste était en retard ou que j'étais obligée de patienter quelque part, le geste répétitif qui consiste à enrouler le fil autour de l'aiguille, une maille à la fois, m'apaisait inexplicablement. Quand je m'asseyais pour tricoter, je parvenais à chasser de mes pensées le vide laissé par l'absence de Paul. Souvent les larmes me montaient aux yeux, et je ne pouvais penser qu'à lui. Malgré tout, chaque maille m'apportait un réconfort.

Après les événements de ce vendredi après-midi, je me sentais préoccupée. J'eus l'idée de tricoter pour y voir plus clair. Je ne m'étais pas accordé un seul instant de répit depuis que je m'étais levée ce matin-là.

Assise devant la cheminée, je tendis la main vers ma corbeille à tricot. Comme souvent, j'avais trois ouvrages en cours : une paire de chaussettes, idéal à emporter lorsque je sortais, un châle et une couverture.

Le motif compliqué du châle exigeait une concentration totale. J'avais choisi une magnifique laine alpaga bleue et j'avais parfois l'impression de confectionner une superbe toile d'araignée. Je décidai de le garder pour le soir et de travailler à mon autre projet, un plaid dans les tons jaune, orange et marron que je destinais à une des chambres d'invités. C'était un ouvrage beaucoup plus grand, mais j'en avais depuis longtemps mémorisé le motif, si bien que je pouvais m'y remettre sans difficulté. Réaliser dix rangs prenait environ une heure, ce qui était parfait.

Je commençai à tricoter, en songeant aux événements de l'après-midi. J'étais contente d'avoir fait la connaissance de Peggy Beldon et de Corrie McAfee. J'avais le sentiment qu'avec le temps, nous pourrions devenir amies. En revanche, Mark Taylor restait pour moi une énigme. Je l'avais vu trois fois mais je ne savais toujours pas quoi penser de lui. Il était effronté, brusque et irritable. Et il ne m'avait pas clairement expliqué pourquoi il était apparu sans crier gare ni pourquoi il avait d'instinct détesté Spenser.

Mes doigts tiraient sur le coton, le libérant de la pelote au fur et à mesure que je travaillais, mes pensées se succédant au rythme des aiguilles.

Mes clients étaient sortis pour la soirée et m'avaient dit de ne pas les attendre pour dîner et je m'étais contentée d'un croque-monsieur. Après les courses et la marche que j'avais faites, j'aurais dû avoir plus d'appétit, mais ce n'était pas le cas.

J'avais à peine vu mes hôtes. Pour Josh, c'était compréhensible, son beau-père était souffrant. Quant à Abby, je me souvenais qu'elle devait assister au mariage de son frère. Quant à savoir pourquoi elle était en larmes le jour de son arrivée alors qu'elle s'apprêtait à célébrer en famille un heureux événement, cela demeurait un mystère.

Tous les deux étaient revenus à Cedar Cove, la ville où ils avaient passé leur enfance, avec un fardeau. Chacun de nous en porte un, je m'en rendais compte. Certains êtres s'habituent tellement à ce poids supplémentaire qu'ils ne semblent plus en avoir conscience. J'éprouvais l'envie instinctive d'aider ces deux jeunes gens, mais je ne savais pas comment – ni même si je pouvais ou devais essayer.

D'ailleurs, peut-être était-ce le contraire. Peut-être étaient-ils là pour m'aider, moi ?

La couverture à moitié terminée pesait agréablement sur mes genoux. Le feu était allumé dans la cheminée et j'étais si douillettement installée que je m'assoupis par deux fois avant de me réveiller en sursaut. Il aurait été ridicule d'aller se coucher si tôt. D'après la grande horloge de l'entrée, il était à peine sept heures et demie. La journée avait été plus épuisante que je ne l'avais cru : trop de tension nerveuse, sans doute.

Je terminai mon rang, mis les mains sur les genoux et décidai de fermer les yeux un instant et de me reposer… juste quelques minutes. Je sombrai presque aussitôt dans un demi-sommeil.

Puis, pour la seconde fois depuis que j'étais à la maison d'hôtes, je sentis la présence de Paul et m'abandonnai aux souvenirs de notre première rencontre, lors du match des Seahawk. Paul était assis à côté de moi. D'emblée, j'avais été frappée par son sourire. Il semblait venir de ses yeux, qui étaient d'un bleu stupéfiant. De grands yeux bleus. Un grand sourire.

— Vous assistez à tous les matchs ? me demanda-t-il alors que je lui passais la bière qu'il avait commandée au serveur.

— Malheureusement non, répondis-je. Mais je les regarde à la télé.

— Moi aussi.

Un lien se créa immédiatement entre nous. Durant toute la partie, nous parlâmes de tout et de rien, partageant cris d'encouragement et de déception. Les Anderson, que j'accompagnais, bavardaient entre eux. Sans Paul, je me serais sentie de trop.

Les Seahawk gagnèrent le match. Au moment de partir, les Anderson me remercièrent chaleureusement de les avoir amenés. J'étais sur le point de leur emboîter le pas quand Paul me retint.

— Voudriez-vous prendre une bière avec moi ?

J'étais tentée, vraiment tentée, mais j'hésitai l'espace d'une fraction de seconde. Après un certain nombre de déceptions, j'avais pratiquement renoncé à avoir des relations avec les hommes. À franchement parler, je n'étais pas sûre d'avoir l'énergie suffisante pour faire d'autres tentatives. Je savais déjà que Paul était dans l'armée et qu'il ne resterait pas longtemps dans la région. Je n'étais pas certaine de vouloir m'engager dans une aventure vouée à une impasse.

Avec le recul, je suis heureuse de lui avoir dit oui cet après-midi-là, même en sachant que je finirais par le perdre et avoir le cœur brisé.

Nous parlâmes trois heures durant cette première soirée. Sans interruption. Nous nous étions plu tout de suite. Nous avions environ le même âge et ni lui ni moi n'avions été mariés, pour des raisons différentes.

Paul, au fond, était marié à l'armée. Pour ma part, j'étais sortie avec beaucoup d'hommes mais jamais je n'étais tombée folle amoureuse et je ne voulais pas me contenter d'à-peu-près.

Mes parents me reprochaient d'être trop difficile et je suppose que c'était vrai. C'est seulement lors de mon deuxième rendez-vous avec Paul que j'ai compris ce qui m'avait empêchée de m'engager dans d'autres relations.

Je l'attendais, lui.

En mon for intérieur, je savais que, le moment venu, je rencontrerais celui que j'étais destinée à aimer jusqu'à la fin de mes jours.

À demi endormie, je me souvins de la question que Mark m'avait posée plus tôt dans la journée. J'avais été vraiment secouée quand il m'avait demandé qui était Paul. Je ne me souvenais pas de ce que je lui avais répondu, ni même si j'avais répondu. Et maintenant Paul était là, à mes côtés.

C'est moi qui ai envoyé Mark, semblait-il me dire. *Spenser n'est pas un ami. Il a été renvoyé de l'armée pour faute grave avant notre départ pour l'Afghanistan. Je ne t'en ai pas parlé car je ne pensais pas que nous le reverrions.*

Brusquement, j'eus la certitude que Spenser n'était pas allé en Afghanistan. Il m'avait raconté ce mensonge pour me duper.

Était-il possible que Paul ait envoyé Mark pour me protéger ? Mark m'avait dit qu'il s'était senti obligé de venir en hâte à la maison, sans savoir ce qui le poussait à agir de la sorte. De son propre aveu, il avait essayé de résister à cette impulsion, en vain. Si bien qu'il était venu à son corps défendant, et son expression en témoignait en effet.

Pourquoi Mark, et pas un autre ? Corrie McAfee, par exemple. Mariée à un détective privé, elle aurait facilement pu expédier Spenser au diable.

Exactement comme j'avais perçu la présence de Paul, je sentis son départ. Il n'avait été là que quelques secondes. Je voulais pleurer et le supplier de revenir mais je devinai que cela ne servirait à rien. Il fallait me contenter du fait qu'il avait été là.

Je tricotai encore une heure, heureuse d'avoir eu cette impression, même courte, d'être avec Paul. Alors que mes doigts allaient et venaient, je me demandai pourquoi il avait tant tardé à se manifester. Pourquoi n'était-il pas venu quand mon chagrin était à son comble ? Pourquoi avoir attendu que je sois à Cedar Cove ?

Peut-être étais-je trop bouleversée, en proie à un trop grand déchirement pour être sensible à sa présence. À la réflexion, peut-être était-ce la maison d'hôtes – cet endroit merveilleux, ce havre de paix que j'avais trouvé – qui avait permis nos retrouvailles.

Il était encore relativement tôt quand je rangeai mon ouvrage. Je fis couler un bain chaud et y restai longtemps, savourant l'arôme de lavande du gel moussant et de mon savon favori. Quand je me couchai, les draps me semblèrent frais contre ma peau.

Je tendis la main vers le roman que je lisais, retapai les oreillers et lus jusqu'à dix heures passées. Apparemment, mes deux clients n'allaient pas rentrer de bonne heure.

Les premiers temps après la mort de Paul, je souffrais de terribles insomnies. Je m'endormais sans trop de mal, puis me réveillais en sursaut, m'assoupissant par intermittence jusqu'au matin. Au bout d'un mois, j'étais au bord de l'effondrement physique et mental. Je me levais les yeux brûlants, nauséeuse à cause du manque de sommeil. Malgré ma réticence, je m'étais résignée à prendre des somnifères.

Ce soir-là, après avoir rêvé de Paul, je me passai de comprimé. J'avais enfin l'impression de pouvoir me sevrer de médicaments. À ma grande satisfaction, je dormis mieux ce soir-là qu'aucun autre depuis que j'avais perdu mon mari.

Le lendemain matin, je me réveillai détendue et pleine d'enthousiasme pour la journée qui commençait. Je m'attardai au lit quelques minutes, agréablement surprise d'avoir aussi bien dormi, et encore reconnaissante d'avoir eu le sentiment que Paul était auprès de moi, ne fût-ce que quelques instants.

Il était encore tôt. Je m'habillai chaudement et descendis à la boulangerie chercher les petits pains au lait. Ils sortaient tout juste du four et sentaient délicieusement bon. Je me promis de les faire réchauffer pour mes hôtes.

Quand je regagnai la maison, Abby était levée et habillée. Elle me lança un regard coupable.

— Bonjour ! lançai-je.

— Je me suis fait du café, j'espère que ça ne vous ennuie pas ?

— Pas du tout. La cafetière est là pour ça !

Je posai le carton sur le plan de travail, retirai mon manteau et allai rejoindre la jeune femme dans la cuisine.

— Vous avez passé une bonne soirée ?

J'espérais ne pas poser de questions indiscrètes. Après tout, cela ne me regardait en rien. Néanmoins, j'avoue que j'étais curieuse.

— Incroyablement bien, répondit-elle. Infiniment mieux que je l'avais espéré.

— Vous avez rencontré les autres invités ?

— Oui. Mes parents sont arrivés sans encombre et plusieurs de mes oncles et tantes sont là aussi. C'est la plus grande réunion de famille que nous ayons depuis des années. Roger nage dans le bonheur et Victoria semble parfaite pour lui.

— Tant mieux.

Abby resta dans la cuisine, adossée au chambranle de la porte, les jambes croisées, apparemment pas du tout pressée de regagner sa chambre.

J'ouvris le placard et en sortis le pain perdu que j'avais préparé la veille. J'éparpillai des fruits rouges surgelés sur le dessus et le posai sur la gazinière en attendant que le four soit chaud.

Quand j'enfournai le plat, Abby n'avait pas bougé. Elle fixait le vide, perdue dans ses pensées. J'hésitai, puis me lançai.

— Tout va bien ? demandai-je doucement.

Son visage s'éclaira.

— Oui, tout va bien… mieux que je m'y attendais.

Elle ne donna pas de détails.

— Nous avons parfois peur sans raison.

La remarque m'avait échappé, et je m'en voulus aussitôt. Quelle mouche m'avait piquée ?

Cependant, Abby hocha la tête.

— Oui, c'est très vrai. (Elle était redevenue pensive.) Mes parents sont heureux. Je ne m'y attendais pas. (Elle marqua une pause et sourit.) Mais j'en suis ravie.

J'étais intriguée que le bonheur de ses parents soit une telle surprise pour elle. Cette fois, pourtant, je jugeai préférable de tenir ma langue.

— Ça fait plaisir de voir ceux qu'on aime heureux, observai-je simplement.

À voir l'expression d'Abby, je compris qu'elle ne m'écoutait pas. Peu importait. Je n'avais pas vraiment besoin de réponse.

— J'aurais vraiment donné tout ce que j'avais pour éviter ce mariage, avoua-t-elle enfin, d'une voix presque inaudible, comme si elle n'avait pas réellement l'intention de parler à voix haute.

— Vous ne vouliez pas assister au mariage de votre frère ?

— Oh ! Ce n'est pas ça. Ce qui m'épouvantait, c'était de revenir à Cedar Cove.

J'attendis qu'elle s'explique.

— J'étais tellement convaincue que ce serait un désastre… ça pourrait encore être le cas, mais j'en doute. Ma famille me soutiendra.

— C'est bien.

— Ma famille… répéta-t-elle doucement.

J'eus de nouveau l'impression qu'elle ne se rendait pas compte d'avoir parlé tout haut.

Brusquement elle se secoua, leva les yeux et sourit.

— J'avais peur mais c'était idiot. Si j'avais fait face à ces démons plus tôt, je me serais épargné bien des chagrins.

— Alors, vous pensez avoir fait le bon choix en venant ?

Je connaissais déjà la réponse à cette question.

— Oh ! Oui, confirma Abby. J'en suis sûre.

21

Un arôme de cannelle montait de la cuisine, chatouillant les narines de Josh. Il n'était rentré à la maison d'hôtes qu'à trois heures du matin. En dépit de son humeur, il s'était couché et endormi aussitôt.

Il entendait des bruits au rez-de-chaussée et reconnut les voix de Jo Marie et de l'autre cliente. Annie ? Non, ce n'était pas ça. Son nom commençait par A, pourtant. Abby. Oui, c'est ça.

Les deux femmes étaient debout. Josh roula sur le côté, jeta un coup d'œil au réveil et constata avec stupeur qu'il était huit heures passées. Il fallait qu'il retourne chez Richard. Il s'inquiétait pour lui.

Avant que Michelle s'en aille, la veille au soir, le vieil homme avait sombré dans un sommeil fébrile. Il respirait par à-coups. Plus d'une fois, Josh avait été sur le point d'appeler le 911. Il l'aurait fait sans hésiter s'il n'avait su que Richard serait mécontent. Le vieil homme était résolu à mourir chez lui, à sa manière. Il était seul au monde et c'était seul qu'il voulait le quitter.

Josh s'étonnait d'attacher soudain autant d'importance aux souhaits de son beau-père. Il aurait dû le haïr, mais se rendait compte que ce n'était pas le cas. Au contraire, il le plaignait.

Non sans difficulté, il était parvenu à persuader Michelle de rentrer chez elle pour se reposer. Ils avaient convenu de se retrouver ce matin à neuf heures.

La veille, Josh était déterminé à passer la nuit sur place. Si Richard l'avait su, il aurait été furieux, mais il était habitué à l'hostilité constante de son beau-père. À vrai dire, il était à l'aise avec, la désirait presque. Aussi douloureux et démoralisant que cela soit, il éprouvait une certaine satisfaction à voir Richard si faible. En bref, il voulait rester en partie pour aider Richard et en partie pour l'agacer.

Il prévoyait de dormir sur le canapé, mais, trop inquiet, il tira un fauteuil jusqu'à la chambre du vieil homme et s'assit à son chevet, pour être là au cas où Richard aurait besoin de lui.

Il écouta un moment la respiration du vieillard, tantôt régulière, tantôt superficielle et saccadée, comme si son cœur avait décidé de faire une pause de temps à autre.

Finalement, Josh s'endormit dans le fauteuil.

Il fut réveillé par son beau-père qui l'interpellait d'un ton grincheux, agressif.

— Qu'est-ce que tu fabriques ? grogna-t-il en plissant des yeux.

— Je veille sur toi, assura Josh.

— File. Je ne veux pas de toi ici.

— Je m'en doute.

— Je parle sérieusement.

— Ne t'en fais pas, je m'en vais. Pas la peine de te mettre dans tous tes états. Tu veux que je parte, je pars.

— Où est Michelle ?

Josh remarqua que Richard ne prenait pas appui sur un coude comme il l'avait fait plus tôt. Parce qu'il était trop faible ou trop fatigué ? Difficile à dire.

— Michelle est rentrée chez elle il y a longtemps.

Le vieillard fronça les sourcils de plus belle.

— Pourquoi n'es-tu pas parti en même temps qu'elle ?

Josh sourit, sachant que sa réponse n'allait pas plaire à son beau-père.

— J'ai pensé que tu voudrais peut-être un peu de compagnie.

— Tu t'es trompé. Maintenant, fiche-moi le camp.

Josh se leva et tira le fauteuil dans la pièce voisine. Il laissa la porte ouverte, songeant qu'il pourrait entendre Richard depuis le salon en cas de besoin.

Quelques minutes plus tard, il commençait à s'endormir sur le canapé quand son beau-père murmura doucement son nom. En un éclair, Josh se leva, gagnant la chambre si vite qu'il trébucha et faillit s'étaler de tout son long.

Richard était assis dans son lit. À en juger par son expression, il n'était pas content.

— Ça va ?

— Et comment.

Le cœur de Josh se mit à battre plus vite.

— Je t'ai dit de dégager.

— C'est ce que j'ai fait.

— Sors de chez moi, compris ? Je ne veux pas de toi ici.

— Très bien. Comme tu voudras. Je m'en vais.

— Et ne reviens pas.

C'était une requête à laquelle Josh ne pouvait accéder.

— Désolé de te décevoir, mais je serai de retour demain matin.

— Si tu reviens, je te mettrai à la porte moi-même.

Josh réprima une brusque envie de rire. Son beau-père pouvait peut-être user de sa force contre lui à l'époque où il fréquentait le lycée. En revanche, aujourd'hui, il n'avait pas la moindre chance. Pas même l'ombre d'une chance.

— Tu m'as entendu ? grogna le vieil homme.

— Tu peux toujours essayer, rétorqua Josh.

— Maintenant, fiche-moi le camp.

Josh attrapa son manteau et l'enfila.

— Recouche-toi. Je m'en vais.

— Tant mieux.

En se retournant, Josh remarqua que le verre d'eau placé sur la table de chevet était vide. Il s'avança pour le prendre et se figea devant le mouvement instinctif de recul de son beau-père.

— Richard, murmura-t-il, choqué. Tu croyais que j'allais te frapper ?

Au lieu de répondre, le vieillard se détourna et ferma les yeux.

Josh prit le verre d'eau, alla le remplir, y ajouta des glaçons, puis le rapporta dans la chambre.

Ensuite, il s'attarda encore un peu, mais obéit aux désirs de Richard et rentra à la Villa Rose.

Josh repoussa les couvertures, se leva et alla prendre une douche rapide. Sous le jet brûlant, il songea aux événements de la veille, et surtout aux émotions inattendues que Michelle avait fait naître en lui.

Il n'avait jamais eu l'intention de l'embrasser. Vingt-quatre heures plus tôt, il la considérait encore comme la jeune voisine. Oh, certes, il savait qu'elle avait été follement amoureuse de Dylan, mais, comme Richard s'était fait une joie de le lui rappeler, toutes les filles avaient le béguin pour Dylan.

Le baiser qu'il avait échangé avec Michelle, et son désir de la serrer contre lui, de puiser du réconfort en elle, l'avaient pris par surprise. Pourtant, ces sentiments semblaient presque naturels. Comme si la place de Michelle était à ses côtés, au propre et au figuré.

Josh sortit de la douche et s'habilla, toujours songeur. Ces sentiments pourraient-ils mener quelque part ? Non, conclut-il à regret. Son travail exigeait qu'il se déplace constamment d'un chantier à un autre, ce qui ne laissait aucune place pour une relation à long terme.

Il descendit l'escalier d'un pas aussi lourd que son cœur. Il aurait aimé que les choses soient différentes, mais c'était impossible.

Abby était assise à la table de la salle à manger et leva les yeux à son entrée.

— Bonjour ! lança-t-elle d'un ton enjoué.

Apparemment, elle était de bien meilleure humeur que la veille – lui aussi, d'ailleurs.

— Bonjour, répondit-il en lui rendant son sourire.

— Café ? Jus d'orange ? s'enquit Jo Marie qui venait d'entrer, la cafetière dans une main et un pichet dans l'autre.

— Oui aux deux, merci.

Elle remplit adroitement le verre et la tasse en même temps.

— Ce matin, je vous propose du pain perdu et des œufs brouillés.

— Et des petits pains au lait de la boulangerie, ajouta Abby. J'ai mangé comme une goinfre et goûté de tout.

Du fond de sa mémoire, Josh entendit la voix de sa mère qui insistait toujours pour qu'il déjeune avant de partir à l'école.

— Je prendrai des œufs, s'il vous plaît.

Sa mère serait fière de lui. La plupart du temps, il filait à l'arrêt de bus en ayant à peine grignoté un fruit ou une tartine, mais elle ne renonçait jamais.

Quelques minutes plus tard, Jo Marie lui apporta une assiette d'œufs brouillés. Josh se surprit à manger avec appétit, comme la veille. Ce devait être l'air de Cedar Cove, se dit-il, amusé.

— Eh bien, j'y vais. Merci.

Il se leva et fit mine de rapporter son assiette à la cuisine, mais Jo Marie l'arrêta d'un geste.

— Je m'en occupe.

Il reposa l'assiette. Il se retourna au moment de sortir de la pièce.

— Je ne sais pas à quelle heure je serai de retour, avertit-il.

— Dans ce cas, je ne vous attends pas pour dîner ?

— Non, merci. Passez une bonne journée toutes les deux.

— Merci, j'en ai l'intention, répondit Abby avec une détermination qui l'étonna.

— Très bien.

Il enfonça les mains dans son manteau, attrapa son écharpe et quitta la maison d'un pas léger. À le voir, on aurait cru qu'il était pressé d'arriver à son but.

Pourtant, c'était tout le contraire.

Il était pressé, certes, mais pas de voir Richard. C'était Michelle qui occupait ses pensées. De nouveau, le souvenir de leur baiser s'imposa à son esprit.

Ils n'avaient pas parlé de ce qui s'était passé entre eux. Qu'y avait-il à dire, au fond ? Compte tenu de sa relation avec Richard, Josh devait déjà lutter avec des émotions contradictoires. À quoi bon compliquer encore les choses ?

Sur la route, il résolut de ne pas aborder ce sujet avec Michelle. Avec un peu de chance, elle attribuerait sa conduite au fait que la journée avait été un peu dingue, point à la ligne.

Sauf que… désirait-il vraiment ignorer l'attirance croissante qu'ils semblaient éprouver l'un pour l'autre ? Il n'aurait su le dire. Il était clairement attiré par Michelle, par son bon sens, par sa maturité, par sa douceur.

En se garant devant la maison, il vit que la jeune femme était déjà arrivée. Il gravit les marches de la véranda, frappa un coup léger à la porte et entra.

Michelle sortit de la cuisine pour l'accueillir et répondit à sa question avant même qu'il ait eu le temps de la poser.

— Il dort toujours.

— Tu en es sûre ?

Il ne pouvait s'empêcher de se demander si Richard n'avait pas eu l'audace de mourir dans la nuit, histoire de le culpabiliser d'avoir perdu son sang-froid et d'être parti.

— Je croyais que tu comptais dormir ici.

— Richard s'est réveillé et m'a flanqué dehors.

— J'avais peur que cela se passe comme ça, soupira-t-elle en secouant la tête. J'aurais dû rester avec toi.

— Ça n'aurait pas plu à Richard. Il m'a ordonné de ne pas revenir.

Un sourire empreint de tendresse éclaira le visage de Michelle.

— Je constate que tu n'aimes guère obéir aux ordres.

— Pas aux siens, admit-il. Je n'ai pas abandonné l'espoir de récupérer la Bible et la broche de ma mère, et les quelques affaires qu'elle possédait avant d'épouser Richard. Ses photos, par exemple.

— Où vas-tu chercher ?

Josh désigna de la tête la chambre conjugale. Il ne voyait pas d'autre endroit plausible.

— Richard va faire une attaque, gémit-elle.

— Ne m'en parle pas.

À vrai dire, il redoutait la perspective d'une nouvelle confrontation avec son beau-père.

— Je lui demanderai où est la Bible de ta mère ce matin, promit-elle.

— Merci.

Il espérait envers et contre tout que Richard n'avait pas délibérément détruit ces objets de son enfance. Sans doute avaient-ils été rangés dans des cartons à la mort de sa mère. Richard devait les garder près de lui, dans sa chambre.

Plus Josh y réfléchissait, plus il était persuadé que son beau-père n'avait rien jeté. Les souvenirs de sa mère lui étaient trop précieux, du moins Josh voulait-il le croire.

Mais convaincre Richard de lui avouer où il les avait mis ne serait pas une mince affaire. De plus, ce matin-là, Josh avait reçu un texto de son employeur l'informant que sa prochaine mission était sur le point de commencer. Il désirait savoir à quelle date il serait disponible.

— À quoi penses-tu ? demanda Michelle, l'arrachant à ses réflexions.

— Pardon. Je m'interrogeais sur la meilleure manière de procéder. Je ne vais pas pouvoir rester beaucoup plus longtemps.

— Que veux-tu dire ?

— Mon prochain projet va débuter. Je vais devoir partir d'ici deux jours au plus tard.

— Si vite ?

Il acquiesça.

— Où vas-tu ?

— Dans le Montana, répondit-il. Je vais superviser la construction d'un centre commercial à Billings.

La déception se lisait dans les yeux de Michelle.

— Je ne pourrais plus jamais vivre ici, reprit-il doucement, espérant qu'elle comprendrait.

— Je ne te le demanderais pas.

— Je vais faire ce que je peux pour Richard, mais j'ai ma propre vie aussi.

— Je comprends, Josh, je t'assure. C'est juste que… je déteste l'idée de te dire adieu.

Il attendit, songeant qu'elle allait peut-être ajouter quelque chose.

Cependant, elle demeura silencieuse, et au bout d'un moment, il s'aperçut qu'il détestait lui aussi l'idée de la quitter. Il n'avait pas le choix, pourtant il pressentait que la séparation serait infiniment plus difficile qu'il n'aurait pu l'imaginer.

Pourquoi ? Michelle était séduisante, mais il avait connu d'autres femmes qui l'étaient tout autant.

Elle était différente de toutes les autres. Avec elle, son cœur devenait plus léger. Il prenait plaisir à être en sa compagnie, tout simplement, en dépit des circonstances qui les avaient rapprochés. Elle ne semblait pas éprouver le besoin de combler les silences entre eux. Il aimait sa franchise.

Josh se força à refouler ces pensées.

Il n'avait pas le droit de jouer avec le cœur de Michelle. Avec sa profession, une relation solide et durable était impossible.

22

Abby était assise dans sa voiture, les mains crispées sur ses genoux. Elle n'avait pas encore quitté le parking de la maison d'hôtes et déjà elle avait les paumes moites. Elle devait pourtant tenir sa promesse. La promesse qu'elle s'était faite d'aller sur la tombe d'Angela si elle revenait un jour à Cedar Cove. Depuis que son amie avait été enterrée, jamais elle n'avait eu le courage de s'y rendre.

Il était plus que temps.

De cette étape dépendait le succès, ou l'échec, de son voyage. Abby se força à mettre les mains sur le volant et prit une profonde inspiration. C'était maintenant ou jamais.

Elle n'avait pas menti à Jo Marie ce matin-là, en lui avouant qu'elle aurait fait n'importe quoi pour éviter de revenir. Et la raison était là.

Et puis ce cher Roger avait décidé de se marier dans leur ville natale. C'était comme si le destin l'obligeait à se confronter au passé.

En un éclair, Abby eut l'impression d'avoir de nouveau dix-huit ans.

C'étaient les vacances de Noël, et elle mourait d'envie de revoir sa meilleure amie. Ç'avait été une torture de ne pas parler de Steve à Angela. Elle était tellement folle de lui. Abby était arrivée depuis moins d'une heure quand Angela téléphona. À trois jours de Noël, celle-ci n'avait même pas commencé à acheter ses cadeaux, Abby proposa aussitôt de la conduire au centre commercial. Son père lui avait prêté sa voiture, en lui recommandant de faire attention aux plaques de verglas.

Elles passèrent un après-midi génial à faire du shopping, essayer des tenues, s'amusant comme des folles. Nées à quelques semaines d'intervalle, Angela et Abby étaient comme des sœurs.

Leurs courses terminées, elles dînèrent d'un hamburger-frites au Red Robin, leur restaurant préféré. Tandis qu'elles étaient à l'intérieur, il commença à neiger. D'épais flocons voltigeaient dans le ciel, créant un décor magnifique, incroyablement pittoresque. C'était Noël tel qu'il était censé être. Un Noël parfait dans le Nord-Ouest.

Avant de quitter Silverdale, Abby téléphona à ses parents.

— Sois prudente sur la route, répéta son père.

Abby avait été prudente. Si prudente. Du moins le croyait-elle. Mais au lieu de rentrer à la maison les bras chargés de cadeaux pour sa famille, au lieu de décorer des cookies au sucre avec sa mère et son frère, au lieu de savourer ses vacances, elle avait mené Angela à la mort ce soir-là, sur une petite route tout près de Cedar Cove.

Abby ne sut jamais vraiment comment c'était arrivé. Elles chantaient un cantique de Noël en chœur avec la radio et parlaient avec enthousiasme de leurs projets pour le reste des vacances. Angela taquinait Abby concernant Steve, déclarant qu'elle voulait être demoiselle d'honneur à leur mariage. Comme si Abby pouvait envisager de le proposer à quelqu'un d'autre ! Elles voulaient aller faire du ski entre Noël et le jour de l'An, et Abby promit qu'elle demanderait à Steve de se joindre à elles, afin qu'Angela fasse sa connaissance. Naturellement, elles retrouveraient leurs amis à Seattle, elles iraient au cinéma une fois ou deux. L'une et l'autre avaient en tête un film qu'elles tenaient particulièrement à voir.

Et pendant qu'elles bavardaient comme des moineaux sur un fil de téléphone, Abby dérapa sur une plaque de verglas.

La voiture échappa à son contrôle, et se retourna, une fois, puis deux. Angela hurla… ou ce fut peut-être elle. Abby ne saurait le dire. Elle n'oublierait jamais la terreur qui la submergea à cet instant.

Quand elle se réveilla, elle était à l'hôpital. Sa mère était penchée sur elle, les yeux rougis et gonflés. Son père et son frère étaient là aussi, l'air terriblement malheureux.

— Tout ira bien, chuchotait sa mère, en prenant sa main dans les siennes.

Abby avait la bouche sèche, et la douleur était telle qu'elle l'aveuglait presque.

— Angela ? souffla-t-elle.

Sa mère se mit à sangloter pour de bon ; des sanglots déchirants qui transpercèrent le cœur d'Abby. Angela était-elle grièvement blessée ? Pourquoi personne ne lui disait rien ? Au lieu de répondre à ses questions, la mère d'Abby se couvrit le visage de ses mains.

Abby se tourna vers son père, qui lui prit le bras doucement. Lui aussi, elle s'en souvenait nettement, avait les yeux pleins de larmes. Jamais de sa vie Abby n'avait vu son père pleurer. Il pleurait ce soir-là.

— Je suis désolé, ma chérie, parvint-il à murmurer d'une voix étranglée. Angela est morte sur le coup.

Angela ? Morte ?

Non.

C'était impossible.

Comment Angela pouvait-elle être morte alors qu'une heure plus tôt, elle chantait à tue-tête et faisait des projets pour les vacances ? C'était absurde. Abby ne pouvait imaginer un monde sans Angela. Son cerveau refusait d'accepter ce que lui disait son père.

L'enterrement d'Angela eut lieu le 27 décembre. Ce jour terrible resterait à jamais gravé dans la mémoire d'Abby. Elle avait les deux jambes brisées, ainsi que plusieurs côtes, mais elle avait insisté pour aller à la cérémonie. Soucieux de respecter ses désirs, son père avait obtenu la permission du médecin et emprunté un fauteuil roulant. Ce devait être la première fois qu'Abby reverrait les parents d'Angela après l'accident. Cette perspective la terrifiait, pourtant elle savait qu'elle devait affronter ce moment. Trouver d'une manière ou d'une autre les mots pour leur dire combien elle était désolée. Leur dire qu'elle ferait n'importe quoi pour revenir en arrière.

La mère d'Angela ne lui en laissa pas le temps. En voyant Abby entrer dans l'église, elle se leva, folle de rage, et la traita de meurtrière. Elle lui hurla de partir. Personne ne put la calmer. Ni son mari ni le prêtre qui s'apprêtait à prononcer l'oraison funèbre. Abby n'eut d'autre choix que de se retirer.

Elle manqua un semestre entier de cours et se rétablit peu à peu. Physiquement, ces quelques mois lui suffirent pour récupérer, mais émotionnellement... Elle ne serait plus jamais la même. Elle avait absorbé la haine qu'elle avait vue dans les yeux de Charlene White. Elle avait le sentiment d'être une femme marquée par la honte, d'avoir commis le pire des péchés ; celui qui ne pouvait jamais être réparé.

Par la suite, Abby tenta à deux reprises de parler aux parents d'Angela. La seconde fois, l'été qui suivit l'accident, le père d'Angela la reçut à la porte et lui dit qu'il serait préférable qu'elle ne revienne pas. Ce rejet la blessa profondément – M. et Mme White avaient été comme des parents pour elle. Non seulement elle avait perdu sa meilleure amie, mais elle était devenue la cible de toute leur hostilité, de tous leurs reproches.

Chaque jour, en traversant la ville, elle passait à l'endroit où l'accident s'était produit. Quelqu'un y avait érigé une petite croix. Des fleurs y étaient régulièrement déposées. C'était pour Abby un rappel constant de la tragédie, du sel sur ses plaies.

Le pire, c'étaient les rumeurs. Sa mère elle-même lui demanda s'il était vrai qu'elles avaient consommé de l'alcool ce soir-là. C'était faux, bien sûr. Elles n'avaient bu que du chocolat chaud au centre commercial. Ensuite, le bruit courut qu'elles avaient enfreint la limite de vitesse. Là encore, c'était totalement faux. Abby était une conductrice prudente. Ce n'était ni un excès d'alcool ni l'imprudence qui avait causé l'accident, mais la neige et le verglas, et la police blanchit Abby de tout soupçon. Malgré tout, les langues allaient bon train.

De prétendus amis venaient la voir pour la bombarder de questions, à l'affût de pépites d'information qu'ils pourraient répandre ensuite. Très vite, Abby refusa de voir qui que ce soit. Elle ne faisait plus confiance à personne. Même pas à Steve. Elle préférait se cloîtrer dans sa chambre pour lire ou réviser.

À la fin de sa deuxième année, elle partit en stage en Australie plutôt que de rentrer à la maison pendant les vacances. Il lui était trop douloureux d'être à Cedar Cove, de savoir qu'on la dévisageait sur son passage. Les gens croyaient-ils honnêtement qu'elle ne pouvait pas entendre leurs murmures ? On la jugeait responsable. C'était elle qui conduisait, après tout.

Et Angela était morte.

Cinq ans après la fin de ses études, sa classe de terminale organisa la première réunion d'anciens élèves. Ses anciens camarades firent une collecte pour construire un petit mémorial en souvenir d'Angela dans le jardin public de la ville.

Le passé semblait se resserrer autour d'Abby, de plus en plus étroitement au point qu'elle en suffoquait.

Absorbée dans ses pensées, elle commençait tout juste à sortir de l'allée quand son téléphone portable sonna. Le bruit résonna dans l'habitacle comme si elle était à côté d'une cloche d'église. Elle attrapa l'appareil et jeta un coup d'œil au nom qui s'affichait.

Sa mère.

Elle hésita, puis décida de laisser la boîte vocale se déclencher. Si elle parlait à sa mère maintenant, elle risquait de craquer. Pire, elle risquait d'avouer qu'elle était en route pour le cimetière et sa mère essaierait forcément de l'en dissuader. Elle dirait que c'était le jour du mariage de Roger. Qu'Abby ne devrait pas faire une chose pareille ce jour-là.

Et elle aurait raison.

Abby était en ville depuis deux jours entiers. Elle n'avait déjà que trop tardé. Elle aurait dû s'arrêter au cimetière la veille ou même l'avant-veille… mais elle n'avait pas pu s'y résoudre.

Son téléphone sonna de nouveau, indiquant que sa mère avait laissé un message.

Elle consulta sa montre.

Neuf heures et demie.

Elle avait tout son temps.

Elle n'avait pas de temps.

Un nœud s'était formé dans sa gorge. À quoi devait-elle s'attendre ? Qu'espérait-elle de cette visite au cimetière ? L'absolution ? le pardon ? une bénédiction ? Encore aujourd'hui, elle ne comprenait pas que Dieu l'ait gardée en vie, et ait laissé Angela mourir.

Elle aurait de loin préféré être celle qui reposait six pieds sous terre. Elle était lasse de se sentir coupable.

Abby prit le chemin le plus long, celui qui passait devant le lycée. Elle déglutit avec peine en apercevant la salle que sa classe avait occupée durant la dernière année. Elles étaient si sottes, si immatures ; impatientes de laisser leur marque sur le monde. En tant que terminales, elles se la jouaient un peu. Se prenaient pour des filles super-cool. Un peu bêtes oui, mais innocentes aussi. Abby ne soupçonnait pas alors le réveil brutal qu'elle subirait quelques mois plus tard.

En arrivant au cimetière, elle remarqua deux tombes encore inachevées, indiquant des enterrements récents. Ce fut seulement en descendant de voiture qu'elle se rendit compte qu'elle ignorait où Angela était enterrée. Il lui fallut près de quarante minutes pour trouver la tombe. Quand elle y parvint enfin, elle avait le visage tout engourdi de froid.

Elle s'arrêta face à l'inscription ANGELA MARIE WHITE gravée dans le granit, et sentit des picotements lui parcourir les bras. Même après toutes ces années, elle avait l'impression de faire un mauvais rêve. Sous les dates de naissance et de mort figuraient les mots : À NOTRE FILLE ADORÉE.

Ne sachant que faire, Abby continua à fixer la pierre tombale. Une larme glissa le long de son nez et tomba sur la plaque.

Un bouquet de fleurs en plastique était posé sur la tombe. Des marguerites jaunes. Les fleurs préférées d'Angela. Elle disait toujours qu'elle porterait un bouquet de marguerites jaunes le jour de son mariage. Elle avait déjà dessiné sa robe, et celle de ses demoiselles d'honneur.

Naturellement, Abby serait son témoin, tout comme Angela serait le sien. Elles riaient ensemble de leurs croquis, se faisant le serment que rien ne pourrait jamais les séparer. Ni les garçons, ni leurs amies, ni même leurs parents. Elles étaient de vraies meilleures amies.

Elle était affreusement mal à l'aise.

— Bonjour, murmura-t-elle enfin, dans un reniflement gêné.

— *Tu as pris ton temps.*

Abby tressaillit – il lui semblait avoir entendu la voix d'Angela, tout près d'elle. Elle se retourna, se demandant si quelqu'un d'autre avait parlé.

Personne.

Fronçant les sourcils, elle fixa de nouveau la pierre tombale.

— *Oui, c'est moi. Tu croyais qu'une tombe suffirait à me faire taire ?*

Abby se secoua. Elle craquait, songea-t-elle. La pression était trop forte. Voilà qu'elle entendait des voix. Parler à Angela était… impossible. Elle imaginait d'ici sa conversation avec police secours.

— *J'entends des voix,* dirait-elle.

— *Quel genre de voix ?*

— *Des voix de gens qui sont morts.*

— *Restez en ligne. On vous envoie de l'aide tout de suite.*

Elle voyait la scène défiler sous ses yeux : l'ambulance qui arrivait, sirène hurlante, les infirmiers qui se ruaient dans le cimetière et l'embarquaient pour le premier hôpital psychiatrique venu.

— *Ne t'emballe pas. Ce n'est pas si grave que ça.*

— Angela, arrête, s'il te plaît. Tu me fiches la frousse.

— *C'est ta faute. Tu aurais dû venir plus tôt.*

À l'évidence, Abby se parlait à elle-même. Son imagination trop active avait déclenché une réaction émotionnelle. Quoi qu'il en soit, elle ne pouvait interrompre ce dialogue avec sa vieille amie.

— J'ai essayé de voir tes parents après l'enterrement, mais…

— *Je sais, je sais, c'est ma mère…*

— Elle ne peut pas me pardonner.

L'horrible souvenir s'imposa à sa mémoire, passant en boucle dans la tête d'Abby. Elle comprenait leur réaction.

— *Hé, mon chou, tu ne peux même pas te pardonner toi-même. Ne va pas en vouloir à ma mère.*

— J'ai vu Patty Morris. Elle…

— *Je sais. Maman me l'a dit. Cesse de détourner la conversation, d'accord ?*

Abby ignora cette remarque.

— Dans ce cas, tu en sais probablement plus long que moi.

— *Beaucoup plus long. Ma mère vient au cimetière toutes les semaines.*

— Oh ! Mon Dieu…

— *Oh ! Elle va beaucoup mieux, à vrai dire. Avant, elle venait tous les jours. C'était affreux. Elle se mettait à genoux par terre, elle pleurait comme une madeleine.*

Abby se couvrit la bouche et ravala un sanglot. Elle aurait de loin préféré ne rien savoir de tout cela.

— Es-tu réellement en train de me parler ? C'est vraiment toi ?

— *Suis-je réelle ? Suis-je réelle ?* répéta Angela, plus fort la seconde fois. *Hmm… je crois que c'est à toi d'en décider.*

— Je ne peux pas. J'aimerais croire que nous pouvons communiquer, mais je sais que c'est impossible.

— *Ne t'en fais pas. Ça n'a aucune importance, je suis seulement contente que tu aies eu le courage de venir. J'attends depuis un bon moment.*

— Je ne pouvais pas venir avant… murmura Abby.

— *Et pourquoi pas ?*

Abby rejeta la tête en arrière et regarda le ciel menaçant.

— Mon frère se marie ce soir.

— *Voilà que tu recommences. Arrête de changer de sujet. Je veux savoir pourquoi tu ne te croyais pas capable de venir me voir.*

— Ah !

Abby craqua, ravalant de son mieux l'énorme nœud qui s'était logé dans sa gorge – si gros que, l'espace d'un instant, elle crut suffoquer.

— Je… je suis désolée, Angela. Je suis tellement désolée.

— *Je sais, je sais. Mais il est temps que tu t'en remettes.*

— Que je m'en remette ? Tu es dingue ? rétorqua Abby, criant presque. J'ai tué ma meilleure amie. Quelqu'un qui a une conscience… un cœur, ne se remet pas d'un truc comme ça.

— *Mais il le faut.*

Abby ne sut que dire.

— *Si tu te sentais si coupable, pourquoi ne m'as-tu pas apporté de fleurs ? Des marguerites jaunes auraient été parfaites.*

— Oh ! Mon Dieu. J'aurais dû. Je suis désolée.

— *Hé, si tu veux te sentir coupable, vas-y. Tu me fais poireauter depuis des années et quand tu finis par te pointer, tu n'apportes même pas de fleurs.*

— Je me suis excusée.

— *Ne t'inquiète pas. Quand les gens apportent des fleurs, ils n'ont pas d'eau. Si je te disais les trucs qu'ils mettent dans ce vase ridicule que ma mère a tenu à mettre ici ! J'ai eu du café, du soda, du punch…*

— Oh !

— *Tu es là et je suis contente de te voir.*

— Moi aussi, je suis contente d'être là.

— *Tu n'en as pas l'air. Ton mascara coule et tu as le nez tout rouge. Tu ferais mieux de t'arranger un peu avant le mariage sinon les invités vont se demander qui est mort…* elle s'interrompit et éclata de rire. *Oups… je n'aurais pas dû dire ça, hein, c'était déplacé !*

Abby détourna les yeux.

— *Souris, Abby, souris. J'ai besoin que tu sois heureuse. J'ai besoin de savoir que tu peux laisser cet accident derrière toi et aimer la vie pour nous deux.*

— Comment le pourrais-je ?

— *Parce que je te le demande. Je ne veux pas que tu te traînes comme une âme en peine. Tu sais où est le problème ?*

Abby se balança gauchement d'un pied sur l'autre.

— Oui. Je suis responsable de ta mort.

— *Non, ce n'est pas ça. Tu n'es pas responsable et, de toute façon, rien ne peut changer ce qui est arrivé. Non, ton problème, c'est que tu t'es tellement habituée à ton sentiment de culpabilité que tu as peur de le lâcher. Tu as peur d'être heureuse. Écoute, tout le monde meurt un jour, alors il faut que tu t'en remettes.*

— Je préférerais être morte à ta place.

— *Mais ce n'est pas le cas. Tu es vivante, alors croque la vie à pleines dents. Pourquoi n'es-tu pas mariée ? Tu devrais déjà avoir deux ou trois enfants à l'heure qu'il est !*

— Je devrais ?

— *Ce n'est pas comme ça qu'on imaginait notre vie ?*

— Rien ne s'est passé comme je l'imaginais, hoqueta Abby.

— *C'est souvent le cas, d'après ce que j'entends dire. Mais ce n'est pas une raison de se complaire dans le remords. Maintenant, dis-moi que tu es prête à aller de l'avant. Je veux que tu vives ta vie pleinement.*

— J'aimerais bien en être capable.

— *Abby !*

— Bon, d'accord ! répliqua-t-elle, criant presque.

Par chance, personne ne se trouvait à proximité.

— *Bien. Mais il y a une chose que tu dois faire d'abord.*

— Laquelle ?

— *Ça ne va pas te plaire.*

Abby se tassa légèrement.

— C'est au sujet de tes parents, n'est-ce pas ?

— *Oui. Il faut que tu ailles les voir.*

Abby secoua la tête instinctivement.

— Je ne peux pas, Angela, je ne peux pas. Ils me tiennent pour responsable… ta mère ne peut même pas supporter de me regarder.

— *Elle a besoin de te voir. De te parler. Fais ça pour moi. C'est tout ce que je te demande.*

— Je ne peux pas.

— *Il faut que tu essaies encore une fois, Abby.*

— La prochaine fois.

— *Non. Aujourd'hui. Maintenant.*

Abby secoua la tête de nouveau.

— J'ai rendez-vous avec Patty et quelques autres pour déjeuner… et ma mère vient avec moi. Je n'ai pas le temps.

— *Vas-y après déjeuner.*

— Je peux emmener ma mère ?

— *Non. Ça ne sera pas facile. Je ne peux pas te garantir que ma mère ne va pas dire ou faire quelque chose de méchant. Mais il ne s'agit pas d'elle, tu sais. C'est pour toi. Rien ne changera si tu ne fais pas ça.*

— Angela, je ne peux pas. Je suis désolée, mais je ne peux pas.

— *Dans ce cas, promets-moi d'y réfléchir. C'est tout ce que je te demande, d'accord ?*

— OK. Je vais y réfléchir.

Elle plongea la main dans sa poche pour y prendre un mouchoir.

— *Et arrête de pleurer. Tu commences à ressembler à ma mère.*

Abby sourit à travers ses larmes.

— *C'est mieux. Maintenant, file et passe une bonne journée. Félicite Roger pour moi. J'ai toujours pensé qu'il était mignon.*

— Je le ferai. Au revoir, Angela.

— *Au revoir. Souviens-toi, il faut que tu sois heureuse. Tu vis pour nous deux.*

Abby se détourna, étourdie. Cette scène venait-elle réellement d'avoir lieu ? Avait-elle parlé à son amie morte ? Quoi qu'il en soit, elle avait l'impression de s'être libérée d'un grand poids. Encore absorbée dans ses réflexions, elle reprit machinalement le chemin de sa voiture et tressaillit en entendant son téléphone.

Cette fois, elle répondit.

— Bonjour, maman.

— Désolée de te déranger, ma chérie. Je voulais seulement savoir à quelle heure tu comptes passer me chercher pour le déjeuner ?

Abby jeta un coup d'œil à sa montre.

— Disons onze heures et demie. Patty a suggéré de se retrouver à midi. Ça nous donne largement le temps d'y aller.

— Parfait.

Sa mère hésita.

— Ça va, mon chou ?

— Ça va bien, maman. Mieux que bien.

— Tant mieux… je m'inquiétais. Ton père aussi. À tout à l'heure.

— Oh, et maman…

— Oui ? Qu'y a-t-il ?

Abby avait été sur le point de lui parler de sa conversation avec Angela, mais elle se ravisa.

— Rien d'important. Nous aurons le temps de bavarder avant le mariage.

— Bien. Je t'ai dit que j'avais décidé de porter mon ensemble rose au lieu du vert pâle ?

— Le rose te va très bien.

— Tu crois ? C'est ce que ton père a dit. Je sais que c'est la couleur typique d'une mère de marié, mais comme me l'a rappelé ton père, après tout je suis la mère du marié !

Abby sourit.

— Tu vas être superbe.

— Nous le serons toutes les deux, affirma sa mère.

23

Une fois la maison vide, j'enfilai mon manteau. J'avais quelques courses à faire, mais aucune qui soit vraiment pressante, aussi m'étais-je donné une autre mission : découvrir un peu la ville et me présenter à d'autres commerçants.

Peggy Beldon m'avait recommandé un pressing et j'avais justement quelques housses de coussins à faire nettoyer. Je projetais également de faire un saut à la bibliothèque. Deux personnes m'avaient parlé de Grace Harding et j'espérais avoir enfin l'occasion de faire sa connaissance.

Comme la veille, je décidai de marcher plutôt que de prendre ma voiture. La maison d'hôtes était idéalement située, de sorte que je pouvais accéder facilement à presque tout le centre-ville. Cependant, au lieu de descendre la colline, je me surpris à me diriger vers la maison de Mark Taylor.

La veille, je n'avais pas répondu à sa question concernant Paul. Dès qu'il avait mentionné son nom, je m'étais empressée de m'enfuir. Mark n'avait pas tenté de me retenir et je lui en étais reconnaissante. Avec le recul, néanmoins, il me semblait que je lui devais une explication. D'ailleurs, je n'étais toujours pas entièrement convaincue par la raison qu'il avait donnée pour son apparition inopinée chez moi alors que Spenser s'y trouvait.

Il était dans son atelier, occupé à poncer un superbe berceau, une véritable œuvre d'art, magnifiquement sculptée à chaque extrémité. Il leva la tête à mon entrée et la surprise se lut dans ses yeux sombres. Il portait une salopette de travail sur une épaisse chemise d'hiver à carreaux. À l'évidence, il n'était pas du genre à se soucier de son apparence. Ses cheveux blonds avaient besoin d'être coupés et il ne semblait pas s'être rasé ce matin-là.

— Encore vous, dit-il, visiblement peu enchanté par ma visite imprévue.

— Oui, encore moi. Vous avez quelques minutes ?

— Pas vraiment.

J'ignorai sa réponse, me dirigeai vers la cafetière et remplis deux tasses.

— Asseyez-vous un moment avec moi.

Mark me foudroya du regard.

— Qu'est-ce que vous voulez ? Si vous continuez à m'interrompre, votre enseigne ne sera jamais prête.

— Je n'ai pas l'impression que vous y travaillez en ce moment, rétorquai-je.

Il fronça les sourcils de plus belle, mais ne répondit pas.

— Quelqu'un vous a commandé un berceau ?

À regret, il fit non de la tête.

— Dans ce cas… pourquoi le fabriquez-vous ?

— Vous êtes toujours aussi curieuse ? grogna-t-il.

— Parfois.

Feignant de ne pas remarquer son manque total d'hospitalité, je tirai un tabouret et m'assis.

De son côté, Mark semblait déterminé à m'ignorer. Je le laissai faire et contemplai le berceau avec fascination. Mark était un artisan talentueux.

— Il est superbe, dis-je enfin, sincèrement.

Il recula d'un pas et sembla contempler son travail d'un œil neuf.

— Merci.

— Une de vos amies est enceinte ?

— Non. (Il retourna à ses occupations, avant d'ajouter, comme à contrecœur :) L'idée m'en est venue, une nuit.

— Et vous avez décidé de le fabriquer ?

Il interrompit son geste et me lança un regard assassin.

— Ça vous pose un problème ?

— Non.

À vrai dire, son attitude m'intimidait, mais j'étais bien décidée à n'en rien laisser paraître.

Un demi-sourire naquit sur ses lèvres.

— Tant mieux, répondit-il, d'un ton dégoulinant de sarcasme.

Il empoigna les ciseaux, taillant à petits coups précis les volutes alambiquées.

— Que comptez-vous en faire ?

Apparemment, il n'avait pas de magasin.

Il haussa les épaules.

— Je ne sais pas encore. J'en ferai sûrement cadeau à quelqu'un.

Sa voix s'était radoucie, à présent.

— Vraiment ?

Une pièce unique, sculptée à la main ? Ce berceau devait valoir une petite fortune. Décidément, on ne savait jamais à quoi s'attendre avec lui.

Je soufflai sur mon café, puis bus prudemment une petite gorgée.

— Vous aviez une raison particulière pour vous arrêter ? demanda-t-il en tendant la main vers sa tasse.

— Oui.

— Vous ne pensez pas que vous devriez y venir ? Vous avez peut-être remarqué que j'étais occupé.

Je ne pus m'empêcher de sourire.

— Quelque chose vous amuse ?

— Vous, avouai-je.

Il se gratta la tempe.

— On m'a traité de pas mal de noms d'oiseaux au fil des années. Je ne crois pas qu'on m'ait jamais trouvé drôle.

— Je vous dois une explication au sujet de Paul…

Il leva une main pour m'interrompre.

— Ça ne me regarde pas. Peu m'importe de savoir qui c'est, vous comprenez ?

Je ne prêtai aucune attention à lui.

— Paul était mon mari. Il a été tué en Afghanistan il y a environ neuf mois.

Mark se redressa brusquement et recula.

— Voilà qui explique tout.

— Comment cela ?

Il secoua la tête, visiblement réticent à répondre.

— Je suis désolé, murmura-t-il au bout d'un moment.

— Paul était quelqu'un de bien.

Je me mordis la lèvre, espérant que la tristesse ne perçait pas dans ma voix.

Mark paraissait songeur.

— Vous avez rebaptisé la maison en souvenir de lui et vous voulez planter une roseraie, articula-t-il lentement, comme si tout prenait sens à ses yeux.

— Son hélicoptère s'est écrasé dans les montagnes. L'endroit est inaccessible, si bien que son corps n'a jamais été retrouvé.

Mark soutint longuement mon regard.

— Ç'a dû être très dur pour vous.

— Pendant longtemps, j'ai voulu croire qu'il était encore vivant.

— Vous le croyez toujours ?

Je secouai la tête.

— D'après les photographies aériennes, il semble impossible qu'il y ait eu des survivants.

Mark détourna les yeux et reposa sa tasse. Il se remit au travail sans un mot.

— Je suis désolée de vous avoir dérangé, dis-je en posant la mienne à mon tour.

— Pas du tout, répondit-il sans interrompre sa tâche.

Je me dirigeai vers la porte.

— Merci pour le café.

— De rien, grogna-t-il.

Je sortis et descendis la côte en direction du centre-ville, savourant la sensation du froid sur mon visage. Je me félicitai d'avoir pris mon manteau en lainage, bien chaud. Le vent venait de la baie et apportait une odeur de sel. J'étais presque tentée d'aller jusque sur les quais admirer la vue. Puis mon estomac se mit à gronder et je me souvins que l'heure du déjeuner approchait.

J'avais préparé un repas copieux pour mes invités, mais je n'avais presque rien mangé moi-même. Comme j'avais entendu parler du Pot Belly Deli, je décidai d'aller y grignoter quelque chose.

Le café était bondé. Je dus attendre une dizaine de minutes qu'une table se libère, et fus placée près de la vitrine qui donnait sur Harbor Street.

Deux femmes étaient assises en face. Elles semblaient être de vieilles amies et bavardaient à bâtons rompus, se penchant l'une vers l'autre et riant volontiers.

La serveuse vint m'apporter un verre d'eau et prendre ma commande. Ce fut seulement quand elle se fut éloignée que je remarquai qu'une de mes voisines portait un badge : Grace Harding.

Précisément la personne que j'avais espéré rencontrer.

Elle dut saisir mon regard car elle s'interrompit en pleine conversation et jeta un coup d'œil dans ma direction.

— Excusez-moi, dis-je, au comble de la gêne. Je ne voulais pas vous dévisager.

— Il n'y a pas de mal. Vous ne seriez pas la jeune femme qui a récemment acheté la maison des Frelinger ?

— Si. Je m'appelle Jo Marie Rose.

— Je suis Grace Harding et voilà le juge Olivia Griffin.

Cette dernière était une femme élégante, aux cheveux courts et aux yeux marron foncé.

— Je suis ravie de faire votre connaissance à toutes les deux.

— Soyez la bienvenue à Cedar Cove.

Une fois de plus, je fus frappée par l'accueil amical des habitants de cette petite ville.

— Tous les gens que j'ai rencontrés jusqu'ici m'ont conseillé de me présenter à vous deux, leur dis-je.

La serveuse apporta ma soupe et du pain qui sentait délicieusement bon. Je sentis faiblir ma résolution de manger avec modération. Lorsque je relevai la tête, le juge Griffin m'observait.

— Vous n'auriez pas eu un visiteur inattendu hier ?

J'allais répondre par la négative quand je me souvins brusquement de Spenser. J'ouvris la bouche et la refermai aussitôt, ne sachant que dire. Comment diable était-elle au courant ? Je n'imaginais pas du tout Mark en parler, mais après tout, je ne le connaissais guère. À vrai dire, plus je le voyais, et plus il me semblait mystérieux.

Olivia parut embarrassée.

— Si je vous pose cette question, c'est que j'étais en ville hier avec ma fille, Justine, et qu'un automobiliste s'est arrêté pour nous demander le chemin de la Villa Rose. Je lui ai répondu qu'à ma connaissance, il n'existait pas d'établissement portant ce nom.

— Oh ! J'ai décidé de changer le nom de la maison, en effet.

— Malheureusement, je l'ignorais, et cet homme a été plutôt désagréable.

— Avec vous ?

— À vrai dire, je crois qu'il en voulait au monde entier. (Elle fronça les sourcils.) J'ai croisé le shérif Davis un peu plus tard et lui ai même mentionné l'incident. Cet homme vous a-t-il trouvée ?

Je hochai la tête.

— Oui, malheureusement.

— Tout va bien, j'espère ?

— Oh ! Oui, merci.

Je fus vaguement tentée de leur parler de l'arrivée inattendue de Mark, mais préférai m'abstenir.

Olivia se leva.

— Si c'est un de vos amis, je suis désolée.

— Il ne l'est pas. Je doute qu'il revienne en ville.

— Bien.

Grace fronça les sourcils, l'air soucieux.

— Olivia et moi avons vécu seules. Nous savons que ce n'est pas toujours facile. N'hésitez pas à nous appeler à l'aide en cas de besoin.

— Les femmes doivent s'épauler, ajouta Olivia.

J'étais entièrement d'accord.

Après leur départ, je goûtai ma soupe. Elle était simple mais savoureuse. Le petit pain était encore chaud. Je le coupai en deux et un nuage de vapeur en sortit. Le beurre fondit lorsque je l'étalai dessus. Tout était délicieux.

Quand j'achevai mon repas, l'établissement commençait à se vider. Je réglai à la caisse et me dirigeai vers le pressing, situé à quelques centaines de mètres.

En marchant dans la rue, je remarquai plusieurs regards inquisiteurs dans ma direction. Quelques personnes m'adressèrent un sourire et un salut.

Je déposai mes housses, et de là, me rendis droit à la bibliothèque. Autant m'inscrire et prendre une carte.

24

Michelle sortit sans bruit de la chambre de Richard, prenant soin de fermer la porte le plus doucement possible. Josh rencontra son regard anxieux.

— Il va beaucoup plus mal, soupira-t-elle.

— C'est ce que j'ai remarqué.

Elle baissa la tête et resta un moment silencieuse, comme si elle hésitait à parler.

— Quoi que Richard ait dit hier, je crois que nous devrions contacter l'association qui propose des soins palliatifs. J'ai peur qu'il souffre. Avec l'aide d'une infirmière, nous pourrions au moins faire en sorte que ses derniers jours soient moins pénibles.

Josh était d'accord avec elle mais connaissait aussi le point de vue de Richard sur cette question.

— Ça ne va pas lui plaire.

— Il n'est pas vraiment en état de refuser, argua Michelle. Il dort très mal, et, franchement, je ne crois pas qu'il en ait pour très longtemps. Une infirmière en jugera sûrement mieux que moi. L'essentiel, c'est qu'il ne soit pas obligé de retourner à l'hôpital.

L'émotion perçait dans sa voix.

Josh retourna au salon, fixant du regard la grande baie vitrée. En deux jours, la santé de son beau-père s'était considérablement détériorée. Comme si ce dernier avait attendu son arrivée pour lâcher prise.

Quand il avait franchi le seuil de cette maison, Richard avait encore assez d'énergie et de détermination pour lui témoigner son hostilité. Ce matin-là, c'était tout juste s'il avait la force de respirer.

— Je vais nous préparer à déjeuner, annonça Michelle derrière lui.

— Ne fais rien pour moi, répondit Josh. Je n'ai pas faim.

Michelle feignit de n'avoir rien entendu. Elle se rendit dans la cuisine et, quelques instants plus tard, Josh entendit le sifflement de la bouilloire. Elle revint, deux tasses à la main.

— J'ai téléphoné à l'association.

Josh hocha la tête, et s'assit en face d'elle. Le fauteuil où Richard avait passé le plus clair de son temps demeura vacant.

— Que t'a-t-on dit ?

Michelle posa sa tasse sur un sous-verre et se laissa aller contre le dossier.

— Quelqu'un va venir le voir cet après-midi.

Richard n'allait guère apprécier. Il avait demandé à mourir seul. Ne devraient-ils pas accéder à ses désirs ? Certes, Michelle avait raison, il n'était guère en mesure de protester. Quoi qu'il en soit, il se doutait bien que la jeune femme refuserait de l'abandonner.

Quant à lui, il aurait aimé monter dans sa voiture de location et rouler, aussi loin de Cedar Cove que son réservoir d'essence le lui permettrait. À vrai dire, avant que Michelle lui téléphone, il avait espéré passer une partie de ses vacances au bord de l'océan.

Alors qu'il devait avoir une dizaine d'années, il avait fait un bref séjour à Ocean Shores qui comptait parmi ses meilleurs souvenirs. Après le départ de son père, sa mère et lui étaient toujours à court d'argent, et les vacances étaient un luxe qu'ils ne pouvaient se permettre. Malgré tout, cette année-là, Teresa avait réussi à économiser une petite somme pour payer le trajet. Comme ils n'avaient pas les moyens de s'offrir l'hôtel, ils emportèrent une glacière, empilèrent couvertures et bagages dans la voiture avec les seaux et pelles en plastique, et ils partirent à la mer.

Josh courait de long en large sur la plage, se jetant la tête la première dans les vagues avec une joie d'enfant. Ils achetèrent un cerf-volant bon marché ; Josh adorait le voir s'élever au gré du vent, monter si haut dans le ciel jusqu'à n'être plus qu'une petite tache de couleur à l'horizon. Il riait aux éclats, ivre de bonheur.

Plus tard, après avoir construit un énorme château de sable, ils glanèrent des bouts de bois échoués sur la grève pour faire un feu et se régalèrent de saucisses grillées. Le meilleur repas dont Josh se souvienne. Ils dormirent à la belle étoile, bercés par le bruit des vagues.

— Tu ne dis rien, murmura Michelle.

Josh tressaillit et leva les yeux vers elle. Brusquement arraché à ses rêveries, il mit quelques secondes à revenir au présent.

— Je songeais à un voyage que j'ai fait avec ma mère quand j'étais petit.

— Avant qu'elle rencontre Richard ?

Il acquiesça.

— J'avais dix ans. Nous sommes allés à Ocean Shores. Je m'étais dit… qu'une fois cette visite à Richard terminée, j'aurais peut-être l'occasion d'y retourner. Je sais que la ville a beaucoup changé, mais j'en ai de si bons souvenirs…

— Tu n'y es jamais retourné ?

— Si, une fois, avec Dylan et Richard.

Michelle parut lire dans ses pensées.

— Ça ne s'est pas bien passé ?

À quinze ans, Josh avait déjà son permis de conduire et s'était empressé de louer un scooter. Richard en avait loué un second et laissait Dylan le conduire sur la plage. Au début, ils s'amusèrent comme des fous. Josh adorait la sensation de vitesse et de liberté, la course dans le sable avec son demi-frère, le vent qui lui fouettait le visage. Jusqu'au moment où il fit une chute et endommagea le scooter.

Richard réagit avec une telle fureur que sa mère dut intervenir, lui rappelant qu'il s'agissait d'un accident. Néanmoins, il insista pour que Josh paie les dégâts et qu'ils rentrent immédiatement à la maison. La journée fut irrémédiablement gâchée.

Le trajet de retour fut intolérable, l'air lourd de tension entre sa mère et Richard. Dylan aussi était fâché contre Josh, qui s'accablait de reproches.

Avec le recul il ne comprenait pas totalement la colère de Richard. Il n'avait pas fait exprès de tomber et il avait assumé la responsabilité de sa faute, payant les dégâts occasionnés avec l'argent qu'il gagnait en distribuant des journaux. Personne n'avait paru soulagé qu'il s'en tire sain et sauf. Il regretta presque de ne pas avoir été blessé. Peut-être alors lui aurait-on témoigné de la compassion au lieu de le réprimander.

— Te voilà songeur de nouveau.

— Pardon.

— Ne t'excuse pas.

Il n'avait pas touché à son thé. Avant cet accident de scooter, Josh avait vu sa mère et Richard marcher bras dessus bras dessous sur la plage. Peut-être était-ce justement cette scène qui avait attiré son attention et causé sa chute – il ne s'en souvenait pas.

Teresa avait les cheveux ébouriffés et le vent plaquait le tissu de sa robe d'été contre ses jambes. Quant à Richard, Josh ne l'avait jamais vu aussi détendu. Il avait remonté les jambes de son pantalon, et marchait pieds nus comme Teresa. Le rire de sa mère se mêlait aux cris des mouettes au-dessus d'eux.

Josh avait été frappé par la pensée qu'à cet instant, Teresa était sincèrement heureuse, insouciante.

Trop souvent il l'avait vue assise à la table de la cuisine, diverses piles de factures alignées devant elle comme si elle jugeait lesquelles régler en premier en fonction de leur hauteur. Il l'avait vue, bien plus souvent qu'il n'aimait s'en souvenir, se couvrir le visage de ses mains et pleurer. Le seul fait d'y repenser lui nouait l'estomac.

La sonnette tinta et Michelle alla ouvrir. C'était la femme envoyée par l'association, la même que la veille.

— Je n'étais pas très loin d'ici, expliqua-t-elle en entrant.

Michelle prit son manteau et son sac et les accrocha au portemanteau derrière la porte.

— Nous sommes en train de boire un thé. Puis-je vous en offrir une tasse ?

— Merci, mais je n'ai pas beaucoup de temps. Je vais voir M. Lambert et puis je m'en vais.

— Je comprends.

— Je vous accompagne, proposa Josh dans l'espoir que, si Richard se fâchait, il s'en prenne à lui plutôt qu'à cette femme qui donnait si généreusement son temps.

Michelle lui lança un regard éloquent. À l'évidence, elle pensait qu'elle devait escorter la visiteuse à sa place. Il s'inclina sans insister.

Leurs relations s'étaient refroidies sensiblement depuis qu'il lui avait annoncé son départ proche. Il le regrettait, mais ne voulait pas l'induire en erreur. Le moment était mal choisi. En proie à une foule d'émotions, profondément perturbé, il n'était pas certain de pouvoir se fier aux sentiments qu'il éprouvait. Richard était sur le point de mourir, et la possibilité de rompre définitivement avec cette ville et les souvenirs qu'elle incarnait se profilait enfin.

Après avoir échangé quelques mots, les deux femmes se dirigèrent vers la chambre.

Aucune protestation ne parvint aux oreilles de Josh. Il en conclut que son beau-père devait toujours être endormi. À moins qu'il ne soit mort ?

Richard.

Mort.

Un chagrin inattendu le transperça, si violent qu'il se laissa tomber dans un fauteuil. Ne devrait-il pas se réjouir que tout soit terminé, au contraire ?

Il tenta de se rappeler ce qu'il avait ressenti à la mort de sa mère. Ils savaient, bien sûr, que la fin approchait. Richard et Josh étaient auprès d'elle, chacun d'un côté de son lit. Une situation appropriée, si on considérait qu'ils étaient aux antipodes l'un de l'autre et que seul les unissait l'amour qu'ils vouaient à Teresa.

Sa mère dormait. Sa respiration était devenue presque imperceptible, pareille à un murmure. Elle s'éteignit tout doucement.

Richard regarda Josh, les larmes roulant sur ses joues de cendre.

— C'est fini, souffla-t-il, les yeux rougis par le chagrin.

Il se pencha sur elle, le coude appuyé contre le lit, et pleura.

Josh, lui, était sous le choc, il ne ressentait rien. Ni chagrin ni douleur… absolument rien. Il ne versa pas une larme, du moins pas qu'il s'en souvienne.

Les gémissements bruyants de Richard alertèrent une infirmière. Un aumônier fut appelé. À ce moment-là, Richard s'était suffisamment ressaisi. Josh ne savait plus s'ils parlèrent en rentrant à la maison. Richard le déposa, après quoi il repartit immédiatement pour se rendre dans un établissement de pompes funèbres.

Il était étrange que tous ces souvenirs ressurgissent sans crier gare. Le plus curieux était le contraste entre son absence de réaction à la mort de sa mère et la tristesse qui le submergeait à présent, avant même que son beau-père ait disparu à son tour. Comment expliquer cela ?

Michelle et Ginger réapparurent.

— Il est réveillé, annonça Michelle. Il a ouvert les yeux quand nous sommes entrées.

— Qu'en pensez-vous ? demanda Josh, s'adressant à la bénévole.

Elle répondit sans hésiter.

— Moins de quarante-huit heures, à mon avis.

— Si vite ?

Josh aurait voulu croire que Richard était trop méchant pour mourir. Qu'il défierait la nature, prouverait qu'il était plus fort que la mort.

— Le lui avez-vous dit ?

La femme secoua la tête. Josh se tourna vers Michelle.

— Il était fâché ?

— Oui, mais il n'a plus la force de protester.

— Il voulait qu'on le laisse tranquille ?

Elle sourit.

— Oui. Il a dit d'autres choses, mais je ne pourrais pas les répéter.

— Je vois.

— Rappelez-moi s'il y a une évolution, conseilla Ginger. Les médicaments vont apaiser la douleur. Il n'y a aucune raison pour qu'il retourne à l'hôpital.

Josh la raccompagna à la porte d'entrée. Elle boutonna son manteau, puis marqua une pause.

— Il pourrait mourir bientôt, peut-être tard ce soir ou tôt demain matin.

— Merci d'être venue.

— Je vous en prie. Je suis contente d'avoir pu passer.

Après son départ, la maison parut étrangement silencieuse.

Josh hésita, mais ne tarda pas à se diriger vers la chambre. La porte grinça quand il la poussa et Richard ouvrit les yeux. Josh s'immobilisa au pied du lit.

— Je croyais t'avoir dit de ne pas revenir, bougonna son beau-père.

Josh s'approcha davantage pour l'entendre.

— Je m'en irai le moment venu, ne t'en fais pas. J'aurai disparu avant que tu t'en rendes compte.

— Va-t'en maintenant.

— Si c'est ce que tu veux.

Richard ferma les yeux et inspira doucement. Sa respiration était superficielle, sifflante.

— Je songeais au jour où maman est morte, reprit Josh.

Presque aussitôt, des larmes apparurent dans les yeux du vieil homme. Il passa une main sur son visage. Josh comprit qu'il était gêné.

— Elle me manque, parvint-il à murmurer. Il ne se passe pas un jour sans que je pense à Teresa.

— Merci pour le bonheur que tu lui as apporté. J'espère que tu sais combien elle t'aimait et combien elle était heureuse d'être ta femme. Je te serai toujours reconnaissant d'avoir pris soin d'elle, surtout à la fin.

Les larmes de Richard se mirent à couler sans retenue, roulant sur ses joues livides et laissant des sillons luisants le long de son menton avant de goutter sur l'oreiller.

— Teresa a fait mon bonheur… et celui de Dylan aussi.

Il se tut, perdu dans les souvenirs. Alors que Josh s'apprêtait à partir, il reprit la parole.

— J'ai cru la voir…

— Quand ? demanda-t-il doucement.

— Hier soir. Elle était debout au pied du lit, mais transparente, comme un fantôme. Je voyais le mur à travers elle.

Sans doute un effet des médicaments, songea Josh. Les calmants qu'on lui avait prescrits étaient très puissants.

— Elle n'a pas parlé, mais… il m'a semblé que je pouvais l'entendre. Elle me disait que Dylan et elle m'attendaient.

Josh hocha la tête.

— Je n'ai pas peur de mourir, affirma Richard, une lueur de défi dans les yeux. Je suis prêt. N'importe quand.

— C'est bien.

— C'est bien, répéta Richard, avant de fermer les yeux.

Une seconde, Josh crut qu'il était vraiment mort, puis il vit la poitrine de son beau-père s'abaisser et se soulever.

Il ne s'était pas trompé. Richard Lambert était une trop forte tête pour mourir.

25

Abby frappa à la porte de la chambre d'hôtel de ses parents et attendit. Comme personne ne répondait, elle toqua de nouveau, plus fort. Toujours pas de réponse. Craignant de s'être trompée de numéro, elle se dirigea vers l'accueil. En s'approchant, elle constata que la salle des petits déjeuners, située sur le côté, était pleine de gens qui bavardaient, assis autour de tables rondes. Pourtant, l'heure du petit déjeuner était passée depuis longtemps.

— Abby !

Sa mère sortit de la pièce, les bras tendus.

— Nous sommes là.

— Maman…

— Abby ! s'écria sa tante Eileen, surgissant derrière sa mère. Oh ! Ma chérie, je suis tellement contente de te voir.

Elle l'entoura de ses bras, l'étreignant si fort qu'Abby redouta d'avoir des côtes cassées.

— Il y a trop longtemps qu'on ne t'a pas vue !

Son oncle Jack apparut à son tour. Il enroula un bras autour de la taille d'Eileen et l'autre autour d'Abby.

— Viens voir tes cousins.

La dernière fois qu'Abby avait vu Sondra et Randall, elle était encore adolescente et ils n'étaient que des bambins. Un jeune homme dégingandé s'approcha d'elle en souriant. Il mesurait au moins un mètre quatre-vingt-cinq et elle se sentit minuscule à côté de lui. Il ne pouvait tout de même pas être son petit cousin ?

— Randy ? s'écria-t-elle, incrédule.

— On m'appelle Rand maintenant.

— Rand ?

Abby écarquilla les yeux.

— Que t'est-il arrivé ?

— Eh bien, j'ai grandi !

Une ravissante jeune femme se joignit à eux.

— Tu ne te souviens pas de moi ?

— Sondra ?

Elle sourit, révélant de parfaites dents blanches.

— C'est bien moi.

— Je n'arrive pas à y croire, lâcha Abby en riant. Dire que j'ai changé les couches de Rand !

Le jeune homme rougit, au grand amusement de toute l'assemblée.

— Ne t'inquiète pas, promit-elle. Je n'en parlerai plus !

Il la gratifia d'un grand sourire.

— Merci !

— Te souviens-tu de ta tante Betty Ann ? demanda sa mère, l'entraînant vers l'autre bout de la salle.

— Et de l'oncle Léon ?

Elle se souvint que le frère de son père avait toujours un appareil photo en bandoulière. À peine eut-elle posé la question qu'un flash crépita.

— Oncle Léon ! s'exclama-t-elle avec un rire.

Son oncle et sa tante l'embrassèrent avec affection.

— Il y a une éternité qu'on ne t'a pas vue, se plaignit Betty Ann.

— Vous êtes les bienvenus chez moi quand vous voulez, déclara Abby, se surprenant elle-même. Souvenez-vous que j'habite en Floride. Les hivers y sont fantastiques.

— Nous vivons dans l'Arizona, répondit sa tante, amusée. Les hivers sont plaisants là-bas aussi.

— Ils ne sont pas très loin de chez nous, ajouta sa mère.

— Oh, mon chou, quel plaisir de t'avoir avec nous ! (Son oncle Léon braqua l'appareil sur elle.) Tu as toujours été jolie comme un cœur.

Et le flash se déclencha trois fois de suite.

— Où sont Doug, Craig et Joy ? s'enquit Abby, qui ne voyait pas ses jeunes cousins.

Autrefois, elle avait été proche d'eux, en dépit de leur différence d'âge. Sondra et Rand étaient les plus jeunes, tandis que Doug, Craig et Joy n'avaient que quelques années de moins qu'Abby.

— Ils sont ici aussi. Joy a fait de nous des grands-parents voici deux ans.

— Tu es grand-mère, tante Betty Ann ?

Sa mère l'avait sans doute mentionné, mais elle l'avait oublié.

Celle-ci croisait justement les bras, feignant d'être froissée.

— Ne m'en parle pas, intervint-elle en lançant un regard faussement furieux à sa fille. Enfin, maintenant que Roger est marié, il y a de grandes chances que Tom et moi soyons aussi grands-parents un jour. Et puis…

Elle marqua une pause et planta les yeux droit dans ceux d'Abby.

— Je m'attends à ce qu'Abby trouve chaussure à son pied, elle aussi, et qu'elle ait un bébé ou deux.

— Maman ! protesta Abby sans conviction.

Pendant le quart d'heure qui suivit, elle fut entraînée de table en table.

Joy, son mari et son bébé avaient fait le voyage depuis l'Alaska et profitaient de l'occasion pour rendre visite à leur famille. Doug et Craig étaient mariés aussi et Abby fut présentée à leurs épouses respectives. La femme de Doug était enceinte, à la grande joie de sa tante Betty Ann, ravie qu'elle attende une fille. Sa première petite-fille.

Abby était sidérée par les changements intervenus chez tous ces oncles, tantes et cousins qu'elle n'avait pas vus depuis la dernière réunion de famille, une éternité plus tôt.

Quand vint le moment de se préparer pour aller déjeuner, elle raccompagna sa mère à sa chambre, le cerveau en ébullition, plein de noms et de visages.

— Je n'en reviens pas ! Tout le monde a tellement changé ! s'exclama-t-elle, stupéfaite.

— Eh bien, ma chérie, si tu sortais de ton cocon un peu plus souvent, tu ne serais pas aussi surprise.

— Je sais.

Pour la première fois, elle sentait aussi qu'elle avait commis une colossale erreur en s'éloignant ainsi des siens.

Sa mère glissa la carte magnétique dans la serrure et ouvrit la porte. La femme de chambre était venue et avait fait le ménage.

— Il faut que je change de chaussures, expliqua Linda en se penchant pour en prendre une paire dans le placard.

Abby remarqua soudain que sa mère portait des ballerines.

— Je ménage mes pieds pour danser ce soir. Je t'ai dit que j'avais persuadé ton père de suivre des cours de danse, n'est-ce pas ?

— Vraiment ? s'écria Abby, soufflée.

— Je n'aurais jamais pensé qu'on le ferait, mais on est devenu accros à cette émission de télé, tu sais, et on soutient notre couple favori chaque semaine.

Abby regardait l'émission aussi, mais de là à imaginer que ses parents en viendraient à suivre des cours… elle en croyait à peine ses oreilles.

— Ton père a du rythme. Il adore ça.

Eh bien, les choses avaient changé, en effet.

Sa mère se redressa.

— Nous ne sommes pas si vieux, tu sais.

— À propos de vieillesse, je me suis garée à l'autre bout du parking. Si tu veux, je peux aller chercher la voiture et te retrouver devant la réception ?

— Tu es sûre que ça ne t'ennuie pas ? Je pourrais marcher.

— Non, ne t'inquiète pas, maman.

Abby se dirigeait vers la porte quand sa mère la retint par le bras.

— J'espère que je ne t'ai pas mise dans l'embarras en parlant de petits-enfants. Ton père n'arrête pas de me répéter que je manque de délicatesse.

Abby la rassura d'un sourire.

— Non, ne t'en fais pas.

— Oh ! Tant mieux. Rien ne doit gâcher cette journée. Ton père et moi sommes si heureux pour Roger.

Abby étreignit sa mère et quitta la chambre. Elle fouillait dans son sac à la recherche de ses clés quand elle entra en collision avec un homme qui se hâtait dans le couloir. Il la prit par les épaules avant qu'elle perde l'équilibre.

— Excusez-moi, je suis vraiment désolé…

Il s'interrompit net et la dévisagea.

— Abby ?

— Oui.

Elle eut toutes les peines du monde à articuler ce petit mot. Elle l'avait immédiatement reconnu.

— C'est moi, Steve. Steve Hooks.

— Je… je sais.

Elle avait la bouche aussi sèche qu'un puits tari. Elle avait eu envie d'interroger sa mère concernant Steve, mais y avait finalement renoncé. Peut-être parce qu'elle ne voulait pas entendre qu'il était marié, heureux, et qu'il l'avait complètement oubliée. Vu sa conduite envers lui, ç'aurait été tout à fait compréhensible.

— Tu te souviens de moi, alors ?

Oh ! Oui, elle se souvenait de lui.

— C'est… c'est bon de te revoir, parvint-elle enfin à articuler, avec l'impression qu'elle avait de la mélasse plein la bouche.

Comme à regret, il retira ses mains.

— Tu es superbe.

— Tu es venu pour le mariage ? demanda-t-elle, aussitôt atterrée par la stupidité de sa question.

— Oui, Roger m'a demandé d'être un de ses garçons d'honneur.

— Mais tu n'étais pas à la répétition hier soir.

Une fois de plus, Abby regretta sa remarque. Il allait penser qu'elle l'avait cherché…

— Non, mon vol a été retardé, et je n'ai atterri qu'après le dîner.

— Je suis contente que tu aies pu venir.

Elle avait envie de lui parler davantage, mais sa mère l'attendait et elle ne voulait pas s'attarder. Avec un peu de chance, elle pourrait passer un moment avec lui au cours de la journée.

Il recula d'un pas, apparemment réticent à mettre fin à leur conversation.

— Eh bien, à plus tard, alors, Abby.

— Au mariage, confirma-t-elle niaisement, en rougissant jusqu'aux oreilles.

Le soir où Angela et elle étaient allées faire du shopping, Abby ne tarissait pas d'éloges sur les qualités de Steve. Son amie avait hâte de faire sa connaissance.

Quelques semaines auparavant, pendant qu'Angela passait Thanksgiving chez sa grand-mère à Spokane, Roger invita Steve à se joindre à leur famille : ses parents vivaient sur la côte est et il n'avait pas les moyens de s'offrir un aller-retour en avion à quelques semaines de Noël. Ensuite, Abby et Steve échangèrent une multitude d'e-mails et Abby tomba folle amoureuse de lui.

Après l'accident, il lui envoya des fleurs, des messages et des lettres, auxquels elle ne répondit pas. Elle se sentait coupable d'avoir ce garçon génial dans sa vie alors que sa meilleure amie était morte.

Un jour, alors qu'elle était à l'hôpital, sous sédatifs, un jeune homme qui avait fréquenté Angela était venu la voir. Il s'était assis à son chevet, avait pressé le front contre la rambarde du lit et pleuré. Contrairement à la mère d'Angela, il n'avait pas crié, ne l'avait pas insultée, pourtant son chagrin l'avait bouleversée plus que sa colère n'aurait pu le faire. Il était parti peu après. Elle ne l'avait jamais revu, mais cette visite avait sonné le glas de sa relation avec Steve.

Perdue dans ses pensées, elle faillit se cogner à la porte vitrée qui donnait sur le parking.

« Reprends-toi, enfin », marmonna-t-elle à sa propre intention en se dirigeant vers sa voiture.

Une fois sa rééducation terminée, elle dut rassembler tout son courage pour se remettre à conduire. En fait, il fallut près d'un an pour qu'elle y parvienne.

Abby déverrouilla les portières, monta dans le véhicule et posa les mains sur le volant. Devait-elle vraiment aller rendre visite aux parents d'Angela ?

Elle avait la conviction que son amie aurait voulu qu'elle le fasse. Mais comment pouvait-elle les affronter ? La dernière fois qu'elle avait essayé, ils étaient trop accaparés par leur chagrin pour lui accorder leur pardon. Les années avaient-elles atténué leur rancune ?

Abby se secoua mentalement. Assez, se dit-elle.

Toute cette scène au cimetière… elle s'était laissée emporter par l'émotion, voilà tout.

Sa mère ne venait-elle pas de dire qu'aucun nuage ne devait venir assombrir cette journée ? Son frère était sur le point de se marier. Ce n'était ni le lieu ni le moment de se replonger dans le passé et d'essayer de réparer le mal qu'elle avait fait. Le mieux était d'assister au mariage et de prendre plaisir à ces retrouvailles avec sa famille. Ensuite, elle quitterait Cedar Cove. Elle ferait sa valise et laisserait toute cette anxiété, toute cette douleur, derrière elle.

Abby attendit un instant de plus, comme si une solution allait tomber du ciel. Elle devait vraiment avoir l'air d'une idiote, assise au volant de sa voiture, en train de parler toute seule !

Elle démarra, contourna le bâtiment et se gara à l'endroit prévu. Sa mère sortit à ce moment, un grand sourire aux lèvres.

— Tu ne vas jamais deviner qui j'ai rencontré ! lança-t-elle en montant dans la voiture.

— Je parie que si.

— Steve Hooks ! fit sa mère en lui adressant un regard éloquent.

— Je l'ai vu aussi. J'ai failli lui rentrer dedans en sortant de ta chambre. Enfin, je lui suis rentrée dedans.

— Son avion a été retardé, reprit sa mère.

— Je… je suis contente qu'il ait pu venir.

Sa mère lui lança de nouveau un regard appuyé.

— Moi aussi. À propos, Roger m'a dit qu'il n'était pas marié.

— Ah non ?

Son cœur se mit aussitôt à battre deux fois plus vite. Pourtant, c'était ridicule de s'imaginer qu'ils puissent tout simplement reprendre leur relation là où elle s'était arrêtée tant d'années auparavant.

— Il m'a dit aussi que Steve avait demandé de tes nouvelles.

Abby décida de ne pas relever.

— Maman, il faut que tu mettes ta ceinture.

— Oh, très bien.

Elle tendit la main derrière son siège et s'exécuta.

Le soir fatidique, Abby n'avait pas insisté pour qu'Angela fasse ce geste. Elle l'avait amèrement regretté par la suite.

Linda reporta son attention sur elle.

— Eh bien, ma chérie, que t'a raconté Steve ?

— Oh ! Nous n'avons pas vraiment eu le temps de nous parler.

— Mais vous en aurez l'occasion tout à l'heure !

— J'imagine que oui.

Sa mère resta silencieuse pendant un long moment. Puis, avec un léger soupir, elle murmura :

— C'est un début.

Un début. Oui, en effet.

26

Josh prit son temps pour rincer les deux tasses et les mettre dans le lave-vaisselle pendant que Michelle allait vérifier que Richard n'avait besoin de rien.

Il rentrait dans le salon quand la porte de la chambre s'ouvrit. Josh adressa à Michelle un regard inquisiteur tandis qu'elle s'asseyait.

— Comment va-t-il ?

— Pareil. Par moments un peu moins bien, d'autres fois un peu mieux. C'est difficile à dire.

Il hocha la tête sans répondre. La tension entre Michelle et lui ne faisait que s'accroître. Il lui en coûtait de s'aventurer sur le terrain dangereux de leurs baisers partagés, mais cela semblait désormais inévitable.

— Peut-être qu'on devrait parler de… de ce qui s'est passé.

Michelle lui lança un coup d'œil perplexe.

— Tu sais, insista-t-il, regrettant de ne pas être plus à l'aise avec ce genre de conversation, je veux être sûr que tu ne tires pas de conclusions de… enfin, du fait qu'on s'est embrassés.

— Parce que je ne devrais pas ?

— Non, se hâta-t-il de répondre, songeant qu'il avait sans doute fait une grosse erreur en abordant le sujet.

— Tu as toujours évité les complications sentimentales, Josh ?

Il cilla. Oui, pour une erreur, c'en était une.

— Ce n'est pas de ça qu'il s'agit.

Elle lui lança en retour un sourire de défi qu'il comprit mal. Après tout, il ne cherchait ni querelle ni confrontation.

— Laisse tomber. Je n'aurais pas dû en parler.

— Si c'est ce que tu veux, Josh, ça ne me pose pas de problème, mais un jour ou l'autre, il faudra bien que tu affrontes la réalité en face.

Elle avait certainement raison, mais ce n'était pas le moment.

— Pouvons-nous parler d'autre chose ?

— Ça ne me gêne pas. Ce n'est pas moi qui ai commencé.

Une bouffée de soulagement l'envahit.

— Bien.

D'ici peu, il serait loin d'ici.

Pourtant, quand il la regardait, il n'avait qu'une envie, la prendre dans ses bras. C'était insensé, tout de même !

Michelle retourna dans la cuisine.

Instinctivement, il lui emboîta le pas.

Elle leva la main pour prendre une tasse propre dans le placard, et quand elle se retourna, Josh était juste derrière elle. Pendant un moment gênant, ils se regardèrent en silence.

Josh ne savait que dire. Elle avait raison, bien sûr. Il avait toujours reculé devant la véritable intimité, sans savoir au juste pourquoi. Son travail lui fournissait une excuse idéale.

Sans un mot, Michelle alla prendre son manteau et sortit.

Consterné, Josh réprima l'envie de la retenir. Il était tenté de la suivre et de lui parler, mais il redoutait d'aggraver les choses. En fait, chaque fois qu'il ouvrait la bouche, il avait l'impression de dire une sottise. Le mieux était sûrement de la laisser partir.

Il entendit le léger déclic de la porte d'entrée qui se refermait. Il était seul avec Richard. Cette pensée le troubla. Quand ce dernier mourrait, il serait réellement seul.

Abattu à présent, il se laissa tomber dans un fauteuil et ferma les yeux.

Il se pencha en avant, appuyant les coudes sur ses genoux. Il n'avait jamais été doué pour les relations sentimentales. Michelle l'avait deviné. Il avait peur de s'engager, peur de ce que lui réservait l'avenir. Il avait le sentiment d'avoir perdu tous ceux qu'il aimait et n'était pas sûr d'avoir le courage de mettre de nouveau son cœur à l'épreuve. Son père l'avait abandonné. Ensuite, il y avait eu la mort de sa mère, suivie de celle de Dylan. Il n'aimait pas penser à son demi-frère. Sa disparition l'avait profondément ému, et il n'avait jamais pris le temps de faire son deuil.

Peut-être était-ce la peur de l'inconnu, la peur de subir d'autres pertes, qui le figeait. Il avait toujours supposé qu'il se marierait un jour, mais il se rendait compte à présent que ce jour ne viendrait peut-être jamais. Il était trop facile de tout remettre constamment au lendemain.

Brusquement, la porte d'entrée se rouvrit et Michelle rentra. Josh bondit sur ses pieds, le cœur réchauffé à sa vue. Il avait supposé qu'elle ne reviendrait pas.

— Tu es revenue, dit-il stupidement.

Par chance, elle ne fit aucun commentaire.

Elle tenait une boîte entre ses mains crispées. Elle la posa sur le plan de travail, puis retira son manteau.

— Qu'est-ce que c'est ?

— La Bible de ta mère.

— Tu l'as trouvée ? s'écria-t-il, incrédule. Comment as-tu fait ?

— Richard m'a dit où elle était.

— Vraiment ? Tu veux dire à l'instant ? Aujourd'hui ?

— Oui, il y a quelques minutes. Il a dit qu'elle était dans le garage et m'a expliqué exactement où.

Josh comprit brusquement.

— Il voulait que ce soit toi qui l'aies, n'est-ce pas ?

— Moi ?

Il hocha la tête.

— Pas du tout. C'est à toi qu'il voulait la donner.

Josh eut un haut-le-corps.

— Il t'a dit ça ?

— Oui. N'aie pas l'air si choqué.

L'espace d'un instant, il crut que ses jambes allaient se dérober sous lui. Il se laissa tomber sur une chaise.

— Que s'est-il passé ?

— Tu veux dire, pourquoi a-t-il changé d'avis ?

— Oui. Hier il semblait totalement opposé à ce que je récupère cette Bible, seulement parce qu'il savait que je la voulais.

— C'est à lui que tu devras poser la question. Mais pas tout de suite. Il dort.

Josh tendit la main vers la Bible et l'ouvrit à la première page. Sa mère y avait écrit son nom au stylo-plume. D'aussi loin qu'il se souvienne, elle avait toujours utilisé un stylo-plume. Elle disait que c'était plus personnel. D'ailleurs, son écriture élégante, pleine d'arabesques délicates, s'y prêtait bien.

Une bouffée de tristesse l'envahit. Il promena lentement les doigts sur les lettres.

Au dos de la page, Teresa avait inscrit les dates de ses deux mariages et celle de sa naissance. Richard – ce ne pouvait être que lui – avait ajouté les dates de naissance et de mort de Teresa. Son écriture brusque, aux lignes angulaires, contrastait fortement avec celle de sa mère.

En feuilletant l'Ancien Testament, Josh remarqua que de nombreux passages avaient été soulignés, et que des notes figuraient en marge.

— Je regrette de ne pas l'avoir mieux connue, murmura Michelle.

Josh tressaillit. Il avait presque oublié la présence de la jeune femme. Lui aussi regrettait de ne pas avoir mieux connu sa mère. Quand elle était morte, il était un adolescent typique, égoïste et absorbé par lui-même. Il n'avait pas complètement compris ce que sa disparition signifiait, n'avait pas eu conscience du vide immense qu'elle laisserait derrière elle.

Éprouverait-il un jour des sentiments similaires envers Richard ? Il en doutait sincèrement. Après tout ce qui les avait séparés, il faudrait plus qu'une Bible rendue pour qu'il oublie le passé.

Michelle s'assit en face de lui. Il lui adressa un sourire incertain. Au bout d'un moment, il se décida à aller voir Richard.

Ce dernier battit des paupières à son entrée. En reconnaissant Josh, il tourna la tête, visiblement désireux d'éviter son regard.

Josh entra et s'arrêta au pied du lit.

— Je devrais te remercier, je suppose.

— Ta mère aurait voulu que tu l'aies.

Josh se mordit la lèvre pour ne pas rétorquer que Richard aurait pu la lui rendre des années plus tôt.

— Pourquoi me la donnes-tu maintenant ?

Richard le regarda.

— Je l'aimais. Tu peux me haïr – je sais que c'est le cas. Je t'ai donné assez de raisons de le faire, j'imagine.

— C'est vrai.

Autant jouer franc-jeu à présent. À quoi bon essayer d'embellir la réalité ?

— J'avais besoin d'un père et tu étais si froid, si indifférent à mon égard, que c'était pire que de n'avoir personne du tout.

Richard referma brièvement les yeux.

— Je n'ai peut-être pas été à la hauteur avec toi… c'est vrai, mais ta mère était tout pour moi.

Bien que stupéfait par cet aveu d'échec, Josh garda le silence.

— Mon premier mariage a été un désastre. La mère de Dylan… (Il n'acheva pas sa phrase. Il semblait ne plus avoir la force de parler.) Teresa... était mon âme sœur.

Josh mourait d'envie de demander au vieil homme pourquoi il l'avait tant haï, mais il devinait déjà la réponse. Avec le recul, c'était parfaitement clair, parfaitement compréhensible. Josh avait été un rival à ses yeux. Elle les aimait tous les deux et chacun avait voulu qu'elle l'aime d'abord et avant tout. Sa mère était confrontée à une situation sans issue, tiraillée d'un côté et de l'autre dans la bataille de volontés qui se jouait entre eux.

— Merci pour la Bible, murmura Josh.

— Je l'ai gardée parce que je voulais conserver un souvenir d'elle.

Josh le comprenait.

— J'avais demandé qu'elle soit placée dans mon cercueil... mais je viens de donner des instructions pour annuler cela. Tu peux la prendre.

Il avait bien l'intention de le faire. La place de cette Bible était auprès de lui, et non six pieds sous terre avec Richard.

Soit que cette conversation l'ait épuisé, soit qu'il ait sombré dans le sommeil, celui-ci avait refermé les yeux. Josh n'insista pas. Il avait obtenu ce qu'il voulait – du moins une partie de ce qu'il avait espéré récupérer, et pour le moment, cela suffisait. Il quitta la pièce, tirant doucement la porte derrière lui.

Michelle leva la tête.

— Il n'avait pas prévu de me la donner, expliqua Josh. À l'origine, il voulait qu'elle soit enterrée avec lui.

— Je sais, avoua-t-elle. Il m'a dicté une note expliquant qu'il avait changé d'avis et qu'il désirait te la laisser.

— Quel beau geste ! ironisa Josh.

— Oui, en effet ! rétorqua-t-elle avec colère. Qu'est-ce que tu as, Josh ? Es-tu donc incapable de reconnaissance ?

— Je me permets de te rappeler que cette Bible me revenait de droit !

Leurs regards s'affrontèrent quelques secondes.

— J'ai besoin de prendre l'air, lança-t-elle en attrapant son manteau.

Une fois de plus, Josh songea à la retenir, mais elle était déjà à mi-chemin de l'entrée et il ne savait que dire. Peut-être était-ce mieux ainsi.

Il entendit le battant se refermer et se tassa légèrement sur lui-même. Tant de portes s'étaient refermées sur lui après la mort de sa mère. Pourquoi celle-ci le tourmentait-elle plus que les autres ?

27

Ayant toujours été une lectrice assidue, j'avais hâte de me rendre à la bibliothèque et je songeais déjà à proposer mes services en tant que bénévole.

La rencontre de Grace et d'Olivia au cours du déjeuner avait été une surprise agréable. Je ne m'étais pas imaginé que je ferais si vite des connaissances dans ma nouvelle ville. En fait, j'avais craint de me sentir un peu isolée, surtout les premiers temps, mais ma conversation avec les deux femmes avait dissipé mes inquiétudes. Je sentais qu'elles pourraient m'offrir une aide précieuse quant à la manière de gérer une affaire et dans la vie en général ; j'espérais nouer avec elles des liens d'amitié.

Située à quelques minutes à pied de chez moi, la bibliothèque était un bâtiment de style moderne dont un des côtés était entièrement occupé par une grande fresque en face du port de plaisance. Une brise légère soufflait, et les bateaux se balançaient doucement au gré de la houle.

La fresque représentait une femme en vêtements du XIXe siècle, accompagnée de deux petits enfants. Une lanterne à la main, tournée vers la mer, elle semblait attendre, guettant sans doute le retour de son mari, marin ou pêcheur. L'œuvre semblait récente.

Les portes vitrées s'ouvrirent automatiquement à mon approche. À l'intérieur, une bouffée d'air chaud m'accueillit. D'un côté de la salle, un long comptoir était consacré à l'emprunt d'ouvrages. Un bureau d'accueil se trouvait au centre.

— Jo Marie !

Je me retournai et vis Grace se diriger vers moi.

— Oh ! Rebonjour, je suis venue prendre une carte de bibliothèque.

— Excellent ! déclara Grace en souriant. Suivez-moi, je vais vous montrer comment faire.

Elle me conduisit à un ordinateur et fit apparaître à l'écran la page appropriée. Elle achevait de m'expliquer comment procéder quand un employé vint lui poser une question.

— Excusez-moi un instant, me dit-elle.

— Bien sûr.

Il ne me fallut que quelques minutes pour remplir le formulaire et le soumettre. On m'informa que mon nom allait être ajouté à la liste de membres et que je recevrais une carte d'ici quelques jours.

Grace revint à ce moment-là.

— Aimeriez-vous que je vous fasse visiter les lieux ?

— Avec plaisir, si vous avez le temps.

Nous nous dirigeâmes vers un espace consacré aux enfants.

— Nous venons de lancer un programme d'aide à la lecture pour les enfants qui ont des difficultés, expliqua Grace. Nous l'appelons « Je lis avec Snoopy ». Beth Morehouse amène des chiens pour aider les enfants.

— Des chiens ? répétai-je, surprise.

— Oui. Les enfants leur lisent les histoires – cela les met à l'aise et les aide à se détendre. Un chien ne les juge pas s'ils butent sur un mot et des bénévoles sont présents pour répondre à leurs questions. Je sais que ça peut paraître bizarre, mais vous seriez étonnée par les progrès que font ces enfants.

— Avez-vous besoin de bénévoles supplémentaires ?

— C'est gentil de votre part de vous proposer, mais nous avons largement assez de gens pour l'instant. Cela pourrait changer, bien sûr. Je garderai votre nom en tête pour l'avenir. En revanche, si vous cherchez…

Elle marqua une pause et me regarda avec attention.

— Comment vous débrouillez-vous avec les animaux ?

J'hésitai, ne sachant au juste que répondre.

— Pas trop mal, je suppose.

— Aimez-vous les chiens ?

— Je les adore. Mais quand je travaillais à plein temps, il me semblait injuste d'en avoir un puisqu'il serait resté seul à la maison toute la journée.

Grace me décocha un sourire éclatant.

— Que diriez-vous d'en adopter un ?

— Adopter un chien ?

— Je travaille comme bénévole au refuge canin de la ville, expliqua-t-elle. En ce moment, nous avons beaucoup de pensionnaires. Je me disais que vous auriez peut-être envie d'en prendre un.

Immédiatement une longue liste d'objections me vint à l'esprit. Premièrement, une telle décision aurait inévitablement un impact sur la maison d'hôtes : toute personne allergique ou n'aimant guère les animaux irait loger ailleurs. Ensuite, j'aimais bien les chiens, mais je n'en avais pas eu depuis mon enfance. Étais-je vraiment prête à en adopter un ? Avais-je vraiment le temps de m'en occuper ? Un animal pouvait exiger beaucoup d'attention, or ma vie venait de connaître pas mal de bouleversements et je n'étais pas sûre de vouloir en affronter un autre.

Grace dut lire la réticence sur mon visage.

— Un chien, surtout s'il est assez gros, offre une certaine protection, ajouta-t-elle. Et il vous tient compagnie.

Elle sourit.

— Il y a des années, quand je vivais seule, j'ai eu un golden retriever adorable qui s'appelait Bouton d'or. Elle était ma compagne de tous les instants. C'était la première fois que je me retrouvais seule et je ne saurais vous dire quel réconfort elle a été pour moi.

Pour ma part, j'avais vécu seule une bonne partie de ma vie d'adulte. J'étais donc dans une situation différente, mais Grace n'avait pas tort sur le premier point. Un gros chien pouvait apporter une certaine sécurité. Le monde ne manquait pas d'individus mal intentionnés. La visite de Spenser en était la preuve. Et concernant mes clients, après tout, je ne pouvais savoir à l'avance à qui j'aurais affaire – peut-être qu'avoir un chien à mes côtés ne serait pas une mauvaise idée.

— C'est une excellente suggestion, dis-je, songeuse. Mon seul souci, c'est que ça pourrait dissuader des clients.

— Réfléchissez-y, conseilla Grace. Je parie que vous pouvez trouver une solution. Pour les gens qui aiment les chiens, ce serait un atout, au contraire.

— J'avoue que l'idée me tente…

Grace parut ravie.

— Dans ce cas, c'est le moment. Comme je vous le disais, le refuge a un grand choix d'animaux disponibles, de diverses races.

Elle me raccompagna au comptoir et griffonna l'adresse sur un morceau de papier, qu'elle me tendit.

Mes courses terminées, je regagnai la maison d'hôtes, réfléchissant à l'idée d'adopter un chien. J'avais toujours entendu dire que les bergers allemands faisaient de superbes chiens de garde. Quel mal y avait-il à me rendre au refuge afin de me renseigner plus précisément avant tout ?

Soudain décidée, je montai en voiture et tapai l'adresse dans mon système GPS. Le refuge n'était qu'à dix minutes de chez moi, et alors que je m'y dirigeais, je sentais presque l'approbation de Paul. L'idée lui aurait plu. Je me souvenais de l'avoir entendu évoquer avec affection le chien de son enfance, Rover, un husky d'Alaska.

En entrant, j'entendis des aboiements à l'arrière. Je m'approchai du comptoir et fus saluée par un bénévole.

— Bonjour, commençai-je. Je voudrais voir les animaux… j'envisage d'adopter un chien – de préférence un gros.

— Nous en avons plusieurs, mais il vous faut d'abord remplir un formulaire. Si votre candidature est approuvée, vous pourrez aller faire votre choix.

Approuvée ? Je voulais seulement jeter un coup d'œil, mais autant se débarrasser des paperasses au cas où je trouverais en effet un animal à adopter.

Je m'installai dans un coin tranquille pour remplir le dossier. Au bout de quelques minutes, j'avais terminé et remis le tout au bénévole.

— Merci. Un membre du personnel va le lire et vous donner une réponse dans un petit moment. Vous pouvez attendre si vous le désirez.

— Oh ! Merci.

Les choses allaient un peu plus vite que je ne l'avais souhaité. Après tout, j'étais seulement venue jeter un coup d'œil. Je n'étais pas encore sûre de moi, même si je sentais que je penchais de plus en plus en faveur de l'adoption. Sans être impulsive de nature, j'avais pris au cours de ces derniers mois un nombre considérable de décisions instinctives. Cela ne me ressemblait pas. Ce brusque changement de comportement pouvait sans doute être imputé au processus de deuil, mais il n'en était pas moins déconcertant.

Soudain mal à l'aise, je changeai de position sur ma chaise et jetai un bref regard vers la porte. Si je m'en allais, quelqu'un le remarquerait-il ? Mon cœur s'était mis à cogner dans ma poitrine et j'avais les jambes flageolantes. Que savais-je des chiens, au fond ? Presque rien. J'avais fait assez de changements dans ma vie. Je n'avais certainement pas besoin d'en ajouter un.

J'eus brusquement trop chaud et déboutonnai mon manteau. J'hésitai encore, mais au moment où je m'apprêtais à partir, un bénévole s'approcha de moi en souriant.

— Suivez-moi, s'il vous plaît.

— Hmm… j'ai changé d'avis, marmonnai-je, au comble de la gêne. Je veux dire, j'aime les animaux, mais…

— Je comprends. Toutefois, rien ne vous empêche de jeter un coup d'œil aux chiens avant de partir ?

— Ah…

J'hésitai de plus belle, mais le jeune homme insista.

— Par ici, dit-il en me guidant vers l'arrière du bâtiment.

Il me tint la porte, et je remarquai qu'il avait mon formulaire à la main.

— À propos, je m'appelle Neal.

— Enchantée, Neal. Je suis Jo Marie. Connaissez-vous Grace Harding ? demandai-je, soucieuse de cacher ma nervosité. C'est elle qui m'a recommandé d'adopter un animal.

Neal esquissa un grand sourire.

— Grace et moi sommes bénévoles ici chaque samedi, mais malheureusement elle a dû aller travailler aujourd'hui. Je vois qu'elle fait de son mieux pour recruter de bons foyers même quand elle n'est pas parmi nous.

Il me précéda dans un long couloir où des enclos grillagés se faisaient face. Les chiens à l'intérieur étaient couchés, quelques-uns dormaient. Des gamelles de nourriture et d'eau étaient disposées sur les côtés. J'éprouvai aussitôt une vive compassion pour les pauvres bêtes.

— On dirait qu'ils sont en prison, murmurai-je malgré moi.

— Ils ne passent qu'une partie de la journée ici, assura Neal. On les promène régulièrement et on veille à ce qu'ils aient assez à boire et à manger. Vous n'avez pas à vous inquiéter – chaque animal dans ce refuge est aimé et bien soigné en attendant qu'on lui trouve un foyer permanent. Malheureusement, nous en avons beaucoup en ce moment, en partie à cause de la récession. Certaines familles n'ont plus les moyens de les garder.

— Comme je vous le disais tout à l'heure, je ne suis pas absolument sûre de vouloir adopter.

— Ne prenez pas de décision tout de suite, d'accord ?

— D'accord.

Nous avançâmes lentement le long du chenil.

— Avez-vous des bergers allemands ?

— Quelques-uns.

— Pourrais-je les voir ? demandai-je, songeant que je lui faisais perdre son temps.

— Bien sûr. Shep et Tinny sont du côté gauche, un peu plus loin.

Il pressa le pas.

Apparemment, les chiens étaient habitués à voir passer des gens car seuls quelques-uns semblèrent prêter attention à moi. Deux ou trois levèrent la tête, puis reposèrent le menton sur leurs pattes et fermèrent les yeux.

À une exception près.

Dès qu'il me vit, un petit bâtard noir et blanc bondit sur ses pieds et accourut au-devant de la cage.

— Eh, bonjour, toi, dis-je en me baissant pour mieux le voir. Qui es-tu ?

Il était mignon, mais beaucoup plus petit que le genre de chien que j'envisageais d'adopter. Si je finissais par le faire.

— Oh ! s'écria Neal.

Perplexe, je levai les yeux vers lui.

— Qu'y a-t-il ?

— Il s'appelle Rover.

— Rover ? répétai-je avec stupeur.

Comme le chien de Paul.

— Pas très original, n'est-ce pas ? Quand nous l'avons récupéré, il semblait avoir roulé sa bosse pendant un bon moment, c'est pour cette raison que nous l'avons baptisé ainsi.

— Oh !

Mon regard revint au bâtard d'allure chétive qui me fixait de ses grands yeux marron, comme s'il attendait quelque chose de moi. Pourtant, je n'avais rien à lui donner.

— Rover a été abandonné et il était à demi mort de faim quand on l'a trouvé. C'est la première fois que je le vois réagir à quiconque. Vous devez lui plaire.

— Eh bien, Rover, je suis désolée, mais j'ai besoin d'un chien beaucoup plus gros.

Je me relevai lentement et commençais à m'éloigner quand Rover lâcha un hurlement perçant qui nous fit tressaillir, Neal et moi.

Je me retournai.

— Il va bien ?

— Je ne sais pas, avoua Neal. Je ne l'ai jamais vu faire une chose pareille. En fait, je ne l'ai jamais vu s'intéresser à personne depuis qu'il est ici.

— Ça fait longtemps ?

Si adorable qu'il soit, il devait y avoir une raison pour qu'il n'ait pas encore été adopté.

— Plus longtemps que la plupart des chiens de son gabarit. Il était dans un sale état quand nous l'avons récupéré, il a fallu plusieurs semaines pour le remettre sur pied et puis…

Neal hésita.

— Et puis ? insistai-je.

— Il semble un peu soupe au lait.

— Que voulez-vous dire ?

Neal haussa les épaules.

— Il a ses têtes, mais vous êtes la première personne envers qui il réagit ainsi.

J'aurais dû être flattée, je suppose.

— À vrai dire, chaque fois qu'un propriétaire potentiel lui a manifesté un tant soit peu d'intérêt, Rover a fait quelque chose qui l'a incité à choisir un autre chien.

— Il a sans doute reniflé mon déjeuner, répondis-je, m'efforçant de ne pas prêter attention à ses propos.

Neal parut sceptique, mais ne protesta pas. Nous continuâmes notre chemin dans l'allée. Plus nous nous éloignions de Rover, plus il hurlait fort.

Je l'ignorai et nous ne tardâmes pas à atteindre la cage qui abritait le premier des deux bergers allemands.

— Comment s'appelle-t-il ? demandai-je.

— Celui-ci s'appelle Shep.

— Salut, Shep, dis-je en me baissant.

Shep se redressa, me lança un regard vague, puis reposa la tête sur le sol.

Entre-temps, Rover s'était dressé sur son arrière-train et, les pattes appuyées à la grille, faisait un vacarme épouvantable.

Neal le regarda, le porte-bloc pressé contre sa poitrine.

— Je n'ai jamais vu Rover dans cet état.

— Je ne veux pas d'un petit chien, déclarai-je fermement.

Je cherchais un chien de garde qui ferait réfléchir à deux fois les individus dans le genre de Spenser. Un bâtard de cinq kilos n'intimiderait que le facteur, et encore.

— Voici Tinny, annonça Neal en s'avançant vers la cage suivante.

— Tinny, répétai-je.

Le berger allemand était allongé de tout son long, visiblement indifférent au fait que quelqu'un ait l'intention de l'adopter.

Rover continuait à hurler à la mort.

— Peut-être devriez-vous emmener Rover faire un petit tour, suggéra Neal.

— Je ne veux pas de Rover !

Neal sourit.

— Apparemment, lui vous a choisie.

— Oh ! Pour l'amour du ciel ! Bon, très bien, je vais le promener un peu.

Neal alla chercher une laisse et ouvrit la porte de la cage. Je m'attendais à demi à voir Rover se ruer au-dehors et profiter de sa liberté. Au lieu de quoi il sortit avec la dignité d'un prince et s'arrêta juste devant moi. Il s'assit sur son arrière-train et leva les yeux.

— Bon, d'accord.

Je pris la laisse, l'attachai au collier du chien, et Neal nous précéda jusqu'à la porte. Je me sentais un tantinet ridicule à l'idée de promener ce bêta de chien sur la pelouse du refuge.

Nous avions à peine franchi le seuil que Rover tourna la tête et me regarda. Nos yeux se soudèrent et j'eus l'impression de recevoir une décharge électrique. Neal avait dit en plaisantant que Rover m'avait choisie et je compris que ce n'était pas une exagération. Le chien m'avait désignée comme sa nouvelle propriétaire. Il était déterminé à rentrer avec moi.

Je détournai les yeux et retournai au refuge où Neal m'attendait.

— Ç'a été rapide, commenta-t-il.

— Dites-m'en davantage au sujet de Rover.

— Eh bien, comme je vous l'ai dit tout à l'heure, il était à moitié mort de faim et en piteux état quand il a été amené ici. (Il feuilleta son registre et fronça les sourcils.) Nous avons des raisons de penser qu'il a été maltraité.

— Maltraité comment ?

— C'est difficile à dire, mais les notes suggèrent qu'il a subi des violences physiques et psychologiques.

— Ce qui explique sa réaction envers des propriétaires potentiels, murmurai-je doucement, réfléchissant tout haut.

Un chien qui avait besoin de guérir. Était-il possible que Rover ait senti la douleur que je portais en moi ? Il continuait à me fixer d'un air résolu. Je savais que j'aurais dû réfléchir plus longuement – surtout aux problèmes qu'il pourrait me causer s'il se révélait avoir un caractère difficile. Pourtant quelque chose en moi me soufflait que tout irait bien… mieux que bien. La place de Rover était avec moi, à la Villa Rose.

Je me baissai vers le chien et refoulai mes larmes.

— C'est Paul qui t'envoie ? murmurai-je.

Rover soutint mon regard.

C'était grâce à Paul que je vivais à Cedar Cove. Il m'avait envoyé deux âmes meurtries comme premiers clients à la maison d'hôtes et maintenant, il plaçait un chien sur mon chemin. Et pas n'importe quel chien, un animal blessé dans son cœur et dans sa chair. Ma décision était prise.

Je ramènerais Rover à la maison.

28

Abby et sa mère se garèrent sur le parking du Pancake Palace, où Patty avait proposé de déjeuner. Déjà, Abby sentait son cœur battre plus vite à la perspective de revoir ses anciennes amies. Des amies qu'elle avait autrefois considérées comme des sœurs, mais qu'elle avait complètement ignorées depuis les obsèques d'Angela. Seraient-elles aussi accueillantes que Patty, ou oseraient-elles évoquer l'accident ? Les gens pensaient-ils toujours qu'elle avait été ivre ou imprudente au volant ce soir-là ?

Sa mère était étrangement silencieuse, elle aussi, comme si elle percevait ses doutes et son hésitation.

— Ça va ? demanda-t-elle en posant une main sur la sienne.

Abby acquiesça, l'appréhension montant comme une vague de bile dans sa gorge. Ce moment n'aurait pas dû être si difficile et il ne l'aurait pas été si elle n'avait pas coupé les ponts avec le monde entier. En dépit des paroles rassurantes de Patty, elle sentait la peur la submerger. Que dirait-elle si quelqu'un parlait d'Angela ou de l'accident ? Elle serait honnête, décida-t-elle, et avouerait que la tragédie avait changé le cours de sa vie. Mais comment réagirait-elle face à des accusations ?

— Ça va te faire du bien de revoir tes amies, affirma sa mère d'une voix exagérément aiguë, comme si elle essayait de se rassurer en même temps qu'Abby. Tu avais tant de bonnes camarades au lycée.

— C'est vrai, admit Abby, se forçant à sourire. Tout s'est bien passé hier quand j'ai rencontré Patty à la pharmacie. Il n'y a pas de raison que ce soit différent aujourd'hui.

Du moins l'espérait-elle.

Elle ouvrit la portière et descendit. Une bouffée d'air froid et humide l'enveloppa aussitôt.

Sa mère la rejoignit et glissa un bras sous le sien. Elles entrèrent ensemble dans le Pancake Palace et reconnurent immédiatement la serveuse en uniforme rose et tablier blanc qui allait de table en table, une cafetière à la main.

— C'est Goldie ? s'étonna sa mère. Seigneur, je pensais qu'elle avait pris sa retraite.

Apparemment, Goldie avait toujours l'ouïe fine car elle se retourna pour jeter un coup d'œil dans leur direction. Elle plissa les yeux, l'air perplexe. Puis elle changea de position, mit une main sur la hanche et s'avança vers elles.

— Je me souviens de vous… ne me dites pas votre nom, ordonna-t-elle, menaçant Abby de l'index.

Sa photo ayant figuré à la une du journal local pendant ce qui lui avait semblé des semaines, Abby ne doutait pas que Goldie se souvienne d'elle, en dépit du temps qui s'était écoulé.

— Kincaid, c'est ça ?

— C'est ça, confirma Abby, souriant malgré sa nervosité.

— Vous êtes avec le groupe de Patty ? (Elle continua sans leur donner le temps de répondre.) Elle a réservé la salle du fond. Il y a un troupeau de filles là-dedans qui font plus de tapage qu'elles n'en faisaient adolescentes, lança-t-elle, ponctuant ses paroles d'un clin d'œil. Ça fait plaisir de te voir, Poulette.

— Poulette, répéta Abby dans un souffle.

Envahie par une chaleur bienfaisante, elle précéda sa mère à travers le restaurant. Poulette était le surnom que Goldie lui donnait autrefois. La serveuse s'en était souvenue.

La salle réservée était relativement petite, juste assez spacieuse pour abriter une longue table de douze à quinze personnes. Abby entendit des rires et des voix animées bien avant d'avoir atteint la porte.

Les conversations moururent à l'instant où elles entrèrent dans la pièce. Une seconde, Abby crut qu'elle allait revivre son pire cauchemar, mais le silence fut aussitôt rompu par les exclamations de ses amies et elle fut entourée de toutes parts. Du coin de l'œil, elle vit que la mère de Patty embrassait la sienne avec affection.

— Abby, Abby ! s'écria Marie, une de ses plus proches amies d'enfance, en l'étreignant. Où étais-tu passée ?

— Tu as une mine superbe !

— Tu n'as pas changé du tout !

— Oh ! Tu nous as manqué aux réunions d'anciens élèves.

— Ça fait tellement plaisir de te voir !

Questions et commentaires se succédaient sans répit. Abby avait à peine le temps de répondre qu'on lui en adressait de nouveaux.

— Du calme, les filles ! ordonna Patty en levant les mains pour attirer leur attention. Laissez Abby respirer, tout de même !

Ses amies s'écartèrent en riant, permettant à Abby et à sa mère de trouver leur place.

— Asseyons-nous toutes, suggéra Patty.

— Patty a toujours été du genre à prendre les choses en main, rappela Suzy, en passant un bras autour de la taille d'Abby.

— Tu veux dire qu'elle aime commander ! rectifia Marie en riant. Mais on ne voudrait la changer pour rien au monde.

— On l'adore telle qu'elle est, ajouta Amy. Sans Patty, nous n'aurions jamais su que tu étais en ville. Hé, Patty, tu te souviens du jour où on s'est faufilées dans le vestiaire des garçons, toi et moi ?

Aucune de leurs amies ne risquait d'oublier leur mésaventure. Quand l'entraîneur adjoint était sorti de la douche sans crier gare, les filles atterrées avaient poussé des hurlements avant de prendre leurs jambes à leur cou. Ce souvenir déclencha aussitôt l'hilarité générale.

On indiqua à Abby une place au milieu de la tablée et sa mère s'assit entre elle et la mère de Patty.

— Qu'est-ce qui vous amène en ville ? demanda Laurie.

— Nous sommes venues pour le mariage de mon frère, expliqua Abby.

— Roger se marie ? s'exclama Allison, une main sur son cœur. J'étais trop amoureuse de lui au lycée !

Abby sourit. Toutes ses amies s'étaient pâmées devant Roger, qu'elles trouvaient irrésistible.

— Il est aussi beau qu'avant ? demanda Suzy, en poussant un soupir enamouré.

— Encore plus, affirma la mère d'Abby. Il épouse Victoria Templeton.

— Je connais sa famille, déclara Amy. Ce sont des gens très bien.

— Elle a de la chance, Victoria, marmonna Marie.

— Ne parlons plus de Roger, voulez-vous ? s'écria Allison, assise en face d'Abby. Nous sommes toutes mariées et Roger va l'être, donc c'est une cause perdue ! C'est Abby qui m'intéresse.

Marie mit les coudes sur la table.

— Oui, et tu devrais avoir honte, Abby Kincaid. Tu n'as pas assisté à une seule de nos réunions d'anciens élèves. Et je te rappelle que tu étais la présidente de notre classe.

— C'est vrai… commença Abby, avant d'être interrompue.

— Parle-nous de toi, lança Suzy en se penchant vers elle. Dis-nous les nouvelles. Es-tu mariée ? As-tu des enfants ? J'ai des jumeaux, tu sais ? Et je viens d'apprendre que je suis de nouveau enceinte !

Les félicitations fusèrent autour de la table.

— Arrête de parler de toi, Suzy, plaisanta Patty. C'est Abby qu'on veut entendre.

Une fois de plus celle-ci fut bombardée de questions, aussi Patty intervint.

— Chacune à son tour, d'accord ? Marie, tu commences.

Pendant une heure entière, elles ne jetèrent même pas un coup d'œil au menu. Goldie, qui servait toute seule, leur apporta des chips accompagnées de sodas glacés, exactement comme elles les adoraient autrefois.

— Je viens de commencer un régime, se lamenta Suzy. Mon troisième cette semaine.

— Mets-toi au régime demain, conseilla Marie en prenant une chips. D'ailleurs, c'est du soda light, n'est-ce pas, Goldie ?

— Je n'oserais pas vous servir autre chose, répondit cette dernière en faisant le tour de la table pour remplir les verres.

— Bon, d'accord, une chips, soupira Suzy. Mais une seule.

Abby se mit à rire. D'aussi loin qu'elle s'en souvienne, Suzy avait toujours suivi un régime. Elles avaient coutume de faire du jogging ensemble et, une fois, elles s'étaient même inscrites dans l'équipe de cross-country du lycée. Mais cela n'avait duré qu'un an.

— C'est encore le régime au yaourt ? plaisanta-t-elle, se souvenant de celui que Suzy avait entrepris juste avant la cérémonie de remise des diplômes.

Elle avait mangé du yaourt trois fois par jour pendant une semaine et pris cinq cents grammes.

— Tu sais, je me suis inscrite à Weight Watchers si souvent que, la dernière fois, j'ai utilisé un pseudonyme.

Toutes éclatèrent de rire.

Suzy tendit la main vers une chips et l'enfourna.

— Je vais prendre une salade.

— Souviens-toi que tu manges pour deux ou trois, la taquina Abby, suscitant de nouveaux rires.

— Une salade du chef, avec sauce à part, nota Goldie, secouant la tête d'un air amusé.

La conversation ne tarit pas durant tout le déjeuner. Quand Abby baissa les yeux sur sa montre, elle fut stupéfaite de constater que deux heures s'étaient écoulées. Elle avait commandé une salade, comme Suzy, mais avait à peine eu le temps d'en grignoter une bouchée. C'était un tel bonheur de revoir ses vieilles camarades. Elles riaient, plaisantaient, évoquaient leurs souvenirs, se tenaient au courant des changements intervenus dans leur vie.

Abby était la seule à ne pas être mariée et à ne pas avoir d'enfants.

Assise là avec ses amies, elle fut soudain frappée par l'idée que toutes étaient allées de l'avant. Qu'elle était la seule à être coincée dans le passé… L'éternel avant et après de la mort d'Angela. Cette prise de conscience en amena une autre. Les bavardages continuaient autour d'elle, ses amies étaient sincèrement heureuses de la voir. Elle se rendit compte subitement qu'elle avait attendu qu'on la punisse. C'était ce qu'elle redoutait ; ce pourquoi elle avait retenu son souffle. Seulement, cela ne s'était pas produit. Elle avait passé les quinze dernières années de sa vie à se punir elle-même.

— Je voudrais m'excuser auprès de vous, dit-elle, marquant une pause pour s'éclaircir la voix.

Tous les regards convergèrent vers elle tandis qu'un silence assourdissant tombait sur la salle.

— Je comprends à présent que j'ai été froide et impolie envers vous toutes après… après l'accident, reprit-elle. Chacune de vous m'a contactée et je… je me sentais si malheureuse, si coupable, que je n'avais pas la force de penser à autre chose qu'à mon propre chagrin. Vous ne pouvez pas savoir à quel point je suis heureuse de vous revoir aujourd'hui.

Des larmes lui montèrent aux yeux, qu'elle se hâta d'essuyer.

— Merci d'avoir été mes amies alors que j'étais incapable d'être une amie pour moi-même.

— Oh ! Abby…

— Nous t'aimons, affirma Patty en se penchant vers elle pour lui presser la main doucement. Tout le monde sait combien ç'a été dur pour toi après l'accident. Le cœur guérit à son propre rythme. Nous sommes heureuses de t'avoir retrouvée, c'est tout.

— Je te pardonne, ajouta Marie, à condition que tu promettes d'assister à notre prochaine réunion d'anciens élèves.

— C'est promis, répondit Abby sans hésiter.

— Et à condition que tu ne parles plus jamais de ce fichu régime au yaourt ! renchérit Suzy.

Toutes s'esclaffèrent, et leurs rires firent à Abby l'effet d'un baume bienfaisant. Toutes parlaient à la fois, exprimant leur compréhension, désireuses de renouer leur amitié.

La mère d'Abby tendit la main vers elle et noua ses doigts aux siens en un geste de soutien silencieux.

Abby regarda ses amies.

— J'avais une peur bleue de revenir à Cedar Cove pour le mariage, mais je suis tellement contente de l'avoir fait. C'est fantastique de revoir tout le monde.

— Si nous organisions une soirée bébé pour Suzy ? suggéra Allison. Tu reviendrais à Cedar Cove pour l'événement, n'est-ce pas ?

Abby se mit à rire.

— Ce serait plus facile si tout le monde venait jusqu'à moi, plaisanta-t-elle.

— Très drôle, lança Suzy en retour, avant de redevenir sérieuse. Quelqu'un veut encore des chips ?

Une fois de plus, les rires fusèrent autour de la table.

— Écoutez, reprit Abby, rassemblant son courage. Avant que tout le monde s'en aille, je voudrais vous poser une question.

Patty se fit de nouveau la porte-parole du groupe.

— Bien sûr. Vas-y.

— Vous… vous voyez la famille d'Angela de temps en temps ?

Il y eut un bref silence.

— Ses parents habitent toujours ici, répondit Laurie, la plus calme du groupe.

— Et je crois que son frère vit dans la région de Spokane, compléta Amy.

— Comment vont ses parents ? insista Abby.

Ils étaient si amers, si furieux, la dernière fois qu'elle avait tenté de leur parler, surtout la mère d'Angela.

— Ça va plus ou moins, je pense, intervint Patty. Charlene s'arrête à la pharmacie de temps à autre, mais nous n'avons pas grand-chose à nous dire.

— Les White ne fréquentent plus grand monde.

— Mike White jouait au golf, se souvint la mère de Patty.

— Oui, confirma la mère d'Abby. Tom et Mike jouaient souvent ensemble. Malheureusement, tout a changé après…

Elle n'acheva pas sa phrase. Abby n'en avait pas besoin pour comprendre ce qu'elle avait voulu dire. Après l'accident… les relations s'étaient tendues au point que les deux familles avaient cessé tout contact et ne se parlaient plus.

— Les as-tu revus ? lui demanda Amy.

Abby secoua la tête.

— J'ai essayé plusieurs fois au début, mais ils ne voulaient pas.

— Tu devrais essayer de nouveau, conseilla la mère de Patty. Je sais que ce sera très dur pour toi, mais…

— … peut-être te sentirais-tu mieux après ? acheva Linda. Tu ne peux rien faire de plus ; mais au moins tu auras la satisfaction de savoir que tu leur as tendu la main.

— Fie-toi à ton propre jugement, conseilla Amy, avec la douceur qui la caractérisait déjà au lycée.

Elles réglèrent l'addition et se préparèrent à partir. Abby étreignit ses amies l'une après l'autre. Enfin, il ne resta que Patty et leurs mères.

Patty et Abby s'embrassèrent avec affection.

— Merci, murmura Abby à l'oreille de son amie en la serrant dans ses bras. Tu ne peux pas savoir à quel point ce moment compte pour moi.

Ces retrouvailles lui avaient ouvert les yeux. Elle avait retrouvé le chemin de la vie. De l'espoir.

— Je t'en prie, je l'ai fait avec plaisir.

Linda embrassa Patty à son tour.

— Je suis désolée que la plupart des autres mères n'aient pas pu venir. Je n'ai pas eu beaucoup de temps pour tout organiser.

— C'était fantastique, assura la mère d'Abby.

Elles quittèrent le Pancake Palace ensemble. Abby avait l'impression d'être sur un nuage ; ce retour à Cedar Cove lui apportait infiniment plus qu'elle ne s'y était attendue. Cela dépassait même ses plus folles espérances.

Elles prirent congé de Patty et de sa mère au parking. Abby monta dans sa voiture de location, démarra et alluma le chauffage. Une bouffée d'air chaud se répandit aussitôt dans l'habitacle.

Sa mère se glissa sur le siège passager et boucla sa ceinture, puis se retourna vers elle.

— Tu vas le faire ?

Elle n'avait nul besoin de développer. Elle voulait savoir si Abby irait voir les parents d'Angela.

Abby hésita.

— Je ne te l'ai pas dit, mais ce matin, je suis allée au cimetière, sur la tombe d'Angela.

— Oh ! Ma chérie, ça a dû être si difficile pour toi…

— Je m'attendais à ce que ça le soit, mais en réalité, ça s'est bien passé, au contraire.

— Et… concernant ses parents ?

La question de Linda demeura en suspens.

— Je sais que ça paraît bizarre, mais quand j'étais au cimetière, j'ai eu le sentiment qu'Angela me demandait d'aller les voir.

— Oh ! Abby…

— Depuis, je n'arrête pas d'y penser. Avant, je ne m'en sentais pas capable.

— Et maintenant ?

— Maintenant, je pense que je devrais le faire. Si les White refusent de me recevoir, très bien, mais j'ai le sentiment qu'Angela aurait voulu que j'essaie.

— Vous avez toujours été si proches, toutes les deux, murmura sa mère. Je suis sûre qu'elle voudrait que tu voies ses parents.

— Tu crois que je devrais ?

Linda hésita un instant, puis hocha la tête.

— Dans ce cas, j'irai.

Elle se tourna vers sa mère et vit des larmes briller dans ses yeux.

— Je suis fière de toi, Abby.

— Oh ! Maman…

— Je parle sérieusement. Tu as porté un lourd fardeau… un fardeau que tu n'aurais jamais dû porter.

— Il est temps que je leur parle, affirma Abby.

Pour la première fois depuis la mort d'Angela, elle se sentait prête à se libérer du manteau de culpabilité qui l'enserrait.

— Veux-tu que je vienne avec toi ?

Abby secoua la tête.

— Non, merci. C'est quelque chose que je dois faire toute seule.

Sur quoi elle fit de son mieux pour offrir à sa mère un sourire rassurant.

29

Josh était assis dans le salon, la Bible ouverte sur ses genoux. Il tournait les pages avec respect, lisant les notes écrites en marge, réconforté par l'idée que sa mère semblait s'être réconciliée avec son Dieu et ne pas avoir redouté la mort.

Après avoir haï Richard durant toutes ces années, il était bouleversé de se rendre compte que son beau-père était capable de générosité.

Un grognement bourru s'éleva derrière sa porte close.

— Richard est réveillé, annonça Michelle, en se dirigeant vers la chambre.

Josh la rejoignit. Richard s'était tourné sur le côté et avait pris appui sur un coude. Comprenant qu'il voulait s'asseoir, Michelle et Josh se hâtèrent vers lui.

— Que faites-vous, monsieur Lambert ? gronda Michelle doucement. Vous auriez dû nous appeler.

— Je te croyais parti, murmura Richard à l'intention de Josh.

Sa voix n'était qu'un souffle rauque tant il avait de difficulté à respirer. Les efforts qu'il avait accomplis pour se redresser l'avaient épuisé.

— Chaque chose en son temps, répondit Josh d'une voix sourde, cherchant des paroles appropriées pour le remercier. Je lisais la Bible de ma mère. Je te suis reconnaissant de me l'avoir donnée. Merci.

Il l'aida à s'adosser aux oreillers, puis s'assit au bord du lit, remontant les couvertures jusqu'au menton de Richard.

Ce dernier le fixa.

— Teresa la lisait chaque jour. Elle a fait de moi un homme meilleur… sans elle… Je n'ai pas su m'occuper de toi, ni de Dylan non plus.

Des larmes roulèrent sur les joues du vieil homme.

— Je l'aimais… après sa mort, tout est allé de travers. (Les yeux de Richard étaient vagues et larmoyants. Il avait du mal à les garder ouverts.) Il y a… d'autres choses.

Sa voix s'étrangla, comme si parler était douloureux et consommait le peu de forces qu'il lui restait. Il sortit un bras de sous les couvertures et agrippa le poignet de Josh, si faiblement que celui-ci sentit à peine son étreinte.

— D'autres choses ?

— Garage.

— Tu me le diras plus tard, conseilla Josh, voyant combien l'effort lui coûtait. Quand tu te seras reposé.

— Pas le temps.

— D'accord.

Josh se pencha vers lui pour mieux l'écouter.

— Garage.

— Il y a des choses dans le garage ?

Richard hocha imperceptiblement la tête.

— Des cartons.

— Des cartons, répéta Josh, pour confirmer qu'il avait bien compris.

De nouveau, le vieillard acquiesça, et pointa un doigt vers le plafond.

— Il veut que tu attendes un peu, expliqua Michelle. Il peut à peine parler.

Le regard de Richard chercha celui de Josh et il secoua la tête, pointant de nouveau le doigt vers le plafond.

Josh jeta un coup d'œil à Michelle, assise de l'autre côté du lit. Elle tenait la main de Richard, la tapotant doucement comme pour l'encourager.

— Au fond… tout au fond.

— D'accord.

— Le nom de Teresa.

— Il est sur les cartons ?

Richard ferma les yeux, visiblement à bout de forces. Il se laissa retomber contre l'oreiller.

— Il faut qu'il se repose, chuchota Michelle.

Josh se leva lentement et recula.

Michelle le dévisageait.

— Tu veux aller voir ?

Il acquiesça, le regard rivé sur Richard. Le vieil homme semblait paisible. Au bout d'un moment, Josh pivota et suivit Michelle dans le couloir, refermant doucement la porte derrière lui.

— Merci pour tout, murmura-t-il, la main encore sur la poignée.

C'était grâce à elle qu'il avait obtenu la Bible de sa mère. Et il allait sans dire que Richard n'aurait pas mentionné les cartons sans son influence.

Sans elle il serait reparti au bout de vingt-quatre heures, les mains vides. Il tenait à lui faire comprendre combien elle l'avait aidé. Il se sentait d'autant plus coupable de lui avoir donné à croire qu'une relation était possible entre eux.

Elle se contenta de hausser les épaules et avait déjà franchi le seuil quand Josh la rattrapa. Elle fit quelques pas sur l'allée verglacée pour gagner la porte du garage, l'ouvrit et alluma la lumière.

Josh reconnut la vieille voiture de Richard. Deux outils solitaires traînaient sur l'établi en bois : un marteau et un tournevis.

Enfants, Josh et Dylan se réfugiaient souvent dans le garage lorsqu'ils voulaient parler sans crainte d'être entendus de leurs parents ; ils partageaient là maints secrets et projets. Le panier de basket demeurait fixé sur la façade, mais le filet avait disparu. Sans doute avait-il été enlevé voilà bien longtemps. À moins qu'il n'ait été rongé par les intempéries.

— Par ici, lança Michelle en s'avançant jusqu'au fond, avant de se retourner brusquement vers lui, l'air déçu. Il n'y a rien.

En effet, hormis un râteau et une pelle accrochés au mur près d'un escabeau, le garage était pratiquement vide, contrairement à l'époque où Josh vivait là. Richard avait dû se débarrasser de tout ce qui n'était pas indispensable.

Josh promena un regard autour de lui.

— Au-dessus, dit-il enfin. Il y a une sorte de grenier.

Il leva la tête vers le plafond.

— Je crois que c'est ce qu'il essayait de nous dire en levant le doigt. Qu'il fallait regarder vers le haut.

Il alla chercher l'escabeau et le plaça sous l'ouverture. Michelle se posta en bas et mit les mains sur les montants alors qu'il commençait à grimper.

— Fais attention.

Lorsqu'il atteignit le dernier barreau, Josh souleva la trappe et la poussa de côté.

— Tiens, lança Michelle.

Il baissa les yeux et vit qu'elle avait déniché une torche électrique. En braquant le faisceau sur l'espace obscur devant lui, Josh distingua une série de cartons empilés les uns sur les autres. Il attrapa celui du dessus et lut « Décorations de Noël » écrit en grosses lettres au feutre noir. Il l'écarta et en prit un second. L'inscription « Noël » figurait aussi sur le dessus. En fait, tous semblaient consacrés à Noël.

— Regarde dedans, conseilla Michelle.

— D'accord.

Le premier se révéla être plein d'ornements.

— Rien.

— Essaie un autre.

Josh s'exécuta et fut récompensé. Le carton abritait une boîte plus petite sur laquelle figurait le nom de sa mère, rédigé de la même main que les autres inscriptions. Tout excité, Josh recula vers l'ouverture.

— Passe-la-moi, suggéra Michelle en levant les mains pour l'attraper.

Josh la lui confia avec précaution.

— C'est bon. Je la tiens.

Il reprit ses recherches et trouva deux autres boîtes, portant toutes le nom de sa mère, glissées à l'intérieur d'un carton marqué « Noël ». Si Michelle ne lui avait pas suggéré de regarder dedans, il les aurait complètement ratées.

— Rentrons à la maison.

Un froid glacial régnait dans le garage, aussi Josh ne se fit pas prier. Il remit la trappe en place, redescendit, puis rangea l'échelle. Ensuite, il ramassa deux des boîtes, tandis que Michelle se chargeait de la troisième. Une fois rentrés, ils les déposèrent sur la table de la cuisine.

La première contenait des objets dont Josh se souvenait à peine et qu'il n'aurait jamais espéré revoir, à commencer par le petit album bleu que sa mère avait commencé pour lui quand il était né. L'ouvrant avec soin, il découvrit l'annonce de sa naissance dans le journal local, ainsi qu'un exemplaire du faire-part que ses parents avaient envoyé à leurs parents et amis. L'écriture penchée et tarabiscotée de sa mère provoqua en lui une soudaine bouffée d'émotion.

Il tourna la page et vit une photo de lui nouveau-né, le visage rouge et tout plissé, un minuscule nœud bleu dans les cheveux. Il n'avait certainement pas gagné le concours du plus beau bébé.

— Tu étais déjà un don juan en ce temps-là, le taquina Michelle.

— C'est ça, moque-toi.

Il referma l'album, se promettant de le feuilleter plus tard. Ensuite, il sortit un petit paquet qui contenait une combinaison de bébé bleue.

— Je parie que c'est ce que tu portais quand tu es sorti de la maternité. Ma mère a gardé la mienne aussi.

En plongeant la main au fond de la boîte, Josh trouva un carnet vert tilleul – la couleur favorite de sa mère.

— Qu'est-ce que c'est ?

— Le journal de ma mère. Elle en a toujours tenu un.

La deuxième boîte abritait tout autant de richesses, à commencer par un livre de recettes qui avait appartenu à la mère de son père et une série de lettres que ses parents avaient échangées avant leur mariage.

— Oh ! Josh, c'est fantastique, soupira Michelle.

Ça l'était, en effet. Il ne saisissait pas encore tout à fait l'ampleur de sa découverte, mais il pressentait que ces trois boîtes recelaient tout un pan de son passé qu'il n'aurait jamais cru retrouver.

Tout à coup, l'acte de vandalisme de Richard sur son blouson d'école lui paraissait insignifiant. Il avait été en colère parce qu'il l'avait payé avec ses propres économies et qu'il avait travaillé dur pour se l'offrir. Mais, à la vérité, ce blouson n'avait guère d'importance à ses yeux. Bien moins que tout cela.

Ces boîtes contenaient les trésors de son passé. Il allait sans dire que Richard les lui avait délibérément cachées. Après la mort de son beau-père, la maison aurait été vendue et tout serait revenu à une association caritative. Personne ne se serait posé de questions sur ces cartons marqués « Noël ». Personne n'aurait pensé à regarder à l'intérieur avant de les donner. N'importe qui aurait mis ces objets au rebut, mais ils étaient infiniment précieux à ses yeux.

— Richard avait caché ces boîtes pour que tu ne les trouves pas, murmura Michelle, visiblement attristée par cette pensée.

Commençait-elle à comprendre jusqu'où était allée l'hostilité de Richard envers lui ?

Il garda le silence.

Michelle posa une main sur son bras.

— Tu m'as remerciée tout à l'heure, mais c'est moi qui devrais te remercier.

— Je ne vois pas pourquoi, fit-il doucement en rangeant le journal de sa mère dans la boîte.

Tant de sentiments contradictoires l'habitaient qu'il avait l'impression d'être sur des montagnes russes – avec Richard et avec Michelle aussi. Des années durant, il s'était appliqué à ignorer ses émotions, à les enfouir au fond de lui-même au lieu de s'y confronter. Et voilà qu'elles semblaient se dresser devant lui. Il opta pour la conduite la moins dérangeante à ses yeux.

Il feignit l'indifférence.

30

Neal remplit les papiers nécessaires à l'adoption et m'en donna un exemplaire. Je lui tendis ma carte bancaire, impatiente de ramener Rover à la maison. Cependant, en parcourant rapidement le dossier que m'avait remis le bénévole, je me rendis compte que j'avais négligé un point crucial : je n'avais rien à la maison pour héberger un chien. Pas de laisse, pas de panier, pas de nourriture appropriée, rien du tout. À vrai dire, je ne savais même pas vraiment de quoi j'avais besoin. Cependant, j'étais sûre qu'on pourrait me renseigner à l'animalerie du quartier.

— Puis-je laisser Rover ici une heure ou deux ? demandai-je en jetant un coup d'œil à ma montre.

J'avais largement le temps de faire un saut au magasin et de revenir avant la fermeture du refuge.

Neal ouvrit des yeux ronds.

— Je pensais que vous aviez hâte de l'emmener.

— Oui, bien sûr, mais il faut que j'aille faire des courses. Je n'ai ni laisse ni rien.

— Je vois. Eh bien, je vais le remettre dans sa cage en attendant. Souvenez-vous seulement que nous fermons à seize heures le samedi.

— Oh ! Je serai de retour bien avant, promis-je.

Dès que je fis mine de partir, Rover, installé dans une panière, lâcha un long hurlement sourd qui me fit tressaillir.

— Ce n'est rien, bonhomme, je reviens tout de suite, dis-je avec toute l'assurance dont j'étais capable.

— Je ne l'ai jamais entendu faire un bruit pareil, commenta Neal, visiblement désarçonné.

Je me tournai de nouveau pour partir et Rover hurla derechef, comme en proie à une douleur insoutenable. Cette fois il ne s'en tint pas à un seul hurlement, mais sa plainte lugubre se poursuivit, pitoyable. On l'aurait cru terrassé par un chagrin immense.

Plusieurs personnes assises dans la salle d'attente levèrent les yeux. La directrice, qui s'occupait d'un couple, se tourna vers Neal.

— Que se passe-t-il ? demanda-t-elle d'un ton soucieux.

Neal s'expliqua tant bien que mal.

— Le chien ne veut pas que cette dame parte sans lui.

— Rover a été adopté ? s'écria-t-elle, à la fois surprise et contente.

— Oui…

— Dans ce cas, elle devrait l'emmener.

— Oui, acquiesça Neal.

Je ne savais que faire.

— Il ne comprend pas que vous allez revenir, expliqua Neal d'une voix forte pour se faire entendre par-dessus les geignements du chien.

— Oh !

— Écoutez, reprit Neal en baissant la voix. Je vous prête cette cage si vous me promettez de la rapporter cet après-midi. Comme ça, vous pouvez le prendre avec vous.

— Dans ce cas, pas de problème.

Du moins, c'est ce que j'espérais. Ma seule inquiétude était de devoir laisser Rover dans la voiture le temps de faire mes courses. Enfin, le propriétaire d'une animalerie ne verrait sûrement pas d'inconvénient à ce que je fasse entrer un chien.

Je me baissai pour être à la hauteur de Rover. Il leva sa patte contre les barreaux et aboya une fois, comme pour obtenir mon attention. Lentement il abaissa sa patte et posa sur moi des yeux sombres et tristes qui semblaient me supplier de ne pas l'abandonner.

— Ne t'inquiète pas, murmurai-je, me sentant ridicule.

Neal souleva la cage.

— Je vous raccompagne.

Je me redressai, et, mes clés de voiture à la main, le précédai jusqu'au parking.

— Ce genre de comportement est-il courant ? demandai-je, encore intriguée.

Il devait avoir affaire à des centaines de chiens abandonnés ou maltraités.

— Non, répondit-il sans hésiter. Je n'ai jamais rien vu de pareil. Marnie, la directrice, et moi, nous redoutions de ne jamais pouvoir faire adopter Rover. Chaque fois que nous avons essayé, son comportement a tout gâché. Je ne sais pas comment l'expliquer. Ce n'est pas possible, évidemment, mais c'est presque comme s'il vous attendait et qu'il avait rejeté tous les autres exprès.

C'était étrange. J'espérais que Rover se montrerait plus docile à présent qu'il avait un foyer, sinon cela risquait de présenter un problème sérieux avec les clients de la maison d'hôtes. Pour autant, je ne regrettais pas le moins du monde ma décision.

— Cela vous ennuierait que je passe chez vous d'ici une semaine ou deux pour voir comment Rover s'habitue ? demanda Neal en déposant la cage sur la banquette arrière.

— Non, pas du tout.

— Je dois avouer que je suis curieux.

À dire vrai, moi aussi, je me demandais comment Rover et moi allions nous adapter l'un à l'autre. Paul adorait les chiens. Lorsqu'il s'était engagé dans l'armée, il espérait travailler au sein de la brigade canine. Finalement, après sa formation initiale, il était devenu Ranger.

Dès que Rover comprit qu'il n'allait pas être abandonné, il s'allongea et ferma les yeux. Je pris congé de Neal et démarrai. Avant de sortir du parking, je me retournai pour jeter un coup d'œil au chien.

— C'est Paul qui t'envoie ? répétai-je dans un souffle.

Rover leva la tête et l'inclina d'un air interrogateur.

— Peu importe. J'ai la nette impression que oui.

En m'éloignant du refuge, j'avais la certitude qu'une fois de plus, Paul était intervenu dans ma vie. Il avait mis sur ma route un petit compagnon, et nous nous aiderions l'un l'autre.

Ma visite à l'animalerie fut plus laborieuse que je ne l'avais escompté. Le temps de faire l'acquisition de tous les objets nécessaires, une heure s'était écoulée, aussi me hâtai-je de retourner au refuge rendre la cage que j'avais empruntée. Rover était passé de l'une à l'autre sans broncher.

Quand j'arrivai, Neal n'était plus là. Par conséquent, je ne m'attardai pas. Quand je regagnai la voiture, Rover leva les yeux et, voyant que c'était moi, reposa immédiatement la tête sur ses pattes.

Je pris directement le chemin de la maison. Certes, ni l'un ni l'autre de mes hôtes n'étaient censés revenir dans l'après-midi, mais l'expérience m'avait appris que rien n'est jamais sûr dans la vie, et je voulais être prête au cas où, se trouvant désœuvrés, ils changent d'avis et rentrent plus tôt que prévu.

À mon grand soulagement, aucune voiture n'était garée sur le parking des visiteurs. Je fis descendre Rover, le sortis de sa cage et lui mis une laisse. La femme de l'animalerie m'avait prévenue qu'il serait désireux de marquer son territoire.

— Va faire un petit tour, suggérai-je.

Il frissonna et me regarda d'un air sceptique.

— Allez, vas-y ! dis-je en indiquant le jardin.

J'avais hâte d'être au chaud.

Il tourna la tête, visiblement peu convaincu.

— Allez ! Va… faire tes besoins, ajoutai-je, avec un autre geste.

Au bout d'un moment, il s'approcha d'un arbuste et leva la patte arrière. Puis, comme s'il savait exactement où aller, il trotta vers la maison et s'arrêta devant les marches.

— Bon, très bien, dis-je en souriant.

J'ouvris la porte et m'effaçai pour le laisser passer.

— Tiens. Tu peux visiter.

Je défis la laisse, m'attendant à le voir partir en reconnaissance. À ma grande surprise, il s'assit sur ses pattes arrière et me regarda.

— Quoi ?

Décidément, ce chien était déconcertant. Il continuait à me fixer, l'air d'attendre quelque chose.

— Bon, si tu veux rester ici, je t'en prie. J'ai des choses à faire.

Je retournai à la voiture chercher les deux sacs de l'animalerie, et commençai à faire de la place dans l'office pour les croquettes et diverses boîtes d'aliments.

J'étais en plein rangement quand je fus interrompue par la sonnette. Rover se mit aussitôt à aboyer férocement et se rua si vite dans l'entrée qu'il faillit déraper sur le parquet ciré.

Priant pour qu'il ne se montre pas agressif avec les visiteurs, je pris une profonde inspiration et entrebâillai la porte. Je fus stupéfaite de reconnaître Grace Harding sur le seuil.

— Grace ! Quelle bonne surprise ! Entrez.

J'ouvris plus grand, puis constatai que Rover lui barrait le chemin, l'accueillant d'un grognement sourd.

— Rover, grondai-je, c'est une amie.

À mon grand soulagement, il s'apaisa immédiatement et s'assit.

— Excusez-moi d'être venue sans prévenir, répondit Grace, mais Neal m'a téléphoné. Il m'a appris que vous aviez adopté Rover, et je m'inquiétais.

— Ah bon ? Pourquoi ?

Je me redressai et la précédai dans la cuisine où je mis immédiatement de l'eau à chauffer. J'espérais que Grace resterait assez longtemps pour boire un thé avec moi.

Rover se roula en boule sur le tapis, et me regarda faire.

— Disons que Rover… est un chien perturbé.

— Vraiment ?

Je dissimulai mon sourire. Ce que Grace et Neal ignoraient, c'était qu'un lien s'était déjà formé entre ce chien et moi. J'étais sûre que nous nous comprenions.

— Eh bien, je dois dire qu'il a l'air parfaitement serein, observa-t-elle, visiblement étonnée. D'après Neal, il a eu une réaction très inhabituelle en vous voyant.

Elle se tut, comme si elle attendait que je m'explique ; seulement je ne savais pas quoi lui dire. Nous nous connaissions à peine, aussi me voyais-je mal lui révéler que je me relevais tout juste d'un profond deuil et que ce petit chien avait senti ma tristesse. Il était impossible de savoir exactement ce qu'il s'était passé au cours de la vie de Rover, mais apparemment, les choses n'avaient pas été faciles pour lui non plus.

Je me souvins d'avoir lu autrefois l'histoire d'un ouvrier du bâtiment qui avait perdu un bras à la suite d'un accident sur un chantier. Un ami lui avait conseillé d'adopter un chien et il s'était rendu au refuge pour en choisir un. Mais c'est l'inverse qui s'était produit : un chien l'avait choisi. Je savais avec certitude qu'il s'était passé la même chose pour Rover et moi.

— On dirait que vous vous habituez déjà l'un à l'autre, poursuivit Grace.

— En effet, affirmai-je.

Grace fronça les sourcils.

— Il n'a… enfin, vous ne l'avez que depuis peu.

— Qu'alliez-vous dire ?

— Ce n'est pas grave.

— Non, dites-le-moi, insistai-je.

Sur le fourneau, la bouilloire se mit à siffler. Je la retirai, versai l'eau dans la théière et sortis deux tasses.

— Une autre fois, peut-être, dit Grace. Je ne peux pas rester longtemps. Cliff m'attend à la maison et je lui ai dit que je ne resterais que quelques minutes.

— Vous allez bien prendre un thé ?

Elle hésita.

— C'est tentant, je l'avoue.

— Je suis sûre que vous avez le temps.

Elle déboutonna son manteau et le posa sur le dossier d'une chaise, puis s'assit sur un des tabourets devant le plan de travail.

Après avoir servi le thé, je fis le tour de l'îlot pour m'installer en face d'elle.

— Il y a quelques semaines, deux hommes sont venus au refuge, raconta Grace. Ils ont demandé à voir les chiens adoptables. J'ai tout de suite eu des doutes à leur sujet – quelque chose me turlupinait. Ils se sont attardés un peu et sont allés à l'endroit où nous promenons les chiens. Un bénévole était justement en train de sortir Rover, et celui-ci est devenu comme fou quand il les a vus. Il s'est mis à aboyer et à tirer de toutes ses forces sur sa laisse.

— Il les connaissait ?

Grace tendit la main vers sa tasse.

— Peut-être. Nous ne le saurons jamais. Une chose était sûre, il éprouvait la même chose que moi.

— Avez-vous découvert quoi que ce soit à propos de ces hommes ?

Grace secoua la tête.

— C'était seulement une intuition. S'ils avaient posé leur candidature pour adopter un des animaux, j'aurais trouvé un prétexte pour refuser. Ils me donnaient la chair de poule.

Je sirotai mon thé, songeant à l'intuition de Rover. Et à celle de Grace. Peut-être ces deux hommes tenaient-ils une usine à chiots ? Enfin, inutile de faire des suppositions. Ils n'avaient obtenu aucun chien.

— Si Rover en avait eu la possibilité, je crois qu'il leur aurait volontiers arraché un bout de jambe.

— Vous voulez dire que vous craignez qu'il morde ?

Grace baissa les yeux sur lui et acquiesça.

— Gardez-le à l'œil, d'accord ?

— Entendu.

— S'il y a le moindre problème, vous me le direz, n'est-ce pas ?

— Bien sûr, promis-je.

En mon for intérieur, je savais qu'il n'y aurait pas de problème avec Rover, si perturbé qu'il soit. Après tout, ce n'est pas tous les jours qu'on est adopté par un chien.

31

Le quartier d'Angela avait à peine changé, remarqua Abby en s'arrêtant devant la maison des White. La vaste demeure, avec ses fenêtres à volets et son grand garage pour trois voitures, lui était presque aussi familière que la maison de son enfance.

À une époque, Abby passait presque autant de temps chez Angela que chez elle. Elle couchait chez sa meilleure amie presque tous les vendredis. Souvent, elles restaient éveillées jusqu'à l'aube, à rire et à bavarder. Elles étaient si jeunes, si insouciantes. La plus importante des décisions était de savoir quel garçon les accompagnerait au bal de fin d'année. C'était il y a une éternité.

Les White n'avaient jamais surmonté la disparition d'Angela, Abby l'avait entendu dire maintes fois. Des parents peuvent-ils surmonter la mort d'un enfant ? Elle priait pour ne jamais devoir répondre elle-même à cette question.

Prenant une profonde inspiration, elle coupa le moteur à regret. Sa résolution faiblit alors qu'elle se dirigeait vers la maison, son sac serré contre sa poitrine. La haie qui longeait l'allée autrefois n'était plus là, constata-t-elle. Curieux que ce petit détail retienne son attention. À sa place, Charlene White avait créé une bordure de fleurs.

Un souvenir surgit à son esprit et elle sourit. L'incident s'était produit peu après qu'Angela avait reçu la bague de Brandon Edmond. Son amie était venue l'accueillir le bras caché dans son dos, dans l'intention de révéler le bijou d'un geste théâtral et de prendre Abby par surprise.

Somme toute, c'était Angela qui avait été la plus surprise des deux. La bague s'était envolée et avait atterri dans la haie. Elles passèrent des heures à la chercher, à quatre pattes dans l'allée. Par chance, elles finirent par la retrouver, mais pas avant d'avoir connu une bonne dose d'angoisse.

Abby s'immobilisa à mi-chemin de l'allée, submergée par l'émotion. Après toutes ces années, le rire d'Angela, son sens aigu de la repartie, sa joie de vivre lui manquaient encore.

— Je me demande vraiment si c'est une bonne idée, marmonna-t-elle dans un souffle, comme si Angela était debout à côté d'elle.

— *Just do it,* semblait lui dire celle-ci.

Génial, songea Abby à part elle, non seulement elle entendait des voix, mais on lui débitait des clichés. C'était vraiment ridicule.

Pourtant, elle ne put se détourner. C'était le moment ou jamais. Le mariage de son frère commençait dans trois heures et le lendemain matin, elle repartirait pour la Floride à l'aube. La soirée se terminerait tard, elle s'en irait de bonne heure pour prendre l'avion. Si elle devait affronter les parents d'Angela, c'était maintenant.

Avec une détermination renouvelée, Abby s'approcha de la porte d'entrée. Son seul espoir était que la famille d'Angela soit absente. Alors, elle s'en irait la conscience tranquille, avec l'impression d'avoir fait son devoir. Angela ne pourrait lui en vouloir. Et elle n'aurait plus l'occasion de revenir.

Retenant son souffle, elle appuya sur la sonnette. Son doigt tremblait sur le bouton blanc, léger, hésitant.

Presque aussitôt, des pas se firent entendre derrière le battant, anéantissant ses espoirs.

— J'arrive ! lança Michael White, le père d'Angela.

La porte s'ouvrit. M. White se figea à la vue d'Abby. Toute couleur sembla déserter son visage.

— Bonjour, monsieur White.

Visiblement sous le choc, il ne répondit pas.

— Qui est là ? demanda la mère d'Angela depuis la cuisine, avant de s'avancer à son tour.

Elle s'arrêta à côté de son mari, les yeux écarquillés.

— Comment oses-tu ! murmura-t-elle avec difficulté, comme si les mots étaient arrachés à sa gorge.

Abby chercha désespérément une excuse, une explication.

— Je suis en ville pour le mariage de mon frère, lâcha-t-elle, disant la première chose qui lui venait à l'esprit.

— Oh ! Oui, tes parents doivent être contents. Malheureusement, Mike et moi…

— Charlene, coupa son mari, avant de se pencher en avant pour ouvrir la moustiquaire. Entre, Abby.

— Mike, non…

Abby hésita, ne sachant que faire.

M. White se tourna vers sa femme.

— Le moment est venu, Char. Angela aurait voulu que nous accueillions son amie.

— Comment peux-tu dire une chose pareille ?

Son épouse se détourna et quitta la pièce.

Abby demeura pétrifiée, debout sur le seuil. Un vent glacial soufflait, fouettant ses cheveux et lui mordant les joues, comme pour la punir de son audace.

Calmement, ignorant la colère de sa femme, M. White lui tint la porte.

— Entre, Abby, il fait froid dehors.

D'un pas lourd de réticence, Abby s'exécuta.

— Merci, murmura-t-elle, tandis que la chaleur ambiante l'enveloppait.

Elle remarqua tout de suite que les White avaient changé la disposition des meubles dans le salon et acheté un canapé et des fauteuils neufs. Des photos, sans doute celles de leurs petits-enfants, étaient disposées sur les étagères des bibliothèques qui flanquaient la cheminée.

— Assieds-toi, je t'en prie, invita M. White en désignant le canapé. Il est temps que nous parlions – plus que temps.

— Oui, acquiesça Abby, la gorge nouée.

Elle garda son manteau et s'assit au bord du siège.

— Il faut excuser Charlene ; perdre Angela a été et reste très dur pour elle.

Abby replia ses mains sur ses genoux.

— Je suis allée pour la première fois sur la tombe d'Angela. Je sais que ça paraît incroyable, mais c'était comme si je l'entendais me parler, me dire de vous contacter, Mme White et vous.

Il eut un bref sourire.

— À vrai dire, j'ai eu moi-même quelques conversations avec ma fille. Toutes à sens unique, d'ailleurs. Je suis le seul à parler.

Abby ne s'étendit pas sur sa curieuse expérience au cimetière, de peur que M. White ne la croie devenue folle.

— Parle-moi de toi, reprit le père d'Angela. Es-tu mariée ? As-tu des enfants ?

— Je ne suis pas mariée…

— Ça viendra, affirma-t-il. Tu es bien trop jolie pour rester seule trop longtemps.

Gênée, Abby baissa les yeux sur ses mains crispées.

— Greg est marié. Il a deux enfants et vit à côté de Spokane.

Le frère d'Angela, de deux ans son aîné, était parti à l'université alors qu'elles entamaient leur année de première.

— Sarah a neuf ans et Andy sept, ajouta-t-il.

Abby jeta un nouveau coup d'œil aux photos encadrées des enfants. Ils souriaient à l'objectif, adorables et innocents. Angela aurait été une tante merveilleuse pour eux.

Jusqu'alors, elle avait soigneusement évité de regarder la photo d'Angela en toge noire, prise le jour de la remise des diplômes, bien en évidence au-dessus de la cheminée. Elle était si grande qu'elle remplissait presque tout l'espace. Angela n'avait jamais beaucoup aimé ce cliché et avait sans doute été horrifiée que sa mère ait choisi de l'exposer. À vrai dire, Abby était en accord avec Mme White sur ce point. Angela semblait… parfaite. Sur le manteau de la cheminée étaient alignées une douzaine de bougies de tailles diverses, comme pour créer un sanctuaire à sa mémoire.

Mme White réapparut, les poings serrés le long du corps.

— Tu as du toupet de venir ici comme ça !

— Charlene, je t'en prie, plaida son mari. Tu sais que c'est difficile pour Abby.

— Je l'espère bien.

Elle toisa Abby d'un regard foudroyant et accusateur.

— Assieds-toi, ma chérie, insista M. White.

Elle parut sur le point de refuser, mais la douceur de son mari l'emporta, et elle prit le fauteuil voisin du sien.

— Tu veux nous dire quelque chose ? demanda-t-elle à Abby.

— Oui, bien sûr.

Le nœud dans la gorge d'Abby lui semblait avoir pris des proportions gigantesques.

— D'abord, je voulais vous dire combien je suis désolée…

— Désolée. Tu es venue dire que tu es désolée ? Il est bien trop tard pour ça.

— Charlene, intervint son mari d'un ton conciliant, laisse-la terminer.

— Si Angela avait conduit ce soir-là, c'est toi qui aurais été tuée, continua celle-ci sans prêter attention à lui.

— J'aurais préféré que ce soit Angela qui conduise. Je préférerais de loin être morte à sa place.

Ce n'était pas une pensée soudaine. Les « si » tourmentaient Abby depuis des années, et ne semblaient pas devoir la laisser en paix.

Si seulement elles ne s'étaient pas attardées au centre commercial.

Si elles n'étaient pas allées dîner après avoir fait leurs courses ; si elles n'avaient pas pris leur temps.

Si elle avait fait plus attention à la route au lieu de chanter.

Alors Angela serait peut-être encore en vie.

Assise très droite, Charlene évitait de la regarder, comme si la voir était un rappel douloureux du fait que sa propre fille était enterrée dans un cimetière à quelques minutes de là.

— Ce soir-là, la vie d'Angela s'est terminée et la mienne a changé pour toujours.

La voix d'Abby se brisa et elle déglutit avec peine pour refouler l'émotion qui menaçait de la submerger.

— Je conduisais la voiture qui a tué ma meilleure amie. Ce n'est pas quelque chose qu'on peut oublier…

— Ou pardonner, coupa Mme White.

— J'imagine que non, murmura Abby. (Ses mains étaient si crispées que les jointures en étaient toutes blanches.) Et je suis bien placée pour le savoir parce que je n'ai jamais pu me pardonner moi-même.

Un silence accueillit ses paroles. Mme White leva la tête vers le plafond et parut refouler les larmes.

— Angela me manque chaque jour, souffla-t-elle. Il ne se passe pas une nuit sans que je souffre de l'absence de ma fille.

— Elle me manque à moi aussi, chuchota Abby.

— Chaque jour ?

— Presque chaque jour… avec les années, la douleur s'est atténuée, mais ça ne veut pas dire que je ne pense pas souvent à elle et…

— Mais en fin de compte, tu es vivante et elle non, coupa de nouveau la mère d'Angela. Tu peux te marier et donner des petits-enfants à tes parents.

— Je ne me suis pas mariée, interrompit Abby à son tour, avec un geste suppliant. En fait, c'est comme si quelqu'un avait appuyé sur le bouton « pause » de ma vie le soir de l'accident. Je ne sors pas ; j'évite les relations. Je vis loin d'ici, loin de ma famille. Je travaille et je reste dans mon coin. Je porte ce fardeau de culpabilité et de chagrin et il est devenu si lourd que je n'en peux plus.

Les parents d'Angela la dévisagèrent, stupéfaits.

— Je pensais que tout le monde me blâmait pour l'accident, mais je me trompais. J'ai rencontré Patty Morris à la pharmacie, j'étais sûre qu'elle allait me rejeter… et puis non. Elle était contente de me voir. En fait, elle était si contente qu'elle a invité plusieurs de mes plus proches amies du lycée à me retrouver aujourd'hui pour déjeuner. Et bien que personne n'ait ouvertement parlé d'Angela, elle était là, avec nous. Je pouvais presque l'entendre rire. Voir son sourire. Et parce qu'elle souriait, moi aussi.

Des larmes roulaient sur les joues de Mme White. Sur celles de M. White aussi. Il tira un mouchoir de sa poche arrière et se tamponna les yeux, puis se moucha bruyamment.

— Angela est partie, et même si je donnerais tout pour la faire revenir, je ne peux pas. Je suis tellement désolée. Mais ce voyage m'a aussi ouvert les yeux…

Elle renifla et tendit la main vers son sac pour prendre un mouchoir.

Avant qu'elle ait pu en trouver un, Mme White lui en tendit un, qu'elle prit dans la boîte posée sur la petite table à côté d'elle.

— Merci, murmura Abby.

— Tu allais dire quelque chose, dit M. White, lui faisant signe de poursuivre. Quelque chose d'important.

Abby se moucha et froissa le mouchoir en papier dans sa main.

— Ce qui m'a échappé pendant toutes ces années, c'est qu'Angela n'aurait pas voulu m'infliger toute cette douleur, tout ce remords. C'était la personne la plus généreuse, la plus gaie que je connaisse. On ne pouvait pas être avec elle sans se sentir heureux. Son sourire suffisait à illuminer une pièce. Elle serait choquée de voir ce qui m'est arrivé…

— Et à moi, ajouta Mme White. Je suis devenue une vieille femme.

— Une vieille femme irascible, ajouta M. White, prenant la main de sa femme pour lui montrer son affection en dépit de sa remarque.

— Michael James White, tu vas t'excuser tout de suite !

— C'est la vérité, et je suis comme toi. Nous avons failli laisser notre amertume nous détruire, et détruire notre mariage. Abby a raison. Angela était heureuse et elle aurait voulu que nous le soyons. Elle détesterait les gens que nous sommes devenus.

— Comment suis-je censée vivre sans ma fille ? se récria Charlene, les joues striées de larmes. Comment suis-je censée oublier qu'elle est morte et perdue à jamais pour moi ?

— Il ne s'agit pas d'oublier Angela, répondit M. White. Nous l'avons eue pendant dix-neuf merveilleuses années. Elle était notre trésor, notre joie. Nous avons nos souvenirs et ils devront nous soutenir jusqu'au jour où nous serons réunis. Crois-tu réellement qu'Angela voudrait nous voir gâcher notre vie parce qu'elle est morte ?

— Non, intervint Abby. Elle serait la première à me dire de vivre et de savourer la vie. À me dire que sa mort a été tragique, oui, mais que c'était un accident et que je ne dois pas accepter d'être blâmée pour la malchance. J'ai dérapé sur une plaque de verglas. Personne n'est responsable.

M. White se leva et s'approcha d'Abby. Automatiquement, elle se leva aussi, et il tendit les mains vers elle, les serrant dans les siennes.

— Si tu es venue ici aujourd'hui en quête d'absolution, je te la donne, Abby. Tu t'es suffisamment punie. Sois heureuse, mon petit. Donne des petits-enfants à tes parents et peut-être… peut-être que tu envisageras de les partager avec nous. Je crois qu'Angela en serait heureuse.

Abby acquiesça, refoulant ses larmes. M. White laissa retomber ses mains et l'étreignit.

— Notre fille a été rappelée à Dieu. Ce n'est pas ta faute, mais si tu as besoin de notre pardon, tu l'as. Tu as dit tout à l'heure qu'Angela voulait que tu nous contactes… Je crois qu'elle voulait que nous te donnions ce dont tu as besoin.

— Merci, murmura Abby, au comble de l'émotion.

M. White la lâcha. À son tour, la mère d'Angela l'enveloppa de ses bras et enfouit la tête dans son épaule. Elles pleurèrent ensemble.

Quand elle quitta la demeure des White, Abby avait reçu d'eux plus qu'elle n'avait osé espérer.

Ils lui avaient pardonné.

Elle était enfin libre de recommencer à vivre.

32

Richard dormait paisiblement dans sa chambre. Josh se laissa aller contre le dossier du fauteuil. Il avait fini d'examiner le contenu des boîtes et trouvé un véritable trésor : une foule de souvenirs de sa petite enfance.

Sa colère et son obstination avaient bien failli l'empêcher d'avoir tout cela. C'était grâce à Michelle qu'il avait pu dominer les griefs mesquins qu'il avait envers son beau-père. S'il n'avait pas remercié ce dernier de lui avoir rendu la Bible de sa mère, il n'aurait jamais su l'existence de ces boîtes cachées dans le grenier.

Installée sur le divan, Michelle feuilletait l'album de photos de ses premières années. Un sourire sur les lèvres, elle tournait lentement les pages, examinant chaque cliché avec attention.

— J'étais adorable, hein ? la taquina-t-il.

Sa mère prenait d'innombrables photos de lui. Il se souvenait d'en avoir parfois été embarrassé.

— Tu étais le plus beau garçon de l'univers, confirma-t-elle. J'ai écrit ça un jour sur mon classeur.

Sans doute une légère exagération, songea Josh.

Michelle leva les yeux et dut lire le doute dans son regard.

— Tu ne me crois pas ?

— Tu étais amoureuse de Dylan.

— Je l'ai été un temps, admit-elle. Mais après, j'ai compris lequel était vraiment le meilleur de vous deux.

Josh sourit.

— Tu as toujours su flatter mon amour-propre.

— Ça ne m'a jamais menée nulle part, marmonna-t-elle, avant de consulter brusquement sa montre. Bon, c'est l'heure du médicament de Richard.

— Je m'en occupe, proposa-t-il, mais Michelle était déjà debout.

— Laisse-moi faire. Tu pourras aller le voir quand les calmants auront fait effet. Tu sais qu'il est plutôt grincheux quand il souffre.

— Comme nous tous, j'imagine.

Josh se sentait d'humeur généreuse envers le vieillard, un état qui en général ne durait guère. Nul doute qu'au bout de cinq minutes, Richard commencerait à le critiquer et que toute sa bonne volonté fondrait comme neige au soleil.

Michelle disparut dans le couloir et fit un crochet par la salle de bains pour y chercher les médicaments. Richard prenait des calmants très puissants. Au départ, Josh fut alarmé par les doses prescrites, mais il comprit vite que la priorité du médecin était d'assurer à Richard un maximum de confort et un minimum de douleur durant le peu de temps qu'il lui restait à vivre. Obstiné comme il l'était, le vieil homme ne mourrait sans doute pas tout de suite. Pour la première fois depuis son arrivée, Josh s'en réjouissait. Il se surprenait à espérer avoir l'occasion de parler davantage de sa mère, et si possible de Dylan, avec lui.

Michelle sortit de la chambre si vite que Josh se leva d'un bond, certain qu'il était arrivé quelque chose. Leurs yeux se rencontrèrent et elle prit une profonde inspiration.

— Que se passe-t-il ?

— Richard n'a pas de réaction et son pouls est intermittent.

Des larmes lui montèrent aux yeux et roulèrent sur ses joues.

— Le moment est venu, Josh. Il est en train de mourir, dit-elle d'une voix étranglée.

Ses paroles lui firent l'effet d'un coup de poing dans le ventre.

— Maintenant ? s'écria-t-il, figé par le choc.

Michelle hocha la tête.

— Je devrais appeler l'infirmière. Elle saura ce qu'il faut faire… je vais chercher le numéro.

Elle se hâta vers la cuisine et attrapa le carnet posé sur le plan de travail.

— Tu… tu peux appeler, s'il te plaît ? demanda-t-elle, visiblement trop émue pour s'en charger.

Josh prit la carte laissée par la bénévole et décrocha le combiné. Il constata avec stupeur que sa main tremblait alors qu'il composait le numéro. Il y eut trois interminables sonneries avant que quelqu'un réponde à l'autre bout. Josh expliqua brièvement la situation, puis se rua dans la chambre.

Il n'était sûrement pas le meilleur beau-fils au monde, mais il ne laisserait pas Richard s'éteindre seul. Il était au chevet de sa mère quand elle avait rendu son dernier souffle et, bien qu'il ne mourût pas d'envie de renouveler cette expérience, il éprouvait le désir de remercier Richard. De lui témoigner sa reconnaissance.

Quand il entra dans la pièce, les yeux de son beau-père demeurèrent clos. L'espace d'un affreux moment, Josh craignit qu'il ne soit trop tard. Était-il déjà mort ? Il s'assit au bord du lit et pressa deux doigts contre le cou de Richard. Le pouls était faible, filant. Michelle n'avait pas exagéré. Le vieil homme vivait sans doute ses derniers instants.

Décidément, ce dernier allait une fois de plus le décevoir. Eh bien, si ses remerciements étaient les dernières paroles que Richard dût entendre, Josh s'en félicitait.

— J'ai trouvé les cartons, dit-il, assez fort pour être entendu de Michelle dans le salon.

Pas de réponse.

— Merci, ajouta-t-il, plus fort encore.

Michelle apparut sur le seuil.

— Josh, murmura-t-elle, qu'est-ce que tu fais ?

— Je réveille un mort.

— Il peut probablement t'entendre. J'ai lu que l'ouïe est un des derniers sens à cesser de fonctionner.

— J'ai trouvé les cartons dans le garage, répéta Josh. Tu n'étais pas obligé de me dire où ils étaient, et je te serai éternellement reconnaissant de l'avoir fait.

— C'est très important pour Josh d'avoir les affaires de sa mère, compléta Michelle, en venant s'asseoir de l'autre côté du lit.

Elle prit la main inerte de Richard et la tint entre les siennes.

Le mourant ouvrit les yeux et fixa le plafond. En revanche, il semblait incapable de parler.

— Merci, murmura Josh.

Le regard de Richard se déplaça et se riva sur lui. À la grande surprise de Josh, une profonde tendresse l'envahit, un sentiment de deuil imminent. Une partie de lui voulait protester, exiger que Richard continue à vivre pour qu'ils aient une vraie relation.

Une relation qui ne reposerait pas sur la jalousie ou le désir de triompher de l'autre.

Mais il était trop tard.

Josh eut une brusque envie de pleurer. Il pressa le front contre la main de Richard, luttant contre les regrets.

— Josh, souffla Michelle.

Il leva la tête.

— Regarde. Regarde Richard.

Josh se tourna vers son beau-père et vit avec stupeur une larme solitaire rouler sur la joue burinée du vieil homme. Comme s'il avouait à Josh qu'il avait lui aussi sa part de regrets et qu'il était désolé.

Puis il se raidit imperceptiblement.

D'un geste hésitant, Michelle tâta son pouls.

Elle se mordit la lèvre.

— C'est fini, murmura-t-elle.

— Non !

Josh se refusait encore à y croire.

— Non, ce n'est pas possible.

Deux jours plus tôt, Richard était furieux au point de lui ordonner de quitter sa maison. Il avait presque crié d'indignation, et maintenant il était… parti.

Mort.

La transition avait dû être instantanée pour le vieil homme. L'instant d'avant, il souffrait, luttait contre la douleur et maintenant il avait franchi le fossé qui sépare le monde des vivants de celui des morts.

Michelle se pencha et lui pressa doucement l'épaule.

— Je suis vraiment désolée.

— Non.

Une fois de plus, Josh secoua la tête, refusant d'admettre l'évidence. Des larmes lui montèrent brusquement aux yeux. Pris par surprise, il se détourna brusquement, ne voulant pas que Michelle les voie.

Des années durant, Richard et lui s'étaient détestés. Le vieil homme avait été un vrai salaud. Pourtant, il était l'ultime lien subsistant entre Josh et sa mère, l'homme qui avait apporté le bonheur dans la vie de Teresa.

Et maintenant il était parti.

Mort.

Un sanglot monta dans sa poitrine qu'il parvint à étouffer.

Il sentit le matelas bouger et comprit que Michelle s'était levée. Elle fit le tour du lit et se tint devant lui. Puis elle se baissa et l'entoura de ses bras. Josh ne s'était pas attendu à ce qu'elle le réconforte. Ne s'était même pas imaginé qu'il puisse en avoir besoin.

Il noua les bras autour de la taille de Michelle et pleura sans bruit. Ses épaules tremblaient.

Au bout d'un moment, il laissa retomber ses bras, gêné que Michelle ait été témoin de son désarroi. Il aurait voulu invoquer des excuses mais n'en trouva aucune. Avant qu'il ait eu le temps de dire quoi que ce soit, quelqu'un sonna à la porte.

Michelle quitta la chambre pour aller ouvrir.

Josh fut soulagé de rester seul un instant. Il avait besoin de quelques secondes pour se ressaisir avant d'affronter des questions plus terre à terre.

— C'est arrivé il y a quelques minutes, expliqua Michelle en faisant entrer la bénévole.

Josh se leva. La nouvelle venue était une inconnue, une femme d'âge moyen vêtue d'un long manteau noir. Il lui tendit la main et se présenta.

— Josh Weaver, le fils de Richard, dit-il avant de se corriger aussitôt. Enfin, son beau-fils.

Michelle vint se placer à côté de lui.

— Quant à moi, je suis une amie de la famille. Nous étions avec Richard quand il est mort.

— Je m'appelle Lois Freeland, répondit la femme avec douceur. Je suis désolée. Je suis ici pour vous aider, de quelque manière que ce soit.

— Merci.

Lois posa un certain nombre de questions, auxquelles Josh fut incapable de répondre. Par chance, Michelle était plus lucide et le fit à sa place. Pour sa part, il se sentait incapable de penser à autre chose qu'à la douleur qui lui comprimait la poitrine.

Au bout de quelques minutes, il les pria de l'excuser et regagna le salon. Il s'assit dans le fauteuil de Richard. Là, il se sentait proche de son beau-père, sachant combien d'heures ce dernier avait passées dans ce fauteuil. Il se pencha en avant, s'efforçant d'analyser les émotions qui l'assaillaient de toutes parts.

Ce n'était pas la première fois qu'il voyait mourir quelqu'un, et la mort de Richard, comme celle de sa mère, avait été paisible et attendue. Cette fois, cependant, Josh éprouvait une terrible impression de perte, comme s'il avait été floué, volé. Il avala sa colère tel un morceau de viande trop dure, luttant pour la faire descendre dans sa gorge.

Michelle et Lois ne tardèrent pas à le rejoindre. Elles parlaient, mais leurs mots n'avaient aucun sens pour Josh. Il n'eut aucun mal à les ignorer, perdu dans les souvenirs qui défilaient dans sa mémoire comme autant de billes roulant sur le sol.

Il songea à sa première rencontre avec Richard et Dylan. Sa mère était si contente de le présenter à son « ami ». Teresa avait fréquenté des hommes auparavant mais aucune de ses relations n'avait duré plus de quelques semaines. Josh avait senti presque dès le début que Richard était différent. Après ses rendez-vous avec lui, sa mère semblait nager dans le bonheur.

Par le passé, lorsqu'elle sortait avec un homme, elle rentrait parfois en proie à une colère telle qu'elle se jetait à corps perdu dans le ménage pour évacuer sa frustration. Il se souvenait de l'avoir vue à genoux, décapant la plaque du four, furieuse contre un type pour des raisons dont elle refusait de discuter avec lui.

Avec Richard, c'était tout le contraire. Elle mettait de la musique et dansait toute seule, tournoyant dans le salon comme sur une piste de danse imaginaire.

Ils s'étaient vus pendant plusieurs mois, néanmoins, avant qu'elle se décide à le présenter à Josh. Dylan et lui sympathisèrent sur-le-champ, puis comparèrent leurs notes. Josh apprit ainsi que Richard rentrait lui aussi d'excellente humeur de ses rendez-vous avec Teresa. Les deux garçons s'étaient demandé ce qu'ils pouvaient bien faire qui les rende si nunuches.

Plus tard, Josh comprit – du moins en théorie – qu'il en allait ainsi quand les gens étaient amoureux.

Teresa et Richard étaient faits l'un pour l'autre, et à présent ils étaient réunis à jamais.

— Josh.

Arraché à ses pensées, il leva les yeux et constata que Michelle était seule. Apparemment, la bénévole était partie.

— Lois a appelé le coroner. Il sera là dans quelques minutes. Dès qu'il aura autorisé les obsèques, les gens des pompes funèbres pourront s'occuper de tout.

— Qui as-tu choisi ?

— Richard avait tout réglé. Il l'a fait dès qu'il a su qu'il était condamné. Il a donné à mes parents les papiers nécessaires pour que ses désirs soient respectés.

— Bien.

À ce stade, Josh était soulagé de ne pas avoir de décision à prendre.

— Il a souhaité être enterré auprès de ta mère.

Il acquiesça. C'était dans l'ordre des choses.

— Il l'aimait énormément.

— Et à sa manière, il t'aimait aussi. Je crois qu'il ne s'en est rendu compte qu'à la fin.

Josh déglutit avec peine.

— C'est drôle, murmura-t-il.

— Comment ça ?

Le regard de Josh rencontra le sien et il sentit les larmes lui monter aux yeux.

— Je pensais justement à la même chose. Je l'ai détesté si longtemps… mais je ne réalisais pas à quel point l'amour et la haine sont proches. Je soupçonne que lui non plus.

33

Grace s'en alla, apparemment rassurée concernant Rover. Quant à moi, j'avais hâte de reprendre mon rôle d'hôtesse, aussi préparai-je un plateau de fromages et de biscuits salés au cas où Josh et Abby décideraient de revenir. S'ils ne se montraient pas, ils constitueraient mon dîner accompagnés d'un verre de vin rouge.

Rover avait terminé son exploration du rez-de-chaussée. Avec des airs de propriétaire, il se pelotonna de nouveau sur le tapis devant la cheminée et s'endormit presque aussitôt.

— Tu me parais tout à fait à ton aise, marmonnai-je en apportant le plateau dans la salle à manger.

Il leva la tête un instant et me regarda, puis retourna tranquillement à sa sieste. Je sortis une bouteille de vin et des verres, ainsi qu'une théière. Je ferais chauffer de l'eau plus tard, si quelqu'un était intéressé.

Au loin, je perçus le bruit d'une portière. Rover l'entendit aussi et se leva d'un bond. Je l'observai avec attention. S'il devait rester avec moi, il faudrait qu'il s'habitue à voir des inconnus aller et venir dans la maison.

Il gagna la porte d'entrée en aboyant et attendit.

Une minute plus tard, Abby Kincaid entrait, apportant avec elle une bourrasque d'air froid.

Dès que Rover la vit, il cessa d'aboyer et remua furieusement la queue pour l'accueillir.

— Qui es-tu, toi ? demanda Abby en se baissant pour le caresser.

Je poussai un soupir silencieux de soulagement. Rover semblait s'être immédiatement rendu compte qu'Abby était une amie.

— Je vous présente Rover. Je suis allée le chercher au refuge cet après-midi.

— Vraiment ? Il est très mignon.

Mes craintes se dissipèrent et je souris.

— Je viens de préparer un petit en-cas. Servez-vous, je vous en prie.

Abby jeta un coup d'œil à sa montre.

— Il faut que je me change d'abord, mais j'aurai un petit moment avant de partir pour l'église.

Je retournai dans la cuisine et fis chauffer l'eau pour le thé afin de donner le choix à Abby. Je disposai quelques cookies sur une assiette et la plaçai à côté du plateau de fromages.

Rover reprit sa place au coin du feu et se remit à sommeiller. Il paraissait satisfait de sa nouvelle vie. Et malgré le vide laissé par la disparition de Paul, je me sentais sereine, moi aussi.

Je mettais les dernières touches à la table quand Abby réapparut. Elle portait une ravissante robe couleur pastel à petites manches, un châle en dentelle sur les épaules.

— Oh ! Abby, vous êtes absolument superbe !

— C'est vrai ?

Je n'avais pas exagéré. Abby était très jolie, et un changement s'était produit en elle ces deux derniers jours. Lorsqu'elle était arrivée, elle semblait porter toute la misère du monde. À présent, elle rayonnait.

— Voulez-vous un thé ? demandai-je, cessant de la dévisager. Ou un verre de vin ?

— Un thé, s'il vous plaît.

Elle mit un peu de fromage et quelques biscuits salés sur une petite assiette.

— Votre déjeuner avec vos amies s'est bien passé ?

Elle sourit et ses yeux pétillèrent.

— C'était fantastique. Je connais la plupart d'entre elles depuis l'enfance. Nous ne sommes pas restées en contact après le lycée, par ma faute, je dois dire. Je pensais que personne ne voulait avoir de mes nouvelles.

— Oh, Abby, je suis sûre que vous vous trompiez.

— Vous avez raison.

Abby tira une chaise et s'assit à côté de moi.

— Nous avons passé un excellent moment, ma mère et moi. Elle a été aussi contente que moi de les revoir.

— Tant mieux.

Elle grignota un morceau de fromage, puis but une gorgée de thé.

— Le déjeuner a duré longtemps, observai-je d'un ton dégagé.

Abby s'était absentée pendant plusieurs heures. Sans doute s'était-elle attardée à évoquer de vieux souvenirs avec ses anciennes camarades.

— Nous ne sommes restées ensemble que deux heures environ. Après déjeuner, j'ai rendu visite aux parents d'une amie.

Je me rendis compte un peu tard que ma remarque pouvait sembler indiscrète, sans que j'en aie eu l'intention. D'une main légèrement tremblante, elle reposa sa tasse et posa les mains sur les genoux.

— Je suis si contente de l'avoir fait, ajouta-t-elle après un bref silence. Je suis allée chez… chez les parents d'Angela.

J'ignorais qui était Angela, mais je ne l'interrompis pas.

— Angela était ma meilleure amie, expliqua-t-elle, comme si elle avait lu dans mes pensées. Elle est morte dans un accident de voiture et ses parents ont eu beaucoup de mal à l'accepter… C'était moi qui conduisais, ils m'ont blâmée pour sa mort.

— Oh ! Mon Dieu.

Je cherchais en vain des paroles de réconfort quand Abby continua :

— Pour la première fois depuis que c'est arrivé, il y a quinze ans, nous avons pu nous consoler mutuellement et faire la paix, expliqua-t-elle.

— La paix, répétai-je doucement.

Je me détournai et fermai un instant les yeux, savourant le mot et tout ce qu'il signifiait dans ma propre vie.

— Ça va ? s'inquiéta Abby.

— Oui, bien sûr. Pourquoi me posez-vous cette question ?

Elle cilla et fronça légèrement les sourcils.

— Quand j'ai parlé de paix, vous avez porté la main à votre cœur, comme si vous aviez mal, ou que quelque chose n'allait pas.

— Non, tout va bien, je vous assure.

— Je vous crois, observa-t-elle, parce que dès que vous avez posé la main sur votre cœur, une sorte de sérénité s'est lue sur votre visage.

— Moi aussi, je suis en train de guérir, chuchotai-je.

— Vous ?

— J'ai perdu quelqu'un que j'aimais énormément.

Abby cilla et tendit la main vers sa tasse.

— Je suis désolée. Vraiment. Je sais combien on peut souffrir d'un deuil.

Nous restâmes silencieuses pendant quelques minutes. Puis elle regarda sa montre et, apparemment surprise par l'heure, elle attrapa son châle et se leva.

— Je dois y aller.

Je me levai à mon tour.

— Je laisserai la lumière allumée dehors, promis-je en la raccompagnant.

Je lui adressai un signe d'adieu. Au moment où elle sortait du parking, une autre voiture arriva.

Josh était de retour, mais, à la manière dont il descendit du véhicule, je compris que son humeur était à l'opposé de celle d'Abby. Les choses ne se passaient visiblement pas aussi bien pour lui.

De nouveau, Rover se leva en entendant la portière. Il se posta à côté de moi alors que je tenais la porte ouverte pour Josh, et aboya plusieurs fois avant que je lui tapote la tête.

— Josh est un ami, affirmai-je.

Étrangement, Rover parut comprendre et retourna s'allonger devant la cheminée avant même que mon hôte soit entré.

— Vous arrivez juste à temps pour grignoter quelque chose, annonçai-je d'un ton enjoué.

Josh s'arrêta sur le seuil, l'air absent. S'il avait entendu mon invitation, il ne semblait pas l'avoir assimilée.

— Il y a du fromage et du vin, si cela vous tente.

Il retira son manteau et passa la main dans ses cheveux ébouriffés.

— Un verre de vin serait le bienvenu.

Je lui indiquai la salle à manger.

— Comment s'est passé votre après-midi ?

Il hésita.

— Mon beau-père est mort il y a quelques instants.

Je reposai la bouteille, atterrée.

— Oh ! Josh, je suis vraiment désolée.

Il hocha la tête, acceptant mes condoléances.

— Ce matin encore, je vous aurais dit que je n'éprouverais rien à sa mort. Qu'il aurait enfin ce qu'il méritait. Je n'avais rien de bon à dire à son sujet.

Je fis de mon mieux pour dissimuler ma surprise.

— Et maintenant ?

— Maintenant… je regrette qu'il n'ait pas vécu plus longtemps. Après des années d'amertume, lui et moi avions enfin trouvé un terrain d'entente.

— Vous avez fait la paix ?

Josh prit son verre, et repoussa les mèches rebelles qui lui tombaient sur le front.

— Oui, je suppose qu'on peut dire ça. La paix, répéta-t-il comme s'il entendait ce mot pour la première fois. Je l'ai toujours détesté, et il le cherchait bien. À la mort de ma mère, il m'a jeté à la porte.

— Quel âge aviez-vous ? demandai-je, condamnant déjà le vieil homme pour avoir été si cruel.

— J'étais adolescent. J'étais en terminale au lycée, à quelques semaines de la fin d'année.

— Mais vous avez pu passer vos examens ?

— Oui, grâce à des amis qui m'ont accueilli chez eux.

Comment pouvait-on traiter ainsi un orphelin ? J'étais indignée, même si je devais reconnaître que je n'avais entendu qu'une version des faits.

— Par certains côtés, Richard a fait de moi l'homme que je suis devenu. Je me suis endurci parce qu'il le fallait. L'armée était le meilleur choix pour moi à l'époque. J'ai été contraint de grandir et d'assumer mes responsabilités au lieu de me reposer sur autrui.

— Avez-vous gardé le contact avec votre beau-père par la suite ?

Il détourna les yeux, haussant les épaules.

— Aussi peu que possible.

Je bus mon thé. Cette conversation était difficile, si différente de celle que je venais d'avoir avec Abby.

— Je suis revenu à Cedar Cove pour l'enterrement de Dylan, reprit-il, mais c'était il y a des années. Dylan était mon demi-frère, précisa-t-il.

On s'entendait bien. J'avais accepté dès le début que Dylan serait toujours le préféré.

— Comment a-t-il réagi à la mort de son fils ?

Josh secoua la tête.

— À vrai dire, je n'en sais rien. Je ne suis pas resté longtemps en ville. Des années ont passé avant que j'aie des nouvelles de Richard, et je n'en aurais sans doute jamais eu si une de ses voisines, une vieille amie, ne m'avait pas contacté.

C'était donc la raison pour laquelle il était revenu.

— J'ai fait le voyage non pas parce que je m'inquiétais pour lui, mais pour récupérer les affaires de ma mère, avoua-t-il. Et comme j'avais des vacances et que cette amie semblait penser qu'il était important que je vienne... Personnellement, j'étais sûr que c'était une perte de temps.

— Et maintenant ?

— Et maintenant, je peux dire honnêtement que je suis content d'être venu. Richard m'a donné certains objets qui appartenaient à ma mère avant leur mariage et... j'ai compris autre chose aussi. (Le regard de Josh s'adoucit.) Richard aimait sincèrement ma mère.

— Et vous aussi, vous l'aimiez.

Instinctivement, je sus que le lien entre ces deux hommes était là. Leur amour commun pour cette femme les avait enfin réunis. Cette pensée me réconforta. L'amour avait transcendé la mort pour toucher Josh et son beau-père. Comme l'amour de Paul envers moi.

— Je l'aimais énormément, murmura Josh. Je regrette à présent de ne pas avoir fait plus d'efforts avec Richard.

Le regret s'entendait dans sa voix.

— Mais vous vous êtes réconciliés ?

Josh acquiesça, absorbé dans ses réflexions.

— Qu'allez-vous faire maintenant ?

— Dès que le coroner en aura donné l'autorisation, je prendrai les dispositions nécessaires pour les obsèques, dit-il calmement.

— Vous allez donc rester en ville jusque-là ?

Il n'avait réservé que pour trois nuits, mais prolonger son séjour ne poserait aucun problème, puisque personne ne devait arriver avant le week-end suivant.

— Non, je pars comme prévu.

L'étonnement dut se lire sur mon visage, car il ajouta :

— Richard ne veut pas de messe. Je n'ai plus aucune raison de rester. Je n'en ai jamais eu, au fond.

Il but une dernière gorgée de vin et reposa son verre.

— Je ferais mieux de me rendre aux pompes funèbres avant la fermeture. J'imagine que tout est déjà réglé, mais je préfère m'en assurer.

Il se leva et hésita, comme s'il venait d'avoir une pensée subite.

Avant que j'aie eu le temps de lui demander si je pouvais faire quoi que ce soit, il pivota et s'engagea dans l'escalier, grimpant les marches quatre à quatre, en homme pressé.

34

La cérémonie de mariage fut touchante. Assise parmi sa famille, Abby regarda avec émotion son père prendre la main de sa mère dans la sienne. Au moment où Roger et Victoria échangèrent leurs vœux, Linda Kincaid se tamponna les yeux, un mouchoir froissé entre ses doigts.

Abby elle-même eut les larmes aux yeux plusieurs fois, mais c'étaient des larmes de joie, de bonheur pour son frère.

Les tenues du témoin et des demoiselles d'honneur étaient toutes en diverses nuances de bleu lavande, chacune dans un style approprié à celui ou celle qui la portait. Abby songea avec affection à Angela, se souvenant des croquis et des projets de son amie. L'église était décorée de rubans lavande, et des bouquets de lys verts et blancs étaient disposés devant l'autel. Les couleurs, la musique, les paroles… tout était merveilleux, absolument parfait.

À un moment, Steve Hooks se retourna dans sa direction. Son regard captura celui d'Abby et il lui adressa un clin d'œil complice. Aussi ridicule que cela soit, Abby se sentit rougir jusqu'à la racine de ses cheveux. Elle avait plus de trente ans, enfin juste un peu plus de trente ans, elle était adulte ! Beaucoup trop mûre pour se laisser troubler ainsi par le clin d'œil d'un homme séduisant. Néanmoins, elle fut flattée, et excitée.

La réception devait avoir lieu au country club, Abby s'y rendit dans sa propre voiture afin de pouvoir rentrer plus tôt que ses parents s'ils désiraient s'attarder.

En arrivant sur les lieux, chacun fut informé de sa place. À la grande surprise d'Abby, elle n'était ni avec ses parents ni avec aucun de ses cousins.

— Tu n'es pas assise avec nous ? s'indigna sa mère.

Elle cherchait des yeux le maître de cérémonie quand Steve Hooks s'approcha.

— Madame Kincaid, j'espère que cela ne vous ennuie pas, mais j'ai demandé qu'Abby soit à ma table.

Sa mère ouvrit la bouche pour protester et la referma aussitôt.

— Enfin, poursuivit Steve, si Abby n'y voit pas d'inconvénient bien sûr.

— Bien sûr que non, affirma Linda Kincaid avec bien trop de hâte.

— Maman, je peux répondre moi-même !

— Ça ne t'ennuie pas, tu en es sûre ? demanda Steve en plantant son regard dans le sien.

À vrai dire, Abby se demandait s'il y avait une femme au monde capable de lui résister. Pour sa part, elle se sentait fondre devant lui.

— Oui. Enfin, non, ça ne m'ennuie pas.

Elle avait l'impression de bafouiller chaque fois qu'elle lui adressait la parole. Oh ! Pourquoi n'avait-elle pas su trouver une réponse spirituelle, intelligente ?

— Je sais que j'ai probablement chamboulé tout le plan de table, mais je me suis dit que ce serait la seule occasion de nous parler. Et je refuse de m'avouer battu.

Cette fois, Abby ne prit pas la peine de parler – elle se contenta d'acquiescer. En bon gentleman, Steve l'escorta à sa place et lui tira sa chaise avant de s'asseoir à côté d'elle.

— La cérémonie était superbe, n'est-ce pas ? dit-elle en tendant la main vers sa serviette lavande.

Elle l'étala sur ses genoux, histoire de se donner une contenance. Si elle pouvait garder les mains occupées, peut-être aurait-elle une chance de parvenir à la fin de ce dîner sans se comporter comme une lycéenne à son premier rendez-vous…

— La cérémonie, répéta Steve distraitement. Oui, c'était très bien.

Les trois autres couples qui partageaient leur table se joignirent à eux. Steve s'acquitta des présentations, et Abby comprit qu'ils étaient assis parmi la famille et les amis de Victoria. Cela ne l'ennuyait pas le moins du monde, mais elle se demanda combien de marque-places il avait dû intervertir pour qu'ils puissent être ensemble. En tout cas, elle était touchée qu'il ait déployé autant d'efforts.

Les autres couples ne tardèrent pas à lier conversation, leur donnant l'intimité nécessaire pour bavarder.

— J'ai bien entendu ? s'étonna-t-il. Tu vis en Floride ?

Abby acquiesça.

— À Port-Sainte-Lucie. Et toi ?

— À Vero Beach.

— Oh ! Mon Dieu. Nous sommes pratiquement voisins !

— Si seulement je l'avais su… marmonna-t-il.

— Eh bien ?

— Je t'aurais appelée ; nous aurions pu nous voir. Je supposais que tu étais mariée. Nous commencions juste à nous connaître quand tu as eu l'accident, et après tu t'es complètement repliée sur toi-même. Roger m'a dit que tu avais besoin d'espace. La dernière fois que je t'ai vue, je t'ai demandé de me téléphoner quand tu voudrais de la compagnie.

Abby ne l'avait jamais fait. Elle ne s'était jamais sentie prête. Elle se souvenait très bien qu'il avait essayé à maintes reprises de la contacter et qu'en dépit de sa persévérance, elle l'avait obstinément évité.

— Je ne comprends pas pourquoi tu ne t'es jamais mariée, reprit-il.

— Comment le sais-tu ? le taquina-t-elle.

Elle avait vraiment l'impression d'être de nouveau au lycée, à flirter avec lui comme ça.

Il fronça les sourcils, perplexe.

— Tu veux dire que tu t'es mariée ? Tu as divorcé ?

— Réponds à ma question d'abord.

— Comment je le sais ? À ton avis ? Je me suis renseigné.

— Tu as posé des questions sur moi ?

— J'ai coincé Roger si vite que tu en aurais eu le vertige.

Abby éclata de rire, savourant le fait qu'il ne prenait pas la peine de dissimuler son attirance pour elle. À dire vrai, le sentiment était mutuel. C'était comme si toutes ces années s'étaient évanouies et qu'ils étaient à nouveau étudiants.

— Comment se fait-il que tu ne te sois jamais marié, toi ?

— Comment le sais-tu ? rétorqua-t-il, jouant à son jeu. Tu t'es renseignée ?

Abby hésita.

— Non.

Il parut déçu.

— Roger me l'a annoncé avant que j'en aie eu le temps.

— Mais tu aurais demandé s'il n'avait pas été aussi rapide ?

— Oui.

Ils échangèrent un sourire et continuèrent à plaisanter. Le dîner terminé, Roger ouvrit le bal avec sa nouvelle épouse sous le regard attendri des invités rassemblés au bord de la piste.

— Roger a pris des cours ? demanda Steve, debout derrière Abby, les mains reposant sur ses épaules.

— Je ne dirai rien, plaisanta Abby.

— Je suis sûr qu'il en a pris, insista Steve. Il n'a jamais été aussi à l'aise.

— Tu as déjà dansé avec mon frère ?

Steve se mit à rire.

— Pas récemment. Par contre, j'aimerais beaucoup danser avec sa sœur.

Abby se raidit aussitôt.

— Oh ! Steve, je ne sais pas si j'en suis capable. Il y a très longtemps que je n'ai pas dansé.

Elle n'osait avouer combien de temps. Si sa mémoire était juste, elle n'avait pas mis les pieds sur une piste de danse depuis son premier trimestre à l'université.

— Tu devrais plutôt avoir peur que je t'écrase les pieds.

Puis, sans prévenir, Steve l'entraîna sur la piste. Abby voulut protester, mais c'était un moment si magique ! Comment aurait-elle pu briser le charme ? Elle s'était libérée de son fardeau, de sa honte, du sentiment de culpabilité qui lui pesait depuis si longtemps.

Dans les bras de Steve, étroitement pressée contre lui, elle ferma les yeux et épousa le rythme de la musique, se laissant instinctivement guider.

— Tu danses bien, murmura-t-il à son oreille.

— Merci.

— Abby, Abby !

Elle ouvrit les yeux et vit son père et sa mère non loin d'eux.

— Vous faites un couple charmant ! s'écria Linda, visiblement ravie.

— Merci, maman, répondit Abby en souriant.

Dès qu'ils furent hors de portée de voix, Abby leva les yeux vers Steve.

— Il faut que tu excuses ma mère. Elle ne pourrait pas être moins subtile.

— Que veux-tu dire ?

— Oh ! Allons, Steve, c'est tout juste si elle ne l'a pas dit ouvertement. Elle veut me caser et le plus tôt sera le mieux !

— Ah bon ? Elle a dû avoir une conversation avec ma mère.

— Elle est ici ?

— Non, heureusement. La dernière chose dont on a besoin, c'est qu'elles se mettent à comploter toutes les deux. (Il sourit.) Personnellement, je peux me débrouiller tout seul. Et toi ?

— Moi aussi.

— Bien.

Ils continuèrent à danser, avant d'être interrompus de nouveau, cette fois par Roger et Victoria.

— Hé, vieux. On peut échanger nos partenaires une minute ? suggéra Roger.

— On n'est même pas mariés depuis vingt-quatre heures et il veut déjà se débarrasser de moi, plaisanta Victoria.

Elle embrassa Roger sur la joue et se laissa entraîner par Steve alors que la musique continuait.

— Oh ! Roger, le mariage était parfait ! s'extasia Abby, en tournoyant dans les bras de son frère.

— C'est grâce à Victoria et à sa mère. Elles préparent l'événement depuis des mois. Je me suis contenté de dire oui à tout. Je leur ai donné carte blanche et elles ont tout organisé.

— Eh bien, elles ont fait un travail remarquable.

— J'ai épousé une femme remarquable.

— C'est vrai.

— Comment ça va entre Steve et toi ? demanda Roger, sans chercher à dissimuler sa curiosité.

— Vraiment bien.

— Tu sais que tu lui as brisé le cœur ?

— Oh ! Arrête.

— Steve était fou amoureux de toi.

— Pourquoi ne s'est-il pas marié ? demanda-t-elle, à la fois contente et intriguée.

— Je crois qu'il aimerait bien se marier. D'abord, il a obtenu un gros contrat avec l'armée et il a dû passer plusieurs années en Afghanistan, et à son retour, il a été absorbé par son travail. Si tu veux mon avis, il cherche une épouse, mais il est difficile.

— Difficile ?

Cela n'était guère prometteur.

— Il ne va pas se contenter d'un à-peu-près, c'est une des raisons pour lesquelles il a patienté. C'est quelque chose que nous avons en commun, tous les deux. On est exigeants.

Abby suivit le regard de Roger, qui s'était posé sur sa femme. L'amour se lut dans ses yeux, et à cet instant, Abby comprit ce qu'il voulait dire. Son frère avait été prêt à attendre, mais quand il avait rencontré Victoria, il n'avait pas hésité.

— Sois heureux, Roger, souffla-t-elle.

— J'en ai bien l'intention.

— Et dépêche-toi de donner des petits-enfants à papa et à maman, d'accord ?

— Je ferai de mon mieux, plaisanta-t-il.

Quelques minutes plus tard, chacun retrouvait son partenaire.

Steve resta avec Abby durant le reste de la soirée, dansant avec elle, l'aidant à servir le gâteau. Elle oublia qu'elle avait eu l'intention de partir tôt. Il était onze heures passées quand elle songea qu'il était temps de prendre congé. Roger et Victoria s'étaient éclipsés et seuls quelques couples s'attardaient sur la piste. Les parents d'Abby tenaient compagnie aux derniers invités.

Abby les étreignit avec affection.

— Sois prudente sur la route, recommanda sa mère.

— Ne t'inquiète pas, maman.

Il y a peu de temps encore, les paroles anodines de sa mère auraient réveillé de douloureux souvenirs. Linda, elle, pour qui le passé était le passé, n'en avait pas conscience.

— Je vais la suivre dans ma voiture, déclara Steve. Pour être sûr qu'elle rentre sans encombre.

— Oh ! Merci, Steve. Vous avez toujours été un gentleman.

La mère d'Abby se pencha et embrassa ce dernier sur la joue.

Abby ouvrit la bouche pour dire qu'elle n'avait pas besoin d'escorte et se ravisa aussitôt, comprenant que cela lui donnerait quelques minutes seule avec Steve avant qu'ils se séparent.

Comme prévu, il la suivit jusqu'à la maison d'hôtes. Elle se gara, coupa le moteur et descendit. Steve l'imita et la raccompagna jusqu'à la porte.

— Eh bien, je vais te dire bonne nuit.

— Merci pour cette merveilleuse soirée, murmura Abby, sincère. J'avais l'intention de partir tôt… j'ai un vol de bonne heure demain.

— Moi aussi. On est peut-être dans le même avion ?

— Je vais à West Palm Beach.

— Moi aussi, déclara-t-il, les yeux brillants.

— À huit heures trente ?

— Oui !

Son sourire s'élargit.

— C'est le destin.

Sur quoi il se pencha vers elle et l'embrassa. Sans hésiter, Abby noua les bras autour de son cou, s'abandonnant au baiser. Peut-être était-elle encore sous le charme du mariage de Roger. Ou de la nuit elle-même – une belle nuit d'hiver, froide et claire. En tout cas, Abby pressentait qu'un monde entier s'ouvrait à elle, un monde d'amour et de bonheur.

Lorsqu'ils se détachèrent enfin l'un de l'autre, Steve plongea longuement son regard dans le sien.

— À demain, alors ?

— À demain, répéta-t-elle.

Il jeta un coup d'œil à sa montre.

— Dans sept heures. Je te retrouverai à la porte d'embarquement.

— Je serai là.

Dans sept heures, songea Abby. Le temps ne passerait jamais assez vite.

35

Josh attendait Michelle à l'établissement de pompes funèbres. Assis dans la salle d'attente, il s'efforçait de penser à l'avenir et non à son beau-père. Il se réjouissait d'avoir fait la paix avec lui. Il n'en espérait pas tant quand il était arrivé.

Il se demandait aussi comment remercier Michelle. Pouvait-il l'inviter à dîner pour lui témoigner sa reconnaissance ? Il n'était guère d'humeur à sortir et il supposait qu'elle non plus. Un repas au restaurant semblait trop festif, déplacé même, étant donné les circonstances.

La porte s'ouvrit. Michelle entra et marqua une pause, le cherchant des yeux.

Josh se leva.

— Merci d'être venue.

— Pas de problème. Tu as vu le conseiller funéraire ?

— Pas encore. Je t'attendais.

Elle le remercia d'un demi-sourire.

— J'ai téléphoné à mes parents pour les prévenir. Ils m'ont chargée de te présenter leurs condoléances.

Quelques instants plus tard, ils étaient accueillis par George Thompson, directeur des pompes funèbres. C'était un homme d'un certain âge, qui leur exprima ses regrets avant de les conduire dans son cabinet.

Il leur indiqua deux fauteuils en face de son grand bureau en acajou, puis prit place à son tour. Le visage grave, il désigna un dossier déjà ouvert devant lui.

— Comme vous le savez, M. Lambert avait déjà pris ses dispositions concernant les obsèques.

Josh acquiesça.

— Il a demandé à être enterré à côté de sa femme, Teresa. Il avait acheté un caveau attenant au sien à l'époque de son décès.

Josh l'ignorait. Quand sa mère était morte, il était trop absorbé par son chagrin pour se soucier de quoi que ce soit.

Michelle et M. Thompson le regardaient, l'air d'attendre une réponse.

— Bien, dit-il, ne sachant que dire.

— Il a aussi été très ferme sur le fait qu'il ne voulait pas de messe.

— C'est ce que j'avais cru comprendre.

Richard n'avait-il pas été « très ferme » concernant la plupart des choses ?

— Aimeriez-vous assister à l'enterrement ? demanda M. Thompson. Ce sera très simple. Il n'y aura aucune cérémonie.

— Non, répondit Josh.

— Moi, oui, intervint Michelle.

— Très bien. Je vous informerai de l'heure, déclara M. Thompson en prenant une note. (Il se redressa.) Il n'y a que quelques détails à régler. Premièrement, nous avons besoin des vêtements dans lesquels vous voudriez que M. Lambert soit enterré.

Décontenancé, Josh regarda Michelle.

— Je les apporterai, promit-elle.

— Demain serait le mieux. C'est bientôt l'heure de la fermeture.

— Entendu.

— Autre chose ? demanda Josh.

Il avait hâte de s'en aller.

— Oui.

L'homme feuilleta les pages et tendit à Josh une enveloppe cachetée.

— M. Lambert m'a prié de vous remettre ceci à l'enterrement si vous étiez présent.

La surprise dut se lire sur le visage de Josh car il continua :

— Je lui ai expliqué que, s'il s'agissait d'un document légal, il vaudrait mieux le confier à un notaire.

Josh prit l'enveloppe, reconnaissant aussitôt l'écriture de son beau-père.

Le directeur fit de son mieux pour dissimuler un léger sourire.

— M. Lambert m'a dit en termes très clairs qu'il n'avait pas une très haute opinion des notaires et qu'il était hors de question qu'il en paie un pour lui laisser un bout de papier.

Josh ne put s'empêcher de sourire.

— Je le reconnais bien là.

George Thompson referma le dossier.

— Voilà, c'est tout.

Ils se levèrent en même temps.

— Je vous apporterai les vêtements demain matin, répéta Michelle alors que M. Thompson les raccompagnait.

Une fois dehors, elle se tourna vers Josh.

— Où seras-tu lundi ?

La question lui fit l'effet d'une accusation, comme si c'était son devoir de rester pour l'enterrement.

— Loin d'ici, dit-il sans hésiter. Il n'y a aucune raison que je reste davantage. Richard ne voulait pas de cérémonie et il se serait moqué que je sois là ou pas pour son enterrement.

— Lui, peut-être, mais…

Elle n'acheva pas sa phrase.

— Mais quoi ?

— Où vas-tu ?

Josh n'y avait pas vraiment réfléchi. Il n'aurait qu'une journée ou deux avant de prendre son nouveau poste.

— Je n'ai pas vraiment le temps de rentrer en Californie avant d'aller dans le Montana. J'irai peut-être juste passer deux jours au bord de l'océan.

Elle esquissa un demi-sourire.

— Veux-tu que je t'aide à choisir ses vêtements ? reprit-il, un peu gêné.

— Non, merci. Richard avait un pull qu'il portait souvent. Je crois que ta mère l'avait tricoté pour lui. Il est un peu usé mais je pense qu'il sera approprié, non ?

— Bien sûr. Fais comme tu le jugeras bon.

Elle baissa les yeux sur l'enveloppe.

— Quand vas-tu lire ça ?

Josh haussa les épaules. Il n'était pas d'humeur à le faire tout de suite.

— Je ne sais pas. Un peu plus tard, je suppose. Tu veux être là ?

— Mon Dieu, non, pas du tout ! s'écria-t-elle avec un mouvement de recul. Cette lettre est pour toi, pas pour moi. Mais tu n'es pas curieux ?

Il ne l'était pas, en effet, et il comprit pourquoi.

— Je sais déjà ce qu'elle dit.

— Vraiment ?

— Richard me l'a dit clairement quand je suis arrivé. Je n'hériterai de rien, ce qui ne m'étonne pas. De toute façon, je me moque complètement de la maison et je n'ai jamais rien voulu de Richard.

— Tu étais son fils, protesta Michelle.

— Son beau-fils.

Même si les deux hommes s'étaient réconciliés à la fin, Josh n'avait jamais été un fils pour Richard, pas plus que Richard n'avait été un père pour lui. Il n'allait pas commencer à embellir ses souvenirs.

Michelle fronça les sourcils.

— Quand pars-tu ?

— Demain. De bonne heure, sans doute.

— Si vite ? murmura-t-elle, évitant son regard.

— Ça te déçoit ? devina-t-il.

— Oui… non, enfin, je ne sais pas quoi penser.

Michelle semblait aussi déboussolée qu'il l'était. Rien ne lui paraissait réel, pourtant la réalité venait de le frapper en pleine figure. Ils étaient debout devant les pompes funèbres. Rien ne pouvait être plus réel.

— Tout est un peu embrouillé, avoua-t-il.

Michelle plongea la main dans son sac, cherchant ses clés de voiture.

— Que dirais-tu d'aller boire un verre ? décida Josh. Nous avons besoin d'un remontant.

— Si on allait au Station Bar ?

Ils partirent séparément et se retrouvèrent sur le parking de l'établissement. Plusieurs ampoules de l'enseigne avaient grillé, de sorte qu'on lisait TATO BAR, ce qui aurait pu indiquer un salon de tatouage aussi bien qu'un troquet. Finalement, les choses n'avaient pas changé tant que ça depuis son départ, songea Josh.

Deux hommes installés au comptoir levèrent les yeux à leur entrée. Le sol était recouvert de sciure. Il guida Michelle vers une banquette libre et ils s'assirent l'un en face de l'autre.

La serveuse vint prendre leur commande. Josh demanda une bière et fut surpris de voir Michelle opter pour un soda light, mais s'abstint de tout commentaire.

— Ça va ? demanda-t-il au bout de quelques instants.

Elle haussa les épaules, évitant de croiser son regard.

— Je sais que tu étais proche de Richard…

— Pas tant que ça.

Elle redressa le menton, fixant un point à l'autre bout de la salle.

Josh l'étudia avec attention et vit que sa lèvre inférieure tremblait légèrement.

— C'est dur, murmura-t-il, en se penchant pour prendre sa main dans la sienne.

Elle la retira vivement et la reposa sur son genou.

Décontenancé, Josh se redressa contre le dossier en bois. Ils venaient tous les deux de subir un choc, se dit-il. Certes, ils savaient que la disparition de Richard était imminente, mais elle les perturbait tout de même. Affronter la mort n'est jamais facile.

— Je sais que tu étais attachée à Richard, reprit-il d'une voix qu'il espérait réconfortante. Je te suis reconnaissant de t'être occupée de lui. Après la mort de ma mère et celle de Dylan, ta famille et toi avez sans doute été les seules à vous soucier de lui.

L'univers de Richard avait achevé de s'écrouler lorsqu'il avait enterré son fils. Terrassé par le chagrin, il avait rejeté parents et amis et vécu en reclus. Pourtant, autrefois, il avait été un tout autre homme. Josh se souvenait de son rire sonore quand Teresa était vivante, de la fierté qui brillait dans ses yeux quand il regardait Dylan jouer au football. Il y avait eu un temps où le monde lui appartenait.

La serveuse apporta leurs boissons. Josh régla aussitôt, laissant un généreux pourboire. Il but une gorgée de sa bière tandis que Michelle se contentait de regarder dans le vide.

Se souvenant qu'elle avait paru intriguée par la lettre, Josh la tira de sa poche, parcourut rapidement le contenu et la lui tendit.

L'air étonné, Michelle la lut à son tour, puis la reposa sur la table.

— Il te demande de t'occuper des tombes de Teresa et de Dylan, mais pas de la sienne.

Josh eut un petit rire.

— Il devait s'attendre à me voir planter des mauvaises herbes dessus, et franchement, je suis tenté.

— Josh.

— De jolies mauvaises herbes, précisa-t-il, espérant la faire sourire.

— Ça ne t'ennuie pas que l'argent obtenu par la vente de la maison soit versé à une association caritative ?

— Pas le moins du monde.

En fait, il approuvait le choix de son beau-père. La somme serait partagée entre la lutte contre le cancer, en hommage à Teresa, et la recherche sur les traumatismes cérébraux, en hommage à Dylan.

Une fois de plus, elle détourna les yeux.

— Ça va ? insista-t-il.

— Oui.

Elle but une gorgée de soda et repoussa son verre.

— Alors, c'est fini ?

— Que veux-tu dire ?

— Tu m'as annoncé que tu partais demain matin.

— Oui.

— Et il n'y a plus aucune raison pour que tu reviennes ?

— Je suppose que non.

À la vérité, il n'y avait pas réfléchi.

— Mais je passerai te dire au revoir.

— Tu vas partir comme ça ? murmura-t-elle d'une voix empreinte de tristesse. Tu vas vraiment t'en aller sans un regard en arrière ?

La question flotta dans l'air entre eux.

— Y a-t-il une raison pour laquelle je devrais rester ? souffla-t-il, curieux d'entendre sa réponse.

— Je crois que oui.

— Et c'est ?

— Nous, Josh. Je sais que cette conversation te met mal à l'aise, mais je ne vais pas m'excuser.

Elle avait raison, même s'il ne l'aurait jamais avoué.

— Avant que tu dises quoi que ce soit, permets-moi une remarque. Quand tu as quitté Cedar Cove…

— Tu veux dire, quand Richard m'a mis à la porte ? coupa-t-il d'un ton sarcastique.

Elle ne releva pas.

— Tu es parti et depuis, tu erres d'un endroit à l'autre – d'abord, tu l'as fait avec l'armée, et maintenant, c'est pareil avec ton travail.

— Je n'ai pas besoin de racines et je n'en veux pas. Je m'en passe très bien depuis l'âge de dix-sept ans.

— Nous avons tous besoin de quelqu'un, Josh.

Sa voix était douce, tendre, compréhensive.

— Qui est cette personne dans ta vie ?

Il secoua la tête, avouant qu'il n'avait pas de réponse à sa question.

— Tu as le choix à présent, reprit-elle d'un ton neutre. Tu peux continuer à errer dans le désert, à vivre avec le sentiment que le monde entier est contre toi…

— Ou bien ?

Il ne voyait pas vraiment où elle voulait en venir, mais il sentait confusément que ça n'allait pas lui plaire.

— Tu peux…

— … rester à Cedar Cove ? coupa-t-il de nouveau.

— Non, rétorqua-t-elle aussitôt. Ce n'est pas ce que j'allais dire.

Elle soutint son regard un long moment, puis haussa les épaules et se leva.

— En fait, laisse tomber. Tu as pris ta décision. Je te souhaite d'être heureux, Josh, vraiment. J'apprécie que tu sois venu. Et je suis sûre que Richard aussi a été content, même s'il ne te l'a jamais dit. Je te souhaite d'être en paix.

Sur quoi elle sortit du bar sans se retourner.

Stupéfait, Josh resta immobile quelques secondes, cherchant à comprendre ce qu'il venait de se passer. Michelle et lui avaient traversé des moments éprouvants ensemble. Ils ne pouvaient pas se quitter ainsi.

Il se rua au-dehors et l'aperçut debout près de sa voiture, une main sur le capot, l'autre devant ses yeux.

Quand elle l'entendit, elle se hâta de sortir ses clés. Il se mit à courir.

— Michelle ! Attends, d'accord ?

Elle se redressa et pivota vers lui, les yeux écarquillés. Josh se rendit compte qu'il ne savait pas quoi lui dire. Il n'était même pas sûr de savoir ce qu'elle attendait de lui. Ce qu'il savait, en revanche, c'était qu'il ne pouvait pas la laisser s'en aller. Pas comme ça. Peut-être ne la reverrait-il jamais ? Cette pensée le transperça brusquement, et il éprouva une souffrance aiguë, similaire à celle qui l'avait envahi au moment où il avait compris que Richard était à la porte de la mort. Une bouffée d'émotion inconnue le submergea.

— Tu voulais me dire quelque chose ?

Il enfonça les mains dans ses poches.

— Je ne veux pas qu'on se quitte comme ça.

De nouveau, elle parut attendre, espérer qu'il dirait autre chose.

— Je veux que tu saches combien j'ai apprécié que tu sois là, marmonna-t-il enfin, cherchant les mots justes.

Voulait-elle qu'il reste à Cedar Cove ? Ne se rendait-elle pas compte que c'était impossible ?

— Je t'en prie, murmura-t-elle. Passe un bon séjour au bord de la mer. Et bon voyage.

— Merci.

Il hésita, réticent à partir. Il finit par reculer de quelques pas. Au fond, il n'y avait aucune raison de s'attarder. Il déverrouilla sa portière, marqua une pause et attendit, espérant qu'elle allait dire ou faire quelque chose pour l'aider.

Elle ne fit rien.

Josh chercha désespérément un prétexte pour ne pas s'en aller tout de suite, mais aucun ne lui vint à l'esprit. Il s'installa au volant, démarra – dévoré par l'envie de s'arrêter, de la prendre dans ses bras, de la serrer contre lui. La tentation était intense, mais il résista.

Michelle se tenait debout, la tête haute et fière. Sans un mot, elle monta dans sa voiture et s'en alla.

Le cœur lourd, Josh la suivit des yeux.

Errer dans le désert ? Comment était-il censé comprendre ce qu'elle avait voulu dire ? Pourtant, il comprenait. D'une certaine manière, il avait compris dès qu'elle avait prononcé ces mots-là. Toute sa vie d'adulte, il avait fui, refusant de s'engager, hormis dans son travail. Il était compétent en partie justement parce qu'il s'y consacrait entièrement, et qu'il n'y avait pas de place pour quoi que ce soit d'autre. Pas de place pour une épouse. Pour un vrai foyer. Pour une famille.

Ne sachant que faire, il partit à son tour. À mesure qu'il approchait de la Villa Rose, son cœur se serra davantage. Quand il finit par prendre conscience de ce qu'il désirait réellement, il n'était plus qu'à quelques centaines de mètres de la maison d'hôtes.

Sans crier gare, il fit demi-tour et s'arrêta au beau milieu de la route. Les pensées se bousculaient follement dans sa tête. Il ne voulait pas partir. Il ne voulait pas continuer à suivre le même chemin – un chemin qui ferait de lui un être isolé et aigri, exactement comme Richard.

Il voulait Michelle. Aimer Michelle. Avoir Michelle dans sa vie.

Indifférent aux règles du Code de la route, il retourna chez Richard à toute allure, priant pour qu'elle soit allée chercher sa tenue d'enterrement. Quand il vit que sa voiture n'était ni chez lui ni dans l'allée de ses parents, la déception le submergea.

Josh se souvint qu'elle avait mentionné un appartement dans le quartier de Manchester, à l'est de Cedar Cove. Il ne connaissait pas son adresse exacte, mais il remuerait ciel et terre pour la trouver.

Il ne lui fallut pas très longtemps pour faire le tour du quartier, et il eut tôt fait de repérer la résidence de deux étages qu'on avait récemment construite sur les quais, laquelle abritait un restaurant et une épicerie au rez-de-chaussée.

Il se gara à la va-vite et s'engouffra dans le magasin.

— Elle habite au 212, déclara l'épicier quand Josh lui posa la question. Elle était absente ces derniers jours, mais il me semble l'avoir vue arriver tout à l'heure.

Le cœur cognant dans sa poitrine, Josh grimpa l'escalier quatre à quatre. Il sonna à la porte, sans résultat. Il tambourina contre le battant. En vain. Où pouvait-elle être ?

Il remarqua brusquement la pile de journaux sur le paillasson. Le commerçant avait dû se tromper. Michelle n'était pas rentrée.

Il redescendit, résolu à l'attendre dans sa voiture. Que pouvait-il faire d'autre ? Il fallait qu'il lui parle. Comment avait-il pu être aussi froid, aussi têtu ? Tout ce qu'elle avait dit à son sujet était vrai, seulement il avait été trop borné pour s'en rendre compte.

Le vent du large sentait le sel. Josh avisa la petite jetée et s'y engagea, essayant de surmonter son anxiété.

À peine avait-il fait quelques pas qu'il aperçut Michelle.

Elle lui tournait le dos, et regardait la mer. Une vague de bonheur déferla en lui.

— Michelle !

Sa voix fut portée par la brise, et la jeune femme se retourna. Il s'avança vers elle, courant à demi, plein d'espoir.

Elle resta immobile, les mains dans les poches de son manteau, les épaules droites et fières.

Il ralentit l'allure en approchant.

— Je suis content de t'avoir trouvée.

Michelle garda le silence.

— Écoute, dit-il, je ne sais pas au juste ce qui s'est passé entre nous ces deux derniers jours, mais… je crois que ça pourrait être important.

Pas de réponse.

— Quoi qu'il y ait entre nous, répéta-t-il, je ne veux pas le perdre.

— Je croyais que tu avais hâte de t'en aller. En fait, je suis surprise que tu sois encore là.

Josh ignora sa remarque. À l'évidence, elle n'allait pas lui faciliter la tâche. Il ne pouvait pas lui en vouloir.

— Pouvons-nous aller quelque part pour parler un peu ?

— Je t'ai déjà dit ce que je pensais.

— Oui, et je t'en suis reconnaissant, parce que tu m'as obligé à réfléchir. Je ne veux plus errer dans le désert. Je veux créer des racines. Tu m'as dit que nous avions tous besoin de quelqu'un et tu m'as demandé qui était cette personne dans ma vie. Je n'avais pas de réponse à te donner tout à l'heure, mais j'en ai une maintenant. Je veux que tu sois cette personne, Michelle. Toi.

Il parlait vite. Les mots se bousculaient dans sa tête.

Elle cilla, l'air perplexe, comme si elle se demandait si elle avait bien compris. Puis, avec un sourire doux et triste, elle secoua la tête.

— Pardon, Josh. Je ne suis plus cette lycéenne obèse qu'on peut humilier au bal de fin d'année. Il va falloir plus que des belles paroles pour me convaincre que tu es sérieux.

— Je suis on ne peut plus sérieux. Donne-moi une chance et je te le prouverai.

Un sourire s'ébaucha sur ses lèvres.

— Une chance ?

— C'est tout ce que je te demande. Je vais te faire la cour comme personne avant.

Elle se remit à marcher en direction de l'appartement. Josh régla son allure sur la sienne.

— Je veux plus que des fleurs et des mots doux, Josh.

— Mon cœur te suffira-t-il ?

Elle sourit pour de bon, cette fois, les yeux brillants.

— Pour commencer.

Il prit sa main dans la sienne et la porta à ses lèvres.

— J'ai passé tellement d'années seul que j'ai du mal à admettre que j'ai besoin de quelqu'un. Mais quand tu es partie, j'ai compris que j'avais besoin de toi.

— Tu as mis le temps. Tu es un idiot. Un idiot adorable, mais un idiot quand même.

Il eut un large sourire et l'embrassa tendrement sur le front.

— Plus maintenant, Michelle. Plus maintenant.

Il ferma les yeux, lui couvrant le visage de baisers jusqu'à ce qu'elle se tourne vers lui. Leurs lèvres se rencontrèrent.

Josh avait trouvé sa place.

Dans les bras de Michelle.

36

Ce soir-là, Rover s'installa tranquillement sur le tapis au pied de mon lit. Apparemment, il s'habituait sans difficulté à son nouvel environnement. Je sentais que ce chien allait jouer un grand rôle dans ma vie. C'était comme s'il avait toujours été avec moi.

Abby était rentrée vers minuit, Josh un peu plus tôt. Je n'avais échangé que quelques mots avec eux. Josh sifflotait, ce qui m'étonna, et puis me demanda s'il pourrait rester deux jours de plus. Je l'assurai qu'il n'y avait aucun problème.

L'air rêveur, Abby m'affirma que le mariage avait été merveilleux.

Ils avaient tellement changé tous les deux en l'espace de deux jours que le contraste était saisissant. Leur bonne humeur me donnait envie de siffloter et de fredonner à mon tour. La transformation était spectaculaire.

Le feu était allumé et je lus quelques instants, Rover étendu à mes pieds. Au bout d'un moment, je posai le livre et fermai les yeux, sereine, en paix. Je ne sais pas combien de temps je restai ainsi. Vingt minutes, peut-être davantage. Alors que je savourais la chaleur qui émanait de l'âtre, je fus frappée de ne plus ressentir la terrible solitude qui m'avait tourmentée depuis la mort de Paul. Au contraire, je percevais sa présence. J'étais éveillée, je savais que mon mari ne pouvait pas être auprès de moi. Pourtant, c'était comme s'il emplissait la pièce. Je me refusai à ouvrir les yeux pour ne pas gâcher l'instant. Je voulais qu'il dure le plus longtemps possible, même s'il n'avait rien de réel. Paul n'était plus de ce monde.

Des mois durant, il y avait eu un vide immense dans ma vie. À présent, mon mari était de retour. Je ne pouvais pas tendre la main et le toucher, le serrer contre moi, mais j'étais persuadée que son esprit était là. Rien n'aurait pu me convaincre du contraire. Les yeux clos, je retins mon souffle, avide de réconfort, désirant désespérément sentir ses bras autour de moi.

Cette maison d'hôtes était un refuge, un lieu de guérison, me soufflait-il. Pas seulement pour ceux qui venaient y séjourner, mais pour moi aussi.

Le lendemain, je me levai de bonne heure et j'étais déjà en train de préparer du café quand Abby descendit avec sa valise, s'efforçant de faire le moins de bruit possible.

— Bonjour ! lançai-je depuis la cuisine. Voulez-vous un café avant de partir ?

Elle parut surprise de me voir déjà debout.

— Ce serait génial, merci.

Je lui servis une bonne tasse de café brûlant, qu'elle accepta avec reconnaissance.

— J'espère que vous avez apprécié votre séjour à Cedar Cove ?

— Ç'a été fantastique.

Elle s'adossa au plan de travail.

— Je suis contente que le mariage de votre frère se soit bien passé.

— C'était magique, affirma-t-elle en souriant. Je ne crois pas avoir assisté à un mariage plus réussi.

Je me souvins de mon rêve, dans lequel Paul disait que la maison d'hôtes était un lieu de guérison. À la froide lumière du jour, il semblait probable que j'avais rêvé. Peut-être avais-je imaginé la scène parce que j'avais moi-même un profond besoin de réconfort.

Pourtant, j'avais devant moi la preuve que Paul avait dit vrai. Le changement intervenu chez Abby était indéniable.

— Voulez-vous prendre un petit déjeuner ?

— Non, merci. J'achèterai quelque chose à l'aéroport.

Elle rougit, l'air mi-excité, mi-embarrassé.

— J'ai... j'ai rencontré un vieil ami au mariage, ajouta-t-elle en baissant les yeux.

— Oh ! Très bien.

— Hmm. Steve était le colocataire de mon frère à l'université. Il était garçon d'honneur.

Je remuai mon café en souriant. Pas étonnant qu'Abby ait du mal à maîtriser son excitation. Elle ne m'avait pas fourni beaucoup de détails, mais j'avais le sentiment qu'elle s'était libérée d'un lourd fardeau.

— Steve et moi sommes sortis ensemble autrefois.

— Et vous avez eu l'occasion de renouer, poursuivis-je.

— Oui et… ce qui est incroyable, c'est qu'il est célibataire et qu'il travaille en Floride.

C'était incroyable, en effet. Et il ne pouvait s'agir d'une simple coïncidence.

— À vrai dire, il habite assez près de la ville où je vis. Je vais le retrouver à l'aéroport ce matin.

— Vous prenez le même vol ?

Elle acquiesça, but une dernière gorgée de café et reposa sa tasse.

— Il m'a envoyé un texto ce matin. Il va aller à l'aéroport de bonne heure. Il espère pouvoir changer sa réservation pour que nous soyons assis l'un à côté de l'autre.

Une idylle s'ébauchait déjà. Les yeux brillants d'Abby me rappelaient ma propre excitation lorsque j'avais rencontré Paul. Pile au moment où j'avais plus ou moins abandonné l'espoir de trouver un jour l'homme de ma vie. J'avais embrassé tant de grenouilles qui ne s'étaient jamais transformées en prince charmant…

Paul avait bouleversé tout mon univers. Même si j'avais su dès le début que nous n'étions destinés à passer que peu de temps ensemble, je n'aurais rien changé. Rien. J'avais connu le grand amour. Le perdre avait été l'expérience la plus douloureuse de ma vie, mais pour rien au monde je n'aurais voulu renoncer à ce que nous avions partagé.

— Merci encore pour ce week-end extraordinaire.

— Je suis contente que vous ayez passé de bons moments.

Abby prit son sac et je la raccompagnai à la porte.

— Oh ! Ç'a été merveilleux. Vraiment merveilleux !

Elle m'étreignit avec chaleur, et puis s'en alla.

Debout sur le seuil, Rover à côté de moi, je la suivis des yeux tandis qu'elle sortait du parking, envahie par une bouffée d'affection envers cette jeune femme que je connaissais à peine.

La première de mes deux hôtes était partie. Je ne m'attendais pas à la revoir, mais j'avais la satisfaction de savoir qu'elle s'en était allée plus heureuse qu'elle n'était arrivée.

Josh, lui, ne fit son apparition que vers neuf heures du matin. Le jus d'orange était sur la table, j'avais fait frire du bacon et j'étais prête à lui préparer des œufs à sa convenance.

— Bonjour ! lançai-je en le voyant.

Il sourit et se servit une tasse de café.

— Je n'arrive pas à croire que j'ai dormi aussi tard.

— Apparemment, vous aviez besoin de sommeil. Comment voudriez-vous vos œufs ?

Il but une gorgée de café et hésita, comme si la question était d'une grande importance.

— Sur le plat. Non, brouillés.

— Pas de problème.

Je retournai dans la cuisine et il m'emboîta le pas, ce qui me surprit. Rover, quant à lui, s'était recouché au coin du feu.

Il s'adossa à l'encadrement de la porte et croisa les chevilles.

— J'espère que cela ne vous ennuie pas que je reste plus longtemps que prévu ?

— Pas du tout.

Je sortis les œufs du réfrigérateur, en cassai deux dans un saladier et pris un fouet.

— Je vais assister à l'enterrement de mon beau-père.

Je marquai une pause avant de verser les œufs battus dans la poêle.

— Je suis vraiment désolée.

— Merci. C'est plus dur que je ne l'avais imaginé. Mais je suis content que nous ayons pu nous réconcilier avant qu'il meure. Ça nous a fait du bien de nous expliquer.

— Tant mieux. J'en suis heureuse pour vous.

— Moi aussi.

Josh sortit immédiatement après avoir pris le petit déjeuner.

Rover me suivit au premier et resta avec moi pendant que je retirais les draps dans la chambre d'Abby, puis il trottina derrière moi jusqu'à la buanderie. Il était en train de devenir mon ombre. Je faillis trébucher sur lui en mettant le linge dans la machine.

En regagnant la partie principale de la maison, je remarquai un homme en veste foncée qui marchait dans le jardin, une bêche à la main.

C'était Mark. J'attrapai mon manteau et sortis sur le perron, Rover toujours sur mes talons. Bizarrement, il n'aboya pas et ne sembla nullement s'émouvoir de la présence d'un inconnu dans la cour.

— Mark ?

Il se retourna.

— Bonjour, dit-il, son regard se posant sur moi puis sur Rover. Je ne savais pas que vous aviez un chien.

— Je viens de l'adopter. Le refuge l'a baptisé Rover, mais je songe à lui donner un nouveau nom quand nous nous connaîtrons un peu mieux.

— Rover est très bien, déclara Mark en s'appuyant sur sa bêche. Je ne vois pas pourquoi vous le changeriez, mais enfin, vous ne m'avez pas demandé mon avis.

Cela ne l'avait pas empêché de se mêler de mes affaires quelques jours plus tôt.

— Qu'est-ce que vous faites ? demandai-je, intriguée.

Notre dernière rencontre avait été un peu tendue. Je ne savais toujours pas quoi penser de cet homme, même si je sentais que je l'aimais bien.

— Vous vouliez un devis pour une roseraie, non ?

— Eh bien, oui, mais…

À vrai dire, j'étais surprise. Il m'avait donné l'impression qu'il ne pourrait pas entreprendre un projet aussi important avant plusieurs mois.

— Mais ?

— Rien. C'est juste que je ne pensais pas que vous viendriez si vite.

— Vous préférez que je passe un autre jour ? demanda-t-il avec un sourire, sachant pertinemment que ce n'était pas le cas.

— Bien sûr que non.

J'hésitai une seconde, puis me jetai à l'eau.

— Je peux vous poser une question ?

— Vous ne m'avez jamais demandé la permission avant, répondit-il avec un geste d'encouragement.

— Pourquoi avez-vous besoin d'une bêche ?

Il me semblait qu'un devis exigeait davantage un mètre qu'un outil de jardinage.

Il eut un petit rire amusé. De petites bouffées de vapeur s'échappèrent de sa bouche dans l'air glacial.

— N'ayez pas peur, je ne vais pas enterrer un cadavre chez vous.

— Cette possibilité ne m'était pas venue à l'esprit, rétorquai-je en souriant.

Il sourit en retour. Je fus surprise par l'expression chaleureuse de son regard.

— Il fallait juste que je voie la profondeur des racines, expliqua-t-il. Rien de plus.

J'avais de plus en plus froid et je remarquai que Rover était déjà rentré à l'intérieur.

— Venez prendre un café quand vous aurez fini, si vous voulez.

Il marqua une pause, l'air tenté.

— Je ne peux pas aujourd'hui, mais merci quand même.

— Vous ne pouvez pas ou vous ne voulez pas ?

Il haussa les épaules, comme si ma question le prenait au dépourvu.

— Peut-être un peu des deux.

J'entendis la sonnerie du téléphone. Elle me parut étonnamment bruyante, venant de mon petit bureau.

— Vous devriez aller répondre, suggéra Mark.

J'acquiesçai, pivotai et me hâtai de rentrer.

— Villa Rose, annonçai-je, légèrement hors d'haleine.

— Allô ?

C'était une voix de femme, hésitante. On aurait dit qu'elle craignait d'avoir composé un faux numéro.

— Que puis-je pour vous ?

Nouvelle hésitation.

— Eh bien… je voulais savoir si vous auriez une chambre le dernier week-end de mai.

Je n'avais pas besoin de vérifier mon registre pour savoir que personne n'avait réservé autant en avance.

— Oui, bien sûr.

— Parfait.

Le ton était mi-déçu, mi-soulagé.

— Désirez-vous réserver ?

Elle hésita encore.

— Oui, peut-être est-ce préférable, dit-elle enfin, non sans réticence.

Elle ne semblait vraiment pas convaincue.

— Votre nom ?

— Smith, lâcha-t-elle précipitamment. Mary Smith.

— Très bien, Mary, c'est noté. Pouvez-vous me donner un numéro de carte de crédit ?

— Non… Je vous enverrai des espèces.

— Pas de problème.

Un règlement en espèces ? Voilà qui était intéressant. Je ne pus m'empêcher de me demander si elle m'avait donné un faux nom.

J'avais tout juste raccroché que la sonnerie s'éleva de nouveau. Cette fois, c'était un homme, qui souhaitait réserver pour le même week-end.

— Je voudrais une chambre pour ma femme et moi. C'est notre anniversaire de mariage, précisa-t-il. C'est possible ?

— Oui, certainement. C'est à quel nom ?

— Kent et Julie Shivers.

— Très bien, Kent. Au mois de mai, donc.

Comme c'était étrange ! Deux réservations bien différentes, quatre mois à l'avance, pour le même week-end.

Je raccrochai, songeant à la mystérieuse Mary Smith. S'appelait-elle réellement ainsi ? Je n'en aurais jamais douté si elle n'avait pas paru si peu sûre d'elle.

Et Kent Shivers. Sa voix était étonnamment neutre, dépourvue de toute émotion.

Étaient-ils aussi des accidentés de la vie, des âmes en quête de guérison ?

Je ne tarderais pas à le savoir.

Je me tins immobile, me remémorant les paroles de Paul. Aussitôt, je me sentis rassérénée. La Villa Rose accueillerait ces gens, quels que soient leurs besoins.

Je n'étais pas toute seule.

Paul était à mes côtés, et Rover aussi.

Achevé d'imprimer en décembre 2019
par Novoprint
Dépôt légal : janvier 2020
Imprimé en Espagne